취적취무

설풍 新무협 판타지 소설

FANTASTIC ORIENTAL HEROES

취적취무 2

설봉 新무협 판타지 소설

초판 1쇄 찍은 날 § 2011년 5월 24일
초판 1쇄 펴낸 날 § 2011년 5월 31일

지은이 § 설봉
펴낸이 § 서경석

총괄팀장 § 유경화
편집책임 § 주소영
편집 § 어정원

펴낸곳 § 도서출판 청어람
등록번호 § 제1081-1-89호
등록일자 § 1999. 5. 31
어람번호 § 제2-2095호

주소 § 경기도 부천시 원미구 심곡2동 163-2 서경B/D 3F (우) 420-822
전화 § 032-656-4452 팩스 § 032-656-4453
http://www.chungeoram.com
E-mail § chungeoram@chungeoram.com

ⓒ 설봉, 2011

ISBN 978-89-251-2520-6 04810
ISBN 978-89-251-2518-3 (세트)

※ 파본은 구입하신 서점에서 교환하여 드립니다.
※ 저자와 협의하여 인지를 붙이지 않습니다.
※ 이 책은 도서출판 청어람과 저작자의 계약에 의해 출판된 것이므로,
  무단 전재 및 유포·공유를 금합니다.

2

면대위기(面對危機)
위기에 직면하다

취적취무
醉笛醉舞

한 잔 술에 취해 곡조 없는 피리를 분다.
술기운을 빌어 흥겨운 가락에 몸을 맡긴다.
취하자. 춤추자.
오늘 하루만, 이 시간만이라도 그저 취하고 웃어보자.

설봉 新무협 판타지 소설
FANTASTIC ORIENTAL HEROES

目次

第十一章　수류(收留)　　　7
第十二章　확취(攫取)　　　37
第十三章　반사(半死)　　　69
第十四章　저화(低火)　　　103
第十五章　기연(奇緣)　　　137
第十六章　이송(移送)　　　169
第十七章　암견(暗見)　　　199
第十八章　만정(卍井)　　　231
第十九章　식육(食肉)　　　261
第二十章　개안(開眼)　　　293

第十一章
수류(收留)

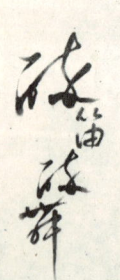

1

짹! 째짹! 짹……!

산새 지저귀는 소리가 어렴풋이 들려온다.

굉장히 맑고 아름답다. 티끌 한 점 섞이지 않은 청음(淸音)이라서 가슴까지 시원해진다.

'내가 왜…… 그렇지! 그러니까 돌로 내 머리를…….'

잠시 머리가 혼란스러웠지만 금방 제정신으로 돌아왔다.

지난 일들이 주마등처럼 스쳐 간다.

절정고수들을 속일 수 없기에 스스로 머리를 짓찧고 혼절 상태가 되어야만 했던 순간이 퍼뜩 떠올랐다.

흙냄새가 솔솔 풍긴다.

풀잎의 싱그러움도 콧속을 간질인다.

'발각되지 않았어!'

벽사혈이 떠났다. 치검령도 사라졌다. 묵혈도와 추포조두 역시 자신과는 상관없는 사람이 되었다.

또 다른 부류도 있다.

양쪽을 한꺼번에 공격한 사람들!

그들 손에서도 벗어났다. 누구든 되돌아왔을 것이나 자신을 발견하지 못했다. 무인의 칼날 같은 이목도 기절한 사람을 찾아내지는 못했다.

'살았어.'

당우는 누운 자리에서 일어나지 않았다.

지금 이 순간만큼은 현재 누워 있는 곳이 세상에서 가장 안전한 보금자리다.

'서둘 필요 없어.'

그는 누워서 자신이 보았던 것을 기억했다.

제일 먼저 일흔두 매듭의 포승법을 떠올렸다.

처음부터 마지막 순간까지…… 머릿속에 그려진 그림들을 한 장 한 장 이어 붙였다.

뭐든지 배운다.

어디다 쓸 건지, 소용이 있는 건지 따지지 않는다. 눈에 보이는 것, 귀로 들은 것, 코로 냄새 맡고, 입으로 맛본 모든 것들을 자신의 것으로 만든다.

자신은 어떻게 되는 걸까?

추포조두가 또 나타날까? 앞으로 십 년, 이십 년이 지나도 계속 쫓겨 다녀야 되는 건가? 치검령은? 그는 언제까지 목숨을 내놓으라며 쫓아다닐까?

그들은 무서운 사람들이다. 그들 눈에 띄는 날에는 바로 죽은 목숨이라고 봐야 한다. 그들은 죽이고자 하는 살심을 품고 있다. 언제 어디서든 쥐도 새도 모르게 죽일 수도 있다.

그들을 만나면 죽는다.

앞으로는 거친 세상을 혼자 살아가야 한다. 도와주는 사람은 아무도 없다.

이 세상을 뚫고 나가야 한다.

무인들을 만나면 안 된다. 특히 검련 쪽 사람들은 절대 만나지 말아야 한다.

그러기 위해서 뭐든지 습득할 수 있는 것은 전부 배운다.

'사십칠, 사십팔……'

사람 묶는 법을 배워서 어디에 쓸까마는…… 그래도 안 배운 것보다는 낫기에 배운다.

어려울 것도 없다. 밧줄을 순서대로 엮기만 하면 된다. 절정 내공을 필요로 하는 것도 아니다. 단지 순서를 기억할 수 있는 약간의 머리와 꾸준한 연습만 있으면 된다.

당우는 근 한 시진 정도를 누워 있었다.

오랜 시간을 누워 있자니 등이 배겨온다.

처음에는 몰랐는데 작은 돌멩이나 말라 버린 나뭇가지들도 상당히 불편하게 느껴진다.

그래도 일어나지 않았다.

'그만 일어날까?'

유혹이다. 심마(心魔)다.

이럴 때는 어금니를 꽉 깨무는 것이 효과가 있다. 이를 깨물면서 생각하는 거다. 이 일을 끝내기 전에는 절대 일어나지 않아! 다 끝내고 홀가분하게 일어설 거야!

집중! 집중! 집중!

집중이라는 게 달리 기술을 요하는 게 아니다. 끈기와 인내로 버티다 보면 집중은 자연스럽게 생긴다.

세상에서 요구하는 집중은 이런 식으로 생기지 않는다. 몸이 피곤하면 쉬어주는 게 좋다. 푹 쉬고 상큼한 정신으로 다시 문제를 대하는 게 나을 수도 있다.

하나 당우가 원하는 집중은 그런 집중이 아니다.

단편적인 집중이 아니라 모르는 밀마를 스스로 깨쳐서 알 정도로 아주 강한 집중을 원한다. 세상에서 말하는 정신을 한 곳으로 모으는 집중이 아니다. 깨달음을 요구하는 집중이다.

포승법을 숙지하는 데 깨달음까지 요구할 필요는 없다. 이미 머릿속에 다 들어 있는 그림이다. 남은 것은 손에 익도록 반복해서 연습만 하면 된다.

다만 습관을 깨기 싫다.

어떤 일이든 손에 잡았다 하면 뿌리를 뽑기 전에는 일어서지 않던 고집을 계속 이어 나가고 싶다.

머리가 욱신거렸다.

깨진 머리에서 흘러나온 피가 검게 변색된 채 엉겨 붙었다.

'됐어!'
당우는 한 시진을 훌쩍 넘긴 다음에야 일어섰다.

'배고파…….'
당우는 솔잎을 따서 씹어 먹었다.
솔 향이 입안에 확 퍼진다.
이미 초록색이 되어버린 잎들은 씹기에 딱딱하고 떫은맛도 강하게 난다. 하지만 이제 막 돋기 시작한 연녹색 여린 잎들은 잘 씹힐 뿐만 아니라 떫은맛도 덜하다.
당우는 정신없이 솔잎을 따 먹었다.
초여름, 산은 먹을 것을 풍부하게 제공한다.
꼭 짐승을 잡아먹을 필요는 없다. 눈을 뜨기만 하면 보이는 모든 것들이 먹을거리다. 나뭇잎도 따 먹고 풀도 뜯어 먹는다. 나무껍질을 뜯어내고 내피(內皮)를 씹어 먹기도 한다.
산에서 자란 것들치고 먹을 수 없는 것이 거의 없다.
독초? 독초 정도는 분간해 낸다. 산자락에서 태어나 하루에도 몇 번씩 산을 오르락내리락하던 촌놈에게 독초를 분별할 수 있냐고 묻는 것은 실례다.
버섯처럼 통째로 먹을 수 있는 것도 있고, 과일처럼 열매를 먹을 수 있는 것도 있다. 칡뿌리나 더덕같이 뿌리를 캐 먹는 것도 있는데, 이런 것들은 마치 자신의 존재를 알리기라도 하려는 듯 진한 향을 뿜어낸다.
촌놈이 모르고 지나친다는 건 있을 수 없다.

수류(收留) 13

산에는 온갖 벌레들도 기어 다닌다.

애벌레, 꼬치, 지렁이…… 징그럽지만 모두 먹을거리다.

졸졸졸졸 흐르는 계곡물은 시원한 물만 제공해 주는 게 아니다. 맑은 물속을 자세히 들여다보면 이름도 모를 작은 물고기들이 우글거린다.

물속에 있는 돌멩이를 들어보라.

그곳에도 먹을거리가 많다.

가재같이 음식다운 먹을거리를 말하는 게 아니다. 그런 게 걸리면 운수 대통하는 날이고…… 무조건 반 시진만 물속을 뒤져도 하루를 견딜 수 있는 식량은 제공된다.

당우는 먹는 데 욕심을 부리지 않았다.

산이 제공하는 음식은 포만감을 주지 않는다. 공복감만 해결되었다 싶으면 그만 먹는다. 괜히 먹는 데 욕심을 부리면 당장 설사가 일어난다.

배고픔을 해결하고 계곡물에 몸을 담갔다.

집에 있으면서는 여간해서 몸을 씻지 않는다. 한여름 뙤약볕 밑에서 일을 하고 난 후에도 찬물 한 바가지 쭉 끼얹는 것으로 끝나곤 했다.

난생처음 집을 떠나서 벌써 두 번째 계곡물에 들어섰다.

한 번은 온몸에 묻은 오물을 씻기 위해서, 그리고 지금은 핏물을 씻기 위해서.

상처도 씻고, 몸도 씻고, 옷도 빨았다.

앞으로 어떻게 살아가야 하나 하는 불안감 같은 것은 없다.

그런 것은 생각해 봤자 대답이 나오지 않는다. 그래도 막연하게나마 생각한 것은 있다.

짧게는 일이 년 정도…… 길게는 사 년 내지 오 년 정도 산에서 산다.

지금은 산을 내려가는 즉시 천검가의 표적이 된다.

길을 걸을 수도 없고, 마을에 들를 수도 없고, 읍에 나갈 수도 없다. 인적이 끊긴 길을 걸으면서도 혹여 자신을 알아보는 사람과 만나지 않을까 싶어서 전전긍긍해야 한다.

그렇게 살 수는 없다.

자신을 알아보는 사람이 있다는 것은 곧 자신의 죽음과 연결된다는 소리이기 때문에 감히 모험을 할 수가 없다.

치검령과 장난을 칠 수는 없다. 추포조두와 숨바꼭질을 한다는 건 말도 안 된다. 천검가? 죽으려고 환장한 놈이나 천검가를 상대로 소꿉장난을 하려고 든다.

밖에 나갈 수 없다.

현실적으로 산을 내려갈 수 없다.

그렇다면 산에서 산다. 오랜 기간 동안…… 사람들이 자신을 잊을 정도로 긴 세월 동안 산에서 지낸다.

몸을 다 씻은 후에는 젖은 옷을 들고 터덜터덜 걸었다.

알몸으로 산길을 걷고 있지만 누구와 마주칠 염려는 하지 않았다.

원래 백곡은 사람들의 발길이 뜸한 곳이다. 산세는 험하고 얻을 수 있는 것은 없으니 할 일 없어서 시간을 죽이려는 사람이 아니면 오지 않는다.

그런 판에 투골조 사건이 벌어졌다.

백곡에 동남동녀 백 명의 원혼이 깃들었다.

밤에는 말할 것도 없고 낮에도 스산하기 이를 데 없어서 귀신의 호곡성이 들릴 것 같다.

상황이 이러니 사람이라고는 그림자조차 찾을 수 없다.

"오늘은 어디서 잔다……."

그는 혼잣말로 중얼거렸다.

잠자리를 마련하려고 급하게 서둘지는 않았다.

하루 이틀 자다 말 것도 아니고…… 급하게 서둘 필요가 없다. 오늘은 밤이슬만 피하면 된다. 천천히 안전하면서도 아늑한 곳을 골라서 보금자리를 마련해야 한다.

산에는 보금자리도 많다.

아무 곳이나 아늑하다 싶은 곳을 골라서 약간만 손을 보면 훌륭한 거처가 된다.

며칠 지내보고 괜찮다 싶으면 본격적으로 손을 보고, 벌레가 많이 꼬인다거나 낙석 위험이 있다거나 하는 예기치 못한 사건이 벌어지면 미련없이 떠난다.

당우는 예기치 못한 사건이 가장 많이 벌어질 만한 곳에 잠자리를 잡았다.

사박! 사박! 타타탁!

토끼가 살금살금 다가오다가 이상한 기미를 느꼈는지 후다닥 달아났다.

쫓는 동물은 없다.

토끼는 당우의 존재를 감지했을 게다.

사람 냄새, 부스럭거리는 소리…….

'또 틀렸네.'

당우는 숨을 더욱 깊이 감췄다.

숨을 감춘다고 해서 무인들이 그러는 것처럼 지식(止息)으로 들어가는 것은 아니다. 길고, 느리게, 천천히, 본인조차 의식하지 못할 정도로……. 이것이 당우가 생각한 숨을 감추는 방법이다.

물론 이런 방법이 무인에게 통한다고는 생각하지 않는다. 정말 그런 생각은 꿈도 꾸지 않는다.

동물을 잡기 위해서 몸을 감추고 있는 것도 아니다.

그가 동물들이 잘 다니는 길목에 보금자리를 정한 것은 눈으로 보았던 것을 수련하고 싶어서이다.

치검령이 전개한 일촌비도!

벽사혈이 전개한 암행류와 일섬검화!

무공의 요체는 알지 못한다. 진기를 어떤 식으로 운행해야 하며, 초식은 어떻게 전개하는지, 최상의 진결은 어디에 숨어 있는지 짐작조차 하지 못한다.

그가 본 것은 몇 장의 그림이다.

치검령이 비도를 던져 낸다. 아주 짧은 거리에서 눈 깜짝할 사이에 날아간다. 그리고 한 사내가 쓰러진다.

치검령이 비도를 던지는 광경은 다시 세분화된다.

손목이 기형적으로 뒤틀리는 모습, 일(一).

팔꿈치가 문어처럼 흐느적거리는 모습, 이(二).

손끝부터 어깨까지 목표를 향해 쭉 뻗어 나가는 모습, 삼(三).

치검령의 일촌비도는 모두 다섯 장으로 이루어진다.

당우는 그 모습을 재현할 생각이다. 그래서 일부러 동물들이 잘 다니는 길목에 보금자리를 마련했다.

동물이라고 해서 꼭 토끼나 다람쥐같이 작은 동물만 지나가라는 보장은 못한다. 늑대나 호랑이, 곰 같은 맹수가 지나갈 가능성도 매우 높다.

동물들부터 노리는 것이 무리라는 정도는 안다.

일촌비도가 되었든 무엇이 되었든 일단은 고정된 물체를 대상으로 수련부터 쌓아야 한다.

나무나 바위를 맞히는 연습부터 한다.

속도는 머릿속에서 지워 버려야 한다. 머릿속에 담긴 그림도 밀쳐 놔야 한다. 그림이 천하에 다시없는 명화(名畵)라고 해도 던져서 맞히지 못하면 아무짝에도 쓸모없다.

우선은 맞히는 연습부터 하고…… 속도는 나중에 붙인다.

이것이 정상적인 수련의 단계다.

하지만 당우는 그렇게 생각하지 않았다.

그것은 일반적인 던지기 연습이다. 치검령의 일촌비도를 수련하는 게 아니다. 돌멩이를 던지는 연습에 지나지 않는다. 어디서나 흔히 볼 수 있는 돌팔매질이다.

그런 것을 수련하고 싶지는 않다.

머릿속에 담긴 그림을 고스란히 재현해 내고 싶다.

그만한 속도와 강함이 아니고서는 아무 도움도 되지 않는다.

처음에는 미숙할 것이다. 치검령이 사용한 비도와 자신이 던져 낼 돌멩이는 무게와 날아가는 호선(弧線)도 다르다. 돌멩이를 던져 내기도 전에 달아날 게다.

손목의 비틀림? 그것만 수련해 내는 데도 두어 달은 걸리자 않을까 싶다.

그래도 살아 있는 동물을 대상으로 수련한다.

평소에도 수련해 두면 더 좋지 않을까? 동물들이 나타나지 않을 때 부지런히 손목을 비틀어두면 정작 동물이 나타났을 때는 즉시 써먹을 수 있지 않나?

아니다. 해보지 않은 게 아니다.

치검령의 일촌비도는 정상적인 수련으로는 결코 체득할 수 없다.

손목이 기형적으로 비틀린다고 했다. 기형적…… 정상적이 아니라는 뜻이다. 인간의 손목을 그 정도로 휘게 만들려면 아예 손목뼈를 분질러 버려야 한다.

정상적인 수련으로는 백 년을 수련한다고 해도 비기를 얻어 낼 가망이 없다.

순간적인 움직임, 극단적인 움직임 속에서 방법을 찾아낸다.

급한 마음에 돌멩이를 던지다 보면 자신도 모르게 그런 비틀림이 만들어질 수도 있지 않겠나.
안 되면 마는 것이고······.
그러면 처음부터 맹수가 걸려들면 어찌할 텐가? 지금은 토끼가 왔다가 사라졌지만 호랑이 같은 놈이라도 어슬렁거릴 때는 수련이고 뭐고 다 팽개치고 도망부터 가야 하지 않겠나.
그런 상황은 또 다른 수련으로 이어진다.
벽사혈의 몸놀림은 환상이었다.
나무에서 나무로 건너뛰는데 소리가 나지 않는다. 그런 면에서는 일가견이 있다는 무인들이 줄줄이 늘어서 있는데도 거침없이 신형을 날렸다.
무인들은 그녀가 움직이는 것을 보지 못했다.
나무에서 바위로 숨는다. 바위에서 바위로 기어간다. 그리고 도약한다. 공중에서 몸을 돌리고, 반대 방향으로 역질주하는데도 속도는 전혀 변하지 않는다.
움직임이 너무 자연스럽다.
인간은 서서 걷는다. 인간은 짐승처럼 네 발로 걷지 않는다. 걷기 위해서는 두 다리로 땅을 딛고 일어서야 한다. 그리고 오른발, 왼발 번갈아 내딛는다.
이런 모습을 두고 이의를 제기하는 사람은 없다.
인간이 걷는 모습은 짐승과는 많이 다른데도 왜 인간만이 그렇게 걷는지 토를 다는 사람이 없다.
모든 인간이 그렇게 걷는다. 그게 자연스럽다.

벽사혈의 움직임에는 그런 자연스러움이 배어 있다.

그녀는 암행류를 펼친다. 다른 사람들이 펼치지 못하는 적성비가만의 신법이다. 그런데 그녀가 암행류를 펼치자 마치 태어날 때부터 익혀왔던 듯 자연스럽다.

모든 행동이 몸에 딱 붙어 있다.

기고, 뛰고, 나는 모습이 짤막한 움직임 하나에 모두 담겨 있다.

그러나 그녀의 암행류 역시 치검령의 일촌비도처럼 정상적인 움직임으로는 도저히 재현해 낼 수 없다.

달리는 연습을 백날 한다고 해도, 그래서 산을 평지처럼 뛰어다닌다고 해도 그런 움직임은 나오지 않는다.

일파(一派)의 비기다.

정식으로 입문해서 수년간 고련을 한 끝에 얻어낸 피와 땀의 산물이다.

자신처럼 무공에 문외한이 아니라 무공이라면 입에서 신물이 나는 고수들도 수련의 요체를 모르면 체득해 낼 수 없다.

없다? 아니다. 체득할 수 있다.

자신을 극한의 상태로 몰아넣으면 된다.

근래 들어서 낯선 것들을 접했다.

투골조를 제일 먼저 접했고, 그것은 거의 대부분 몸에 붙었다.

포승법도 배웠다. 일흔두 개의 매듭이 백 년 후에도 잊히지 않을 정도로 단단히 각인되어 있다.

일촌비도, 암행류, 일섬접화도 봤다.
이 세 가지는 보기만 했다.
그것을 수련한다.
맹수가 나타나면 어떻게 하냐고? 싸운다. 알겠는가? 싸운다. 도주할 생각이 없다. 그럴 생각으로 맹수들이 다니는 길목에 보금자리를 만든 게 아니다.
열 손가락이 바위도 구멍을 낼 정도로 단단하다.
진기를 일으켜서 열 손가락을 노란색으로 물들이기만 하면 쇠꼬챙이가 부럽지 않다.
맹수가 나타나면 포승법도 수련할 생각이다.
벽사혈과 묵혈도는 반항할 수 없는 자신을 상대로 포승법을 썼지만, 가만히 생각해 보니 포승법에는 또 다른 효능이 숨어 있는 것 같다.
살아서 움직이는 사람에게도 쓸 수 있을 것 같다.
날아오는 병기를 막고 묶는다. 팔부터 묶기 시작해서 팔꿈치와 어깨를 결박하고, 두 다리의 자유마저 속박해 버리면 상대는 완전히 끝난다.
동물을 잡아서 고기를 얻겠다는 생각은 하지 않는다.
제일 먼저 생각하는 것이 수련이다. 두 번째로 생각한 것이 배고픔이다.
배고픔은 수련을 앞서지 못한다.
배고픔은 풀잎이나 나뭇잎으로 채울 수 있다.
당우는 숨을 차분히 가라앉히고 발 앞에 늘어놓은 십여 개의 돌멩이에 눈길을 주었다.
 사박! 사박!
 무엇인가 다가온다.
 '왔어!'
 손에 쥐고 있는 돌멩이에 축축한 땀이 배인다. 치검령이 그려놓은 그림대로 전개할 수 있을까?
 그런데!
 타타타탁!
 잘 다가오던 다람쥐가 무엇에 놀란 듯 후다닥 달아났다.
 이번에도 기미를 읽혔다. 숨도 죽이고 몸도 꼼짝하지 않는데 모든 동물이 그가 있는 것을 알아챈다.
 당우는 고개를 갸웃거렸다.
 '뭐가 잘못된 거지?'

                    2

 이틀 동안이나 길목을 지켰다.
 평소 같으면 수십 마리는 지나갔을 길목이다. 한데 한 마리도 얼씬거리지 않는다.
 엄밀히 말하면 오기는 온다.
 여우, 너구리를 비롯해서 많은 동물들이 여느 때처럼 다가온다. 하나 당우가 숨어 있는 곳에 이르면 갑자기 벼락이라도 맞은 듯 깜짝 놀라 후다닥 도주한다.

무엇인가 잘못되었다.

'숨을 참아볼까?'

참아봤다. 너무 숨을 참아서 질식하는 것이 아닐까 싶을 정도로 오랫동안 참은 적도 있다.

'나도 모르게 몸을 움직이나?'

그래서 옷을 벗었다. 발가벗은 몸으로 꼼짝도 하지 않고 기다렸다. 일촌비도를 전개한다 어쩐다 하는 생각도 하지 않았다. 동물들이 가까이 다가올 수 있도록 최대한 자신을 숨겼다.

타타타타탁!

동물들은 어김없이 달아난다.

온갖 노력을 기울였음에도 불구하고 동물들은 어김없이 당우라는 존재를 눈치챘다.

무엇이 잘못되었는지는 모르겠지만 길목을 지키는 건 소용없다.

이틀이 지나도록 동물이라고는 코빼기도 보지 못했다면 끝난 이야기 아닌가.

'기다려서 안 되면 직접 찾아 나서면 되지.'

타타탁! 쉬익! 탁!

동물들이 달아난다.

가까이 다가서지 못한 것이 못내 아쉬워 일촌비도 흉내를 내보지만 손목이나 팔꿈치가 뒤틀리지 않는다.

거리도 맞지 않는다. 너무 멀리 달아나 버려서 돌멩이를 던지는 게 무색할 지경이다.

'미치겠네.'

당우는 곤혹스러웠다.

하루 동안 온 산을 안 가본 데가 없을 정도로 헤집고 다녔다.

동물들도 많이 만났다. 돌멩이를 던질 수 없을 정도로 멀리 떨어져 있었지만 보기는 봤다.

산에는 동물이 많다.

한데 자신 곁으로 다가서는 놈들이 없다. 조금이라도 가까이 다가설라 치면 금방 알아채고 쪼르륵 달아나 버린다.

기척의 문제가 아니다.

숨 조절이 잘못된 것도 아니다.

목석이 되어서 가만히 서 있기만 하는데도 존재를 눈치채고 달아난다.

'뭐지?'

'오늘은 어디서 잔다?'

당우는 나무 위를 쳐다봤다.

백곡이 원래 그런가? 유난히 벌레가 많다. 초저녁에 잠자리를 고를 때만 해도 벌레가 눈에 띄지 않는데, 아침이 되어 눈을 떠보면 사방 천지가 벌레투성이다.

종류도 다양하다. 지네같이 척 보면 아는 것부터 이름도 알지 못하는 것들까지, 그야말로 세상에 존재하는 모든 벌레들이 잔치를 벌이는 것 같다.
 벌레들이 옷 속으로 파고든다.
 손등으로 기어오르기도 하고 머리카락 속에 둥지를 틀기도 한다.
 사정이 이러니 잠에서 깨어나면 제일 먼저 찬물에 몸을 풍덩 담그고 벌레들부터 털어내야 한다.
 며칠을 그렇게 보내고 나니 이제는 잠들기가 두렵다.
 나무 위는 조금 나을까? 아무래도 땅에서 사는 벌레들은 피할 수 있겠지? 그런데 나무 위에서 잘 수는 있나? 자다가 굴러떨어지지는 않을까?
 당우는 나무 위로 올라갔다.
 조금 널찍한 곳, 두 다리를 쭉 뻗을 수 있는 곳이면 된다. 등은 나무에 기대야 한다.
 상의를 벗어 쭉 찢었다.
 찢은 헝겊을 묶어서 밧줄을 만들고 자신의 몸을 나무 기둥에 묶었다. 허리에 한 매듭, 가슴에 한 매듭, 양쪽 어깨에 한 매듭씩 두 매듭을 묶었다.
 "됐나?"
 당우는 몸을 움직여 봤다.
 잠에 정신없이 곯아떨어졌을 경우를 생각해서 미리 옆으로 쓰러져 봤다.
 머리만 까딱거릴 뿐 몸은 움직이지 않는다.
 "됐어!"

당우는 정말 오랜만에 흡족했다.

윙! 위잉! 스으으읏!
귓가로 날벌레들의 날갯짓 소리가 울린다. 목덜미에서는 애벌레가 기어오르는 듯 스멀거린다.
'또?'
이 느낌…… 좋지 않다. 벌레들의 무덤에서 잠을 깼을 때 느꼈던 딱 그 느낌이다.
당우는 손사래를 치며 눈을 떴다.
위이잉! 위잉!
제일 먼저 뿌옇게 모여든 하루살이들이 눈에 띈다.
수백, 수천 마리는 족히 됨직한 하루살이들이 나무 전체를 휘감고 있다. 그뿐만이 아니다. 몸에는 깨알만 한 개미들이 들끓는다. 아예 몸을 뒤덮고 있다.
"이런……."
당우는 탄식을 토해냈다.
그토록 벌레들을 피하고 싶었는데, 오늘도 어김없이 꼬였다.
이건 백곡의 문제가 아니다.
하루살이들만 봐도 그렇다. 다른 나무는 멀쩡한데 오직 자신이 누워 있는 나무만 새까맣다. 어떤 나무라도 곤충이나 벌레들이 이 정도로 들끓으면 살기 힘들 것이다.
어제저녁, 잠을 청하기 전만 해도 멀쩡했다. 한데 잠에서 깨어나 보니 이 지경이다.

'나한테 문제가 있어!'

당우는 천천히 매듭을 풀었다.

이번에는 개미들을 털어낼 생각도 하지 않았다. 하루살이들을 쫓지도 않았다.

'어디가 잘못된 거지?'

당우는 미간을 찌푸린 채 생각에 몰입했다.

벌레들은 꼬이고 동물들은 달아난다.

자신에게 무엇인가가 있다. 벌레들은 좋아하지만 동물들은 싫어하는 것이 있다.

무엇이 자신을 특별하게 만들었을까?

무엇을 잘못 먹거나 마신 것도 없다. 머리가 깨져서 피가 흐르지만, 이미 아물기 시작했다. 상처 때문은 아니다.

'그때 그것 때문인가?'

생각이 폐가로 달려갔다.

치검령이 가르쳐 준 곳은 시궁창이 아니었다. 오래된 뒷간이었다. 기둥은 무너지고 분뇨통만 남아 있었다. 인간의 분뇨가 썩을 대로 썩어서 독기(毒氣)까지 피워냈다.

그런 곳에 몸을 푹 담갔다.

잠깐 들어갔다 나온 것이 아니라 오랜 시간 동안 소금에 절이듯 절여졌다.

분뇨는 금방 씻어냈지만…… 그 때문에 이러는 걸까? 그때의 냄새가 아직도 남아 있는 건가? 자신은 알지 못하지만 무언가 냄새가 풍기는 건 아닐까?

그는 나무에서 내려와 계곡으로 갔다.

위잉! 위이이이잉!

하루살이들이 줄기차게 따라붙었다. 몸뚱이에 꿀이라도 붙어 있는 듯 계속 따라왔다. 개미들도 떨어지지 않는다. 그가 움직이자 떨어지지 않으려고 더욱 안으로 파고든다.

다른 때 같으면 옷부터 벗어서 탁탁 털어냈을 게다.

이번에는 그러지 않았다. 그럴 필요가 없다. 벌레들이야 몸을 물에 푹 담그기만 하면 떨어진다. 당장 불편한 것보다는 근본적인 해결책이 필요하다.

'내 몸에 냄새가 배었다면…… 제길!'

동물들을 잡기는 틀렸다. 가뜩이나 후각이 뛰어난 놈들인데, 더러운 냄새를 풀풀 풍기면서 어떻게 다가서겠나.

'바람!'

늘 바람이 부는 방향을 주시한다. 늘 바람이 부는 반대쪽에서 접근한다.

동물에게 접근하는 것은 그렇다 치고 이놈의 벌레는 어떻게 해결해야 되나.

당우는 옷을 벗어서 탁탁 털었다.

옷에 꿀이라도 발라놓은 듯 시커멓게 달라붙어 있던 개미들이 후드득 떨어져 나갔다.

목욕을 하면 깨끗해진다. 냄새도 나지 않고 벌레도 달라붙지 않는다. 냄새가 지워지지 않고 계속 풍긴다면 움직이는 동안에도 벌레들이 달라붙어야 한다. 그렇지 않다. 목욕을 한 후부터 잠자리에 들 때까지는 보통 때와 다를 바 없다.
 '냄새는 아닐까? 뭔가 다른 거라면 뭐지?
 뭐가 있기는 있는데 뭔지를 모르겠다.
 일단…… 냄새가 배인 사람처럼 행동해 본다. 바람에 신경을 곤두세우면 놈들을 잡을 수 있을까?

 쒜엑! 타악!
 돌멩이가 날았다.
 물론 까투리를 맞히지는 못했다. 기형적으로 팔꿈치와 손목을 비틀었기 때문에 까투리가 앉아 있는 곳과는 전혀 다른 곳으로 날아가 버렸다. 그리고 손목과 팔꿈치가 제대로 꺾이지도 않았다. 그림처럼 꺾어보기는 했는데, 전혀 닮지가 않았다.
 "제길!"
 당우는 아깝다는 듯 괴성을 질렀다.
 동물들을 찾아 나선 이후 처음으로 돌멩이를 날려봤다.
 역시 냄새가 주범이다.
 바람이 부는 방향을 염두에 두고 반대쪽에서 움직이니 기척을 감지해 내지 못한다.
 이제 동물들을 상대로 그림들을 펼쳐 보일 수 있다.
 앉아서 기다리는 것은 곤란하고 자신이 직접 찾아 나서야 하겠지만 그것만 해도 아주 고무적이다.
 치검령과 벽사혈이 그려낸 그림들을 습자지에 판화 찍어내듯이 쿡 찍어낸다.
 한데 냄새라니? 자신은 맡지 못하지만 분뇨 썩는 냄새가 단단히 배인 것 같다.
 '내 몸에서 냄새가 난단 말이지. 하! 그걸 몰랐네. 똥 썩는 냄새…… 그러니 벌레가 꼬이지.'
 당우는 벌레들이 달려드는 이유도 나름대로 생각해 냈다.
 악취를 맡고 달려드는 것이다. 낮에는 달려들지 않고 밤에만 꼬이는 이유가 궁금하지만 어떤 특별한 사정이 있을 것이라고 막연히 생각해 본다.
 당우는 향나무를 찾아 나섰다.
 방충(防蟲) 효과가 있는 향나무를 태우면 벌레들로부터 자유롭지 않을까 싶다.
 잠자기 전에 연기를 흠씬 덮어쓰는 거다.
 '해보지 뭐.'

 악취가 향냄새를 이겼다.
 당우는 눈을 뜨자마자 곧장 계곡으로 달려 내려가 첨벙 뛰어들었다.
 온몸이 벌레투성이다. 지렁이 같은 놈들이 얼굴을 기어 다닐 때면 소름이 쫙 돋는다.
 그래도 실망 같은 건 하지 않는다.
 아버지에게서 배운 게 있다면 바로 이것이다.
 아버지는 실망을 모르는 사람 같다. 그토록 찢어지게 가난

해도 대수롭지 않게 생각한다. 노름으로 돈을 잃어도 남의 돈을 남에게 줬다는 식이다.

언제나 태연하다.

어려운 밀마를 접해도 마찬가지다.

풀면 푸는 것이고, 안 되면 마는 것이고…… 조급해한다고 안 풀리는 게 풀리는 것도 아니고…… 세상에 존재하는 밀마가 수백만인데 그걸 어찌 다 알랴. 또 다 알 필요가 있을까? 알면 풀고 모르면 한쪽 구석에 밀쳐 놓고.

그런 식이니 태연하지 않을 수 없다.

한데 이것이 바로 밀마해자의 올바른 자세다.

꾸준히 전력을 다하되, 안 풀린다고 조급해하지 말아야 한다. 오매일여(寤寐一如)라. 잠자는 중이나 깨어 있는 중이나 오직 밀마만을 생각한다. 그러나 밀마에 휘둘려서는 안 된다. 자신이 주인이 되어 끌고 가야 한다.

첫술에 배부른 건 없다.

이쪽으로 찔러서 안 되면 저쪽으로 찔러보고, 그쪽도 안 되면 또 다른 쪽으로 찔러보고…… 끊임없이 해답을 갈구하다 보면 인간사든 밀마든 반드시 풀리게 되어 있다.

시간을 가지고 다양한 방법으로 시도한다. 그러면 된다.

여기서 한 가지, 자신 스스로 자신에게 약간의 도움을 주는 방법이 있다.

정말로 문제를 해결하고 싶다면 자신을 절박함 속으로 밀어 넣으면 된다.

돌팔매질로 까투리를 잡지 못했다? 근처에도 가지 못했다? 일촌비도의 흉내조차 내지 못했다?

당연하다.

처음 시도해 본 무공인데 그런 게 성공하겠는가? 당우 자신도 단숨에 성공할 것이라는 생각 같은 건 같지 않았다. 그렇지만 시간을 두고 천천히 나아가면 반드시 좋아질 것이라는 생각은 한다.

지금은 괜찮지만, 언젠가는 고기가 먹고 싶어서 눈이 뒤집힐 때가 있을 것이다. 환장을 한다고 하는데, 꿩이든 뭐든 잡아먹고 싶어서 안달 날 때가 있을 게다.

심정이 아주 절박해지는 순간이다.

그때 전개하는 일촌비도는 지금과는 많이 다르지 않을까? 지금은 아파서 손목을 비틀지 못하지만, 그때는 자신도 모르는 사이에 확 꺾을 수 있지 않을까?

자신을 절박함 속에 몰아넣으면 나머지는 육신이 알아서 한다.

당우는 벌레들을 무서워하지 않는다.

전신을 뒤덮고 온몸을 기어 다녀도 태연하게 일어설 수 있다.

그렇기에 절박하지 않다. 계곡물에 몸을 풍덩 담그면 깨끗해진다는 사실을 알고 있기 때문에 조급해하지도 않는다.

아니, 당우는 지금의 상황을 즐긴다.

벌레들은 좋은 아침 식사거리다.

개미도 핥아 먹고, 지렁이도 꿀꺽 삼켜 버린다.

비위가 뒤틀릴 때도 있지만 생존을 위해서라면 못할 짓이 없다. 더군다나 실제로 해보면 그렇게 징그럽지도 않다.

지금의 당우에게 벌레가 꼬인다는 것은 도움이 될지언정 해가 되지는 않는다.

다만 몸에서 떼어내는 방법은 알아야 하지 않겠나.

눈을 떴을 때 맑고 상쾌한 기분으로 아침 해를 맞이할 수는 있어야 하지 않나. 언제까지나 벌레들에게 뒤덮인 채로 아침을 맞을 수는 없지 않나.

그 방법을 찾는 것뿐이니 굳이 자신을 절박함 속으로 밀어 넣을 필요는 없다.

우적! 우적!

당우는 벌레를 씹어 먹었다.

무엇을 씹고 있는지는 자신도 모른다. 고개를 다른 데로 돌린 채 손을 옷 속에 넣어서 물컹하고 잡히는 놈을 꺼내 입에 넣었다.

그놈이 무엇인지는 일부러 보지 않았다.

쳐다보면 징그러울 수 있다. 이건 못 먹는 게 아닐까 하고 의심이 드는 경우도 있다. 차마 이런 것까지 먹어야 하나 하는 생각이 들 때도 있다.

그래서 일부러 보지 않는다. 입안에 무엇인가 들어오면 눈을 감은 채 으적 씹는다.

맛이 영 역겨울 때가 있다. 너무 써서 뱉어내고 싶을 때도 있다. 쓴 것은 그나마 참을 수 있다. 입안에 넣자마자 토악질을 치밀 게 만드는 놈도 있다.

실제로 그놈들 중에는 몸에 해가 되는 것들이 많다.

벌레들은 거의 대부분 병균을 지니고 있다. 자신을 보호하기 위해 독성(毒性)을 띠는 경우도 있다. 그렇기 때문에 벌레를 먹더라도 애벌레를, 그것도 내장은 훑어내고 고기만 먹는 것이다. 그것도 목숨이 경각에 달린 아주 절박한 순간에만 말이다.

당우는 그런 점까지는 생각하지 못했다. 벌레들은 고기라는 생각만 했다.

'오늘은 뭘 한다?'

달리고 달리고 또 달린다. 던지고 던지고 또 던진다.
한시도 쉼없이 몸을 움직인다. 겨우 풀잎만 먹고 어떻게 저런 활력이 생길까 싶을 정도로 온 산을 헤집고 다닌다.
"하! 하하!"
당우는 웃었다.
난생처음으로 농사일에서 벗어났다. 소작농에서 벗어났다. 품삯꾼 일을 하지 않아도 된다.
이것이 하고 싶은 일인가?
그런 점은 따지고 싶지 않다. 당장 몰입할 수 있는 일이 생겼다는 것만으로도 만족한다.
쉬이익!

돌멩이가 허공을 가른다.

나무 위에 앉아 있는 까치를 노린 것인데, 수평으로 쭉 뻗어 나가 엉뚱한 바위를 치고 만다.

그래도 좋다. 그 속에서 조그만 변화를 읽어냈다.

돌멩이가 날아가는 방향은 손목을 어떻게 휘느냐에 따라서 달라진다. 아주 기본적인 상식이다. 한데 속도의 변화도 생긴다. 방향만 주시해야 할 게 아니라 속도의 변화까지도 고려해야 한다.

'일심지(一尋脂) 일탈망(逸脫網)!'

투골조의 구결을 떠올렸다.

일촌비도나 일섬겁화를 육신의 힘만으로 전개한다는 건 미친 짓이다. 아무리 체력적으로 강한 자라도 절대 불가능하다. 어떤 식으로든 진기의 도움을 받아야 한다.

다행히도 투골조는 진기를 열 손가락에 운집시켜 준다.

일촌비도를 전개하기에는 딱 적합하다.

"좋아!"

당우는 쩌렁 고함을 내지르며 돌멩이를 던졌다. 틀림없이 목표로 잡은 다람쥐는 맞히지 못하겠지만.

第十二章
확취(攫取)

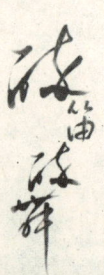

1

'일촌비도?'

일촌비도를 가장 잘 아는 사람은 치검령이다.

치검령은 당우의 돌팔매질 속에서 자신의 일촌비도를 보았다.

물론 일촌비도와는 까마득하게 멀다. 그저 일촌비도를 흉내 내는 것뿐이다. 하지만 손목의 꺾임이라든지, 팔꿈치의 뒤틀림은 상당히 많이 쫓아왔다.

'허!'

치검령은 기가 막혀서 헛바람을 토해냈다.

다른 사람의 무공을 도둑질한다는 것은 상당한 중죄다. 도둑질한 무공으로 악행을 저지를 수가 있기 때문에 무공 사취(詐

取)는 철저하게 엄금한다.

당우는 지금 그런 짓을 저지르고 있다.

풍천소옥 무인들이 이 광경을 봤다면 대번에 뛰쳐나가 요절을 냈으리라.

그건 그렇고…… 참으로 기가 막힌 노릇이지 않나. 당우가 일촌비도를 본 것이라고는 겨우 한두 번에 불과한데 그새 요체를 알아봤단 말인가.

설명을 들은 것도 아니다. 실전에서 사용하는 모습을 지켜본 것뿐이다. 그것만으로 요체를 알아낼 수 있을까?

알아낼 수 있는 것 같다.

당우가 하는 짓을 보니 거의 유사한 지경까지는 알아낸 것 같다.

'저런 식으로 던지면 고통이 장난 아닐 텐데.'

치검령은 고개를 좌우로 흔들었다.

당우는 진기의 흐름을 모른다. 진정한 요체는 파악하지 못한 채 겉모습에 불과한 초식의 형태만 흉내 낸다. 억지로 육신을 쥐어짜듯이 뒤틀고 있다.

저런 식으로 일촌비도를 수련하면 근육이 찢어지는 건 시간문제다. 근육은 앗차! 하는 순간에 찢어지며, 팔을 들어 올리지도 못할 만큼 극통을 수반한다.

관절도 문제다. 무리가 심해서 영구 손상도 배제하지 못한다.

당우는 아주 미련한 짓을 하고 있다.

더군다나 당우는 일촌비도만 수련하는 게 아니다. 벽사혈의 암행류와 일섬겁화도 같이 수련하고 있다.
　그것들도 역시 진기의 흐름과는 무관한 방식으로 수련된다. 초식의 형태, 겉모습만 따라 한다. 위력이라고는 전혀 담겨 있지 않고, 표현조차 제대로 이끌어내지 못한다.
　그런데도 징그러울 정도로 꾸준히 수련한다.
　'후후! 벽사혈이 미칠 지경이겠군.'
　치검령은 숲 속 어딘가에서 지켜보고 있을 벽사혈을 떠올리자 웃음이 피식 새어나왔다.
　당우는 치명적인 단점을 안고 있다.
　몸에서 투골조의 악취를 풍기고 있는 한 그는 결코 자유롭지 못하다. 그를 추격하는 사람이라면 십팔만 리쯤 떨어져 있어도 쫓아갈 수 있다.
　벽사혈이 그를 노린다.
　자신도 노린다.
　자신들이 당우를 노리고 달려들 때, 버마재비를 노리는 참새처럼 천검귀차가 뒷덜미를 쳐올 것이다.
　천검귀차…… 어디에 숨어 있는지 파악되지 않는다. 하지만 분명히 숨어 있기는 하다. 어딘가에 숨어서 당우를 지켜보고 있을 게 불 보듯 뻔하다.
　사형은 죽었을까?
　일촌비도에 격중당하는 순간 탈각신보(脫殼神步)를 펼쳤다면 목숨을 구했을 것이고 그렇지 않았다면 죽었을 게다.

일촌비도를 썼고, 격중당하는 모습을 보았다. 하지만 그 후에 바로 몸을 빼냈다. 탈각신보를 전개하는지 확인해야 하는데 그럴 만한 틈이 없었다.

찰나면 된다. 섬광이 눈앞을 스쳐 가는 것보다 더 빠른 순간이면 확인할 수 있다. 그런데 그럴 틈이 없었다. 그 짧은 순간조차 주어지지 않았다.

사형이 죽지는 않았어도 크게 당한 건 맞는 것 같다. 그렇지 않았다면 천검귀차가 이토록 조용할 리 없다. 벌써 사형을 앞세워 질풍처럼 공격해 왔으리라.

천검귀차가 조용하다는 것은 사형에게 변괴가 생겼다는 뜻이다.

'웃! 저건!'

당우가 돌팔매질을 한다.

이번에는 자신의 일촌비도가 아니다. 벽사혈이 십자표를 시전한 것과 흡사한 형태를 취하고 있다.

'저놈!'

치검령은 그제야 당우가 어떤 광경을 흉내 내고 있는지 알았다.

천검귀차와 격돌했던 순간을 재현하고 있다.

그 짧은 순간에 자신이 펼쳤던 무공을 고스란히 흉내 낸다. 자신뿐만이 아니다. 벽사혈의 모습까지 흉내 내고 있다.

당우는 '촌각의 눈썰미'를 지녔다.

어떤 모습이든 눈앞을 스쳐 간 것이면 잊어버리지 않는다.

이런 눈을 풍천소옥에서는 '귀안(鬼眼)'이라고 부른다.

치검령의 눈살이 찌푸려졌다.

별것 없던 촌놈, 한낱 밀매해자의 자식이 귀안을 지닌 놈이었단 말인가.

치검령은 탄식했다.

'반드시 죽여야 할 이유가 하나 더 생긴 건가.'

'귀안!'

벽사혈은 미간을 찌푸렸다.

은가에 투신한 무인들은 거의 대부분 신안(神眼)을 지닌다.

신안이라고 해서 신통력을 발휘한다거나 육신통(六神通)을 펼친다는 의미는 아니다. 다만 조금 더 정확하게 보고, 깊이 있게 보고, 흘려보지 않는다는 뜻이다.

신안을 지닌 사람은 남들이 보지 못한 것을 본다.

미세한 것, 숨긴 것, 옷에 달린 장신구까지 자세하게 살핀다.

그러다 보니 세상을 올바르게 보고 판단한다.

눈으로 봤다고 해서 전부 본 것이 아니다. 그중에는 미혹(迷惑)을 일으키는 것도 상당하다. 그러니 냉철한 이성으로 자신을 조율할 수 있어야 한다.

신안은 정도(正道)와 상통한다.

마음속에 기둥을 세우고 흔들리지 않는다. 사마(邪魔)에 현혹되지 않고, 미신에 끌리지 않는다.

신안은 사물을 냉철하게 분석한다.
항상 의심하고, 판단하며, 가장 좋은 방법을 유추해 낸다.
그래서 신안을 지닌 사람들은 합리적이다. 정확하다. 하지만 비판적이다.
귀안은 신안과는 전혀 다르다.
귀안도 사물을 자세히 본다는 면에서는 같다.
귀안이나 신안을 지닌 사람은 달리는 말을 타고 산을 훑어본다고 해도 가만히 앉아서 산만 노려본 사람보다 더 정확하고 사실적으로 묘사해 낸다.
그만큼 자세히 본다.
하나 귀안은 비판하지 않는다는 맹점이 있다.
분석하려고 하지도 않고, 좋은지 나쁜지 판단하려고 하지도 않는다.
한마디로 마음에 중심이 없다.
귀안은 습자지다. 사공이든 마공이든 비판없이 주는 대로 받아들인다. 눈으로 본 것이 무엇이든 고스란히 마음에 담아 넣는다. 한순간 머릿속에서 '판단' 이라는 말이 사라진다.
당우는 귀안이다.
치검령의 일촌비도, 은형비술을 흉내 낸다.
자신의 암행류, 일섬겁화를 따라서 한다.
이 순간, 당우의 머릿속에는 잘잘못에 대한 판단이 사라진다. 자신이 불가능한 일에 도전하고 있다는 사실을 망각한다. 그러면서도 형태만은 고스란히 따라서 한다. 눈앞에서 세세한 부분까지 설명해 주면서 느린 동작으로 시전해 주었을 경우에만 표현할 수 있는 동작도 서슴없이 취한다.

인간의 관찰력을 벗어나 귀안의 관찰력을 지녔다는 뜻이다.

신안을 지닌 자 같으면 절대로 도전하지 않았을 무모한 일을 거침없이 하고 있다는 건 그가 귀안을 지녔기 때문이다.

당우는 투골조를 수련했다.

귀안을 지닌 자가 투골조를 전수받았다.

투골조를 전수할 때 투골조가 세상에서 가장 사악한 사공 중의 하나라는 사실을 말해주었을 리 없다.

다시 말해서 당우에게는 투골조 역시 정상적인 무공 중의 하나다.

그녀가 이해할 수 없는 점은 밀마해자의 피를 이어받은 자식이 어찌하여 귀안을 지녔냐는 것이다.

밀마해자가 되려면 집중력이 뛰어나야 한다. 이해력도 탁월해야 한다. 또한 판단력도 남달라야 한다. 더불어서 무궁무진하게 지식도 흡수해야 한다.

그런 자의 자식이 남들보다 탁월한 눈을 지녔다면 그것은 귀안보다는 신안이 될 가능성이 높다.

실제로도 그랬다. 당우는 투골조의 진결을 전수받은 지 며칠이 되지 않아서 요체를 파악해 냈다. 투골조의 진수(眞髓)를 깨달았다. 기억력은 말할 것도 없고 이해력과 판단력이 남달리 탁월하다는 뜻이 아니고 뭔가.

그런 자가 치검령과 자신의 무공을 봤다.

하면 제일 먼저 판단부터 해야 한다.

자신이 이런 무공을 수련할 수 있을까? 수련할 수 있다면 어디서부터 어떻게 수련해야 할까? 그리고 그런 생각까지 했다면 제일 먼저 진기 운행부터 살펴야 된다는 생각이 퍼뜩 들 것이다.

진결을 알지 못하는 한 초식 흉내만 내서는 아무것도 아니라는 사실을 알아야 한다.

당우가 무공을 전혀 모른다면 납득할 수 있다.

당우는 투골조의 진결을 이해하고 있다. 무공이 무엇인지 알고 있고, 초식을 전개하기 위해서는 진기부터 운행시켜야 한다는 사실도 깨닫고 있다.

그런 자가 남의 무공을 흉내 내는가?

신안이 아니라 귀안이라면 가능하다.

이 순간만큼은 판단력이 고장 났다. 아무 생각도 하지 못하고 오로지 '할 수 있다'라는 아집에만 사로잡혀 있다.

당우는 귀안이다.

밀마해자의 피를 이어받은 자가 귀안이 되는 흔치 않은 경우가 벌어졌다.

적성비가의 포승법이 어떻게 풀렸는지 궁금했다.

당우는 온데간데없고 포승줄만 널려 있을 때, 잠시나마 누가 납치한 것이 아닐까 하는 생각까지 했었다.

이제는 이해된다.

포승줄은 당우가 직접 풀었다. 그 짧은 시간 동안에 포승법을 외워 버렸다. 신안, 귀안이라고 해도 손색이 없을 관찰력으로 묶는 법을 자세히 봤다. 그런 후, 이때다 싶을 때 유유히 풀고 사라졌다.

적성비가 무인들은 포승법을 이틀에 걸쳐서 숙련한다.

사부 혹은 사형이 앞에서 자세하게 풀이해 주고 같이 실습하면서 몸에 익힌다.

당우는 묶이면서 배웠다.

그런 놈이니 멀리서 본 것만으로도 일촌비도나 일섬겁화를 배웠다고 생각할지도 모른다.

벽사혈의 고민은 그런 점에 있지 않았다.

투골조!

'놈에게 투골조를…… 독을 주었군. 독이야. 그것도 아주 극독을 먹었어. 죽여야 해. 살아 있어봤자 해악만 끼칠 거야. 지금은 아니더라도 결국은 사마의 길을 걸을 거야.'

신안의 판단이었다.

째액! 째애액! 째액!

산새 소리가 요란하게 울린다.

산새답지 못한 산새 소리다. 누군가 특정한 목적을 가지고 인위적으로 만들어낸 소리다. 삼척동자가 들어도 입으로 불어낸 소리라는 걸 알 정도이다.

찍! 찌찍!

산새 소리에 놀란 들쥐가 화답했다.

확취(攫取)

아주 간결하고 짤막한 소리다.
산은 다시 조용해졌다.
산새 소리도 들쥐 소리도 들리지 않았다. 스산한 바람만 나무를 흔들고 지나갔다.

'됐어!'
벽사혈은 치검령의 위치를 알았다.
적성비가는 야전(野戰) 합공(合攻)을 취할 때 산새 소리로 의사를 소통한다.
물론 지금처럼 아무렇게나 소리를 발하는 건 아니다.
적성비가 무인들이 본격적으로 의사소통을 시작하면 사냥꾼도 속는다. 다른 사람은 절대 알아듣지 못한다. 소리에 따라서 내용도 천차만별이다. 공격이나 후퇴 같은 기본적인 언어 이외에도 수많은 말들을 새소리로 전달할 수 있다.
풍천소옥도 그런 점에서는 같다.
치검령은 쥐 소리를 냈지만 그 외에도 신호로 쓰는 동물들의 소리가 수십 가지는 된다.
적성비가나 풍천소옥은 서로 상대방이 어떤 식으로 의사소통을 하는지 안다. 내용은 알아듣지 못한다. 신호가 지극히 자연스러워서 신호를 주고받는지도 모른다. 서로 의사소통을 어떤 식으로 한다는 정도만 아는 것이다.
벽사혈은 그런 점에 착안해서 새소리를 냈다.
적성비가 방식으로 새소리를 토해내면 자칫 진짜 새소리로 착각할 수가 있어서 일부러 어색한 새소리를 냈다.
 소리를 낸 후 신형을 띄우기까지 딱 한 호흡의 여유만 있다.
 '하나!'
 숨을 들이쉬었을 때, 치검령이 쥐 소리를 냈다.
 쥐 소리 역시 인위적인 소리라는 걸 대번에 알아들을 수 있을 만큼 어색하다.
 서로 의사가 통했다.
 벽사혈과 치검령은 서로의 존재를 확인했다.
 물론 천검귀차 역시 그들의 존재를 파악했다. 어디에 숨어 있는지 알아냈고, 벌써 공격이 시작되었다.
 '둘!'
 들이쉬었던 호흡을 내뿜으며 신형을 쏘아냈다.
 암행류!
 숨어 있던 곳에서 옆으로 이 장가량을 움직인다.
 소리를 내지 않는다. 지극히 은밀하게 움직인다. 어둠 속에 몸을 숨기듯이 스르륵 어둠과 일체를 이룬다.
 이 순간, 치검령도 움직이고 있다. 자신과 마찬가지로 일 장 내지 이 장가량을 움직인다. 그녀가 암행류를 쓰는 것처럼 치검령도 은형비술을 쓴다.
 천검귀차의 이목을 잠깐 동안만 따돌리면 된다.
 스스스슷!
 그녀는 이 장을 움직인 후, 다시 어둠과 하나가 되었다.

모두가 당우를 노린다.
그녀도 노리고, 치검령도 노린다. 천검귀차 역시 당우를 살려둘 생각은 없다.
이 세 부류 중에서 천검귀차가 가장 유리한 입장에 있다.
그들은 벽사혈과 치검령을 쓸어버릴 수 있다. 두 명이 힘을 합쳐도 토우(土偶)처럼 짓밟아 버릴 수 있다.
그들은 절대로 손속에 사정을 담지 않는다.
천검가의 비밀을 보존하기 위해서라면 하늘이라도 죽일 수 있는 사람들이다.
천검귀차는 벽사혈과 치검령이 당우를 두고 떠나지 않을 것이라는 점을 안다.
벽사혈은 당우를 잡아서 실토를 받아내야 한다. 누가 투골조를 전수했는지 알아내야 한다. 그러니 당우를 이대로 두고는 아무 데도 갈 수 없다.
치검령은 떠날 수 있다.
천검가의 의도를 알았으니 언제든지 떠나도 된다. 그와 천검가주와의 의리는 끊겼다.
그러나 그도 가지 못한다.
그에게 주어진 임무는 천검가에서 투골조를 씻어내는 것이다.
아직 당우가 남았다. 임무가 끝나지 않았다. 당우가 남은 이상 아무 데도 갈 수가 없다. 풍천소옥의 이름을 걸고 당우를 처리해야 할 의무가 있다.

천검가주의 배신은 당우를 처리한 후에나 생각할 일이다.
천검귀차는 그런 점들을 알고 있기에 당우를 즉각 죽이지 않고 지켜보기만 한다.
벽사혈과 치검령을 잡을 미끼!
자! 자신있으면 죽이든 데려가든 마음대로 해봐라!
천검귀차는 두 사람을 기다린다. 그리고 두 사람은 부득불 앞으로 나서서 당우를 처리해야 한다. 천검귀차가 기다리는 걸 알면서도 나설 수밖에 없는 입장이다.
벽사혈이든 치검령이든 혼자서 해낼 수는 없다.
사형을 쳤을 때와 마찬가지로 서로 협조해야 한다.
일단 서로 협조하기로 약속은 했다. 이쪽에서 새소리로 협조를 청했고, 치검령이 그러마고 답을 보내왔다. 천검귀차도 둘 사이에 나눈 대화를 들었다. 대화 내용도 짐작한다. 곧 움직임이 벌어질 것이라는 점도 인지한다.
서로가 모든 사실을 알면서 시작하는 유희(遊戲)다.
이제 누가 먼저 움직일 것이냐 하는 점만 남았다.
그녀가 먼저 나서면 사로잡는 형식이 될 것이다. 자신은 당우를 나포하고, 치검령은 뒤를 막아준다.
이것이 약속이다.
한데 이 일은 치검령의 목적과는 완전히 다른 결과를 초래한다. 죽여야 할 자를 살려서 적의 손에 넘겨주는 현상이니, 차라리 하지 않는 것만 못하다.
치검령이 먼저 나서면 당우를 죽이는 결과가 될 게다.

이것 역시 벽사혈의 목적에 반한다.
　사로잡아야 할 자를 자신이 도와주면서까지 죽여야 할 이유는 없지 않나.
　그래서 돕지 않으면 어찌 되는가?
　먼저 나서는 쪽이 천검귀차에게 당한다. 그리고 뒤에 숨은 자도 시간 차이만 있을 뿐 당하는 것은 기정사실이 된다.
　혼자서는 도저히 천검귀차의 손에서 벗어날 수 없다.
　둘이 힘을 합친다고 해도 별반 달라질 것은 없다. 천검귀차의 올가미는 여전히 두 사람을 옥죄고 있다.
　그래서 상황을 비튼다. 먼저 움직임으로써 고착된 틀을 깨야 한다. 오직 이런 행동에서만 활로를 구할 수 있다. 하니 살고자 하면 돕지 않을 수 없다.
　적이 먼저냐, 삶이 먼저냐 하는 선택의 문제만 남는다.
　삶이 먼저라면 도울 것이고, 목적이 먼저라면 절대로 돕지 않는다. 자신이 죽는 한이 있어도 먼저 움직인 자부터 처리한다.
　서로 돕기로 약속은 했지만 과연 약조대로 움직일지는 미지수다.
　'어쩌겠어. 믿어야지.'
　벽사혈은 눈빛을 반짝거렸다.

2

쒜에엑!

토끼를 향해 일촌비도를 쏘아냈다.

이번에도 토끼를 맞히지는 못했다. 전혀 엉뚱한 곳, 토끼로부터 우측으로 십여 장이나 떨어진 곳에 떨어졌다.

던질 때 똑바로 던지지 않고 손목을 비틀었기에 나타난 현상이다.

"치잇!"

당우는 안타까운 듯 혀를 내밀어 입술을 핥았다. 그 순간,

쒜에에엑!

난데없이 등 뒤에서 허공을 찢어발기는 소리가 울려왔다.

"헛!"

당우가 경각심을 느꼈을 때는 이미 늦었다.

벽사혈의 손아귀가 어느새 당우의 뒷목을 움켜쥐었다.

쒜엑! 쒜엑! 쒜엑!

또 다른 소리들이 급박하게 울렸다.

여기저기서 검은 그림자들이 불쑥불쑥 모습을 드러낸다.

"헛!"

당우는 또 한 번 놀랐다.

토끼를 쫓을 때만 해도 주위에는 아무도 없었다. 한데 느닷없이 검은 그림자들이 들고일어선다.

쒜엑!

칼날이 날아온다.

천검귀차는 당우를 노리지 않는다. 그를 살려두어야만 치검

령을 잡는다. 치검령이 먼저 움직였다면 지금과는 반대의 공격이 이어졌을 게다. 당우를 노리면 벽사혈이 나서지 않을 수 없다. 하면 일거양득(一擧兩得), 양쪽 모두를 잡는다.
 벽사혈이 먼저 움직였다.
 그녀는 당우를 생포해야 한다. 그러기 위해서 먼저 나섰고, 천검귀차의 공격권에 들어왔다.
 당우를 죽여야 할 사람, 치검령은 나서지 않았다.
 당우를 어찌해야 하나? 답은 뻔하다.
 벽사혈도 그런 점을 안다.
 스읏!
 당우의 육신으로 검을 막아갔다.
 "엇!"
 당우는 깜짝 놀라 헛바람을 내질렀다.
 그야말로 눈 깜짝할 순간에 얼굴 위로 일검이, 배 위로 일검이 스쳐 갔다.
 치검령은 나타나지 않았다.
 '치잇!'
 벽사혈은 당우를 움켜쥐고 숲을 향해 치달렸다.
 당우를 데리고 암행류를 펼칠 수는 없다. 어둠을 전혀 모르는 자를 데리고 어둠 속으로 들어가지는 못한다. 그래도 숲으로 뛰어드는 것이 환히 트인 곳에서 적을 맞이하는 것보다는 나을 게다.
 스읏! 스스슷!

검이 날아들면 당우를 방패 대신 내세웠다.

천검귀차에게도 당우는 반드시 죽여야 할 위험인자다.

폭풍처럼 일어나서 잡다한 문제들을 확 쓸어버리기로 작심한 이상 투골조와 관련된 사람들은 죽음을 피하지 못한다.

다만 지금, 지금만 살려둘 뿐이다.

"윽! 윽!"

당우가 사색이 되어 연신 신음을 토해냈다.

검이 흐른다. 내리찍고, 빗겨가고, 후려치고, 치올린다.

그를 향해서 무수한 검광이 번뜩인다.

당우는 사태를 금방 읽었다.

자신을 붙잡은 사람은 여인, 벽사혈이다.

그녀는 아무 치장도 하지 않아서 여인다운 향내를 풍기지는 않는다. 하지만 몸의 느낌이 여자다. 목덜미를 붙잡은 힘도 사내처럼 억세지만 사내는 아니다.

벽사혈이 자신을 방패막이로 내세우고, 금방이라도 몸통을 절단시킬 듯 강하게 쳐오던 검은 슬며시 비켜간다.

검은 그림자들은 자신을 죽이지 않는다.

벽사혈은 그 점을 알고 자신을 방패로 내던진다.

'죽지 않아!'

그렇다면 느긋한 마음으로 검의 흐름을 읽을 수 있지 않을까?

그는 사내들의 검을 봤다. 검이 흐르는 선을 읽고, 기세를 감지했으며, 변화할 때의 숨결을 파악했다.
 그런데도 살검이 눈앞을 스쳐 갈 때면 자신도 모르게 신음이 터져 나온다.
 "윽! 윽!"
 신음을 토하지 않겠다고 다짐했는데도 또 토해내고 말았다. 이번 공격은 너무 날카로워서 아예 눈까지 찔끔 감아버렸다.
 그래도 금방 눈을 떴다.
 검은 사내들이 쏟아내는 검공에서 일련의 사슬을 발견해 냈다.
 모두 일맥상통(一脈相通)한다. 한 가지 검법을 구사한다. 초식의 시작과 끝이 다르지만 가장 중요한 것, 호흡이 같다. 검의 흐름이 연결된다.
 조각 맞추기가 시작되었다.
 당우는 무수하게 쏟아지는 검공들을 뚫어지게 쏘아보았다.
 일단은 외운다. 느낀다.
 하나하나의 모습을 그림으로 그려놓는다.
 모아진 그림들을 쭉 늘어놓고 선(先)이 무엇이고, 후(後)가 무엇인지 순서대로 맞추는 것은 시간 날 때 한다.
 조각이 완전히 안 맞춰질 수도 있다.
 지금 얼마나 자세하게, 많은 것을 보느냐에 따라서 결과가 달라진다. 많이, 자세하게 보면 완전체가 쉽게 만들어진다. 적게, 조금 보면 골머리를 싸매야 한다.
 그림의 시작과 끝이 쭉 이어지지 않을 수도 있다.

중간에 몇 장의 그림이 빠지는 경우인데…… 그럴 경우, 흐름이 끊긴다.
치검령의 일촌비도나 벽사혈의 일섬겹화는 일초무공(一招武功)이라고 해도 과언이 아니다. 초식은 중요하지 않다. 골격을 올바르게 세워놓으면 살과 뼈는 얼마든지 갖다 붙일 수 있다.
진결을 제대로 알면 수만 가지의 초식을 형성해 낼 수 있는, 그런 무공이다.
반면에 검은 사내들이 쏟아내는 검공에는 일정한 형식이 있다.
무인들이 말하는 검을 쓰는 법, 검법(劍法)이 담겨 있다.
눈앞에서 검광이 번뜩인다.
"윽!"
당우는 눈을 찔끔 감았다.

'빠져나갈 수 없다!'
벽사혈의 등줄기에서 식은땀이 흘렀다.
치검령은 약속을 해놓고도 나타나지 않는다. 하기는…… 그는 이래도 그만, 저래도 그만이다.
그가 나타나지 않으면 벽사혈이 제일 먼저 죽을 것이다. 그다음은 누가 죽을까? 당우다. 천검귀차가 당우를 죽여야 한다는 사실은 치검령이 가장 잘 안다. 사실, 치검령을 치는 것보다 당우를 먼저 쳐야 한다. 투골조의 문제를 근본적으로 뿌리 뽑으려면 당우부터 제거해야 한다.
 그래서 치검령은 나타나지 않는다.
 천검귀차는 당우를 죽일 것이고, 천천히 치검령을 요리할 게다.
 결국 천검귀차의 승리로 끝나는 건가? 요행을 바란다면 치검령만은 빠져나갈 수도 있겠지만…… 어쨌든 그녀와 당우는 꼼짝없이 죽은 목숨이 되었다.
 '치잇! 약삭빠른 놈! 그렇게 도와주었건만…… 역시 풍천소옥 놈들은 믿을 게 못 돼!'
 벽사혈은 부지런히 이리 뛰고 저리 뛰었다.
 어떻게든 천검귀차의 공격권에서 벗어나려고 발버둥 쳤다.
 쒜엑!
 검이 날아온다. 전면에서 몸을 양단해 버릴 기세로 무지막지한 검세가 쏟아진다.
 "홋!"
 급박한 신음이 쏟아졌다.
 몸을 빼내는 데 급급해서 진정한 검공이 다가오는 줄 몰랐다.
 이놈들…… 도대체 몇 명이 합공하는 건가. 어떻게 하나같이 고수들인가.
 벽사혈은 급히 몸을 비틀면서 임시방편으로 당우를 불쑥 내밀었다. 천검귀차가 검초를 물려주기만을 간절히 바라면서. 하지만 당우를 내밀고 있는 그녀조차도 이번 공격만큼은 쉽게 끝나지 않을 것이라는 점을 예감했다. 그러기에는 너무 급박하다.
 탁!
 손에 묵직한 느낌이 전달되었다.
 방패막이로 내세운 당우의 몸을 통해 둔탁한 느낌이 전달되었다.
 "웃!"
 벽사혈이 깜짝 놀라서 급히 손을 물렸지만 이미 늦은 것 같다. 당우는 죽은 듯이 축 늘어졌고, 가슴과 배에서는 붉은 피가 뭉클뭉클 쏟아져 내린다.
 "이런!"
 결국 이렇게 되는 것인가.
 벽사혈은 급히 당우의 코밑에 손가락을 댔다.
 옅은 숨결이 느껴진다.
 숨을 멈춘 것처럼 호흡이 끊겼다가 간신히 실바람 같은 미약한 숨결을 쏟아낸다.
 일격에 치명상을 입었다.
 이대로 두면 일다경(一茶頃)도 지나지 않아서 목숨을 잃는다.
 '치검령, 이 개자식!'
 그녀는 이를 부드득 갈았다.
 적의 입장에서 만난 사람을 믿은 게 잘못이다. 약속도 급한 마음에 자신이 먼저 했다. 한데 꼭 치검령의 얕은 수작에 넘어간 것 같아서 화가 치민다.

지혈도 할 수 없다. 피라도 멈춰보려고 손을 놀리려 했지만 이미 피를 본 검들이 거침없이 쏟아진다.

쒜엑! 쒜에엑!

그녀는 축 늘어진 당우를 옆구리에 끼고 검을 피해냈다.

천검귀차는 가리는 것이 없어졌다. 방금 전까지는 당우를 치지 않으려고 노력했지만, 이제는 그런 노력마저도 기울일 필요가 없다. 검이 걸리는 것은 뭐가 되었든 베어버린다.

그녀는 당우를 놓아버릴까 하는 생각을 했다.

사람이 축 늘어져 있으면 특히 무겁다. 쌀 한 짐 메는 것보다 같은 무게의 어린이 한 명 드는 것이 더 무겁다. 특히 지금처럼 싸움이 급박할 때는 상당한 부담이 된다.

이리저리 갈팡질팡하던 벽사혈이 뚝 신형을 멈췄다.

앞, 뒤, 좌, 우…… 다 막혔다.

인정하고 싶지 않지만 이제는 그만 현실을 똑바로 봐야 한다.

'틀렸어.'

그렇다. 틀렸다.

천검귀차 무인들이 모습을 드러냈다.

이곳저곳에서 불쑥불쑥 검공만 쏟아낸 후 다시 사라지곤 하던 무인들이 당당하게 모습을 드러낸다.

그들도 이제 끝낼 순간이라는 걸 직감한 것 같다.

스으읏! 스읏! 스읏!

그들은 검을 어깨 높이로 들어 올렸다. 검끝은 벽사혈의 머리를 노렸다. 한 명만 그런 것이 아니고 나타난 자들, 다섯 명 모두 같은 기수식(起手式)을 취했다.

'금마검법(擒魔劍法)?'

벽사혈은 고개를 갸웃거렸다.

금마검법은 천검가의 무공이 아니다. 검련십가에서도 쓰지 않는다. 검련에 이름을 올린 사십여 개의 검가(劍家) 중 어느 곳에서도 사용치 않는다.

금마검법은 잔혹하다.

금마검법을 창안한 금마검객(擒魔劍客)은 이 검법으로 마인 일흔 명을 요절냈다.

죽인 건 아니다. 평생 검을 쓰지 못하게만 만들었다.

금마검법은 신경만 노린다. 그것도 아주 중요한 신경만 잘라놓는다. 경추(頸椎)를 건드려 전신 마비를 만들어놓기도 하고, 척추를 갈라서 하반신 마비를 만들기도 한다.

금마검법을 시전하기 위해서는 종이를 수십 장 쌓아놓고 원하는 숫자만큼만 베어낼 수 있는 정교함이 필요하다.

그 정도의 정교함은 약간만 수련하면 누구라도 가능하다.

검을 손에 쥔 자치고 그 정도도 이루지 못한 채 무림에 출도하는 무인은 없다. 무림 문파는 몰라도 은가 출신들은 눈 감고도 그 정도 장난은 친다.

금마검법을 제대로 펼치려면 검으로 실 가닥을 끊어내야 한다.

수십 가닥이 씨줄 날줄로 엮여 있는 실타래를 쳐서 원하는 숫자만큼만 끊어낸다.
　실타래를 넘어서면 머리카락을 베어낸다.
　머리카락까지 벨 수 있으면 물결을 벤다.
　물결이 흔들리지 않게 물속에 있는 달만 베어낸다는 수월검법(水月劍法)과 흡사하지만 전혀 다르다. 수월검법은 달을 베지만 금마검법은 물결을 잘라낸다.
　순식간에 일었다가 사라지는 물결을 어떻게 잘라내느냐고?
　그래서 이런 단계에 이른 검을 마음의 검, 심검(心劍)이라고 한다. 마음으로 보고 마음으로 베어야 한다.
　금마검법은 금마검객을 끝으로 사장(死藏)되었다.
　폐인(廢人)을 만드는 검법이다. 인의(仁義)를 거론하는 무인들이 손댈 무공이 아니다. 아니, 솔직하게 말하자면 수련해 내기가 무척 까다로우면서 노력에 대한 대접은 받지 못하는 무공이기 때문이다.
　천검귀차가 사용하는 무공이 금마검법인 것 같다.
　기수식만 가지고 금마검법을 운운하기는 이르다 하지만 파지법(把指法)…… 검지와 중지를 쭉 펴서 검신에 나란히 붙이는 파지법은 오직 금마검법에서만 볼 수 있다. 힘이 아니라 정교함을 극한까지 추구하는 금마검법만의 독특한 형태다.
　툭!
　벽사혈은 당우를 떨어뜨렸다.
　놓고 싶어서 놓은 게 아니다. 전력을 다하기 위해서 어쩔 수 없이 놓았다.
"치잇!"
입술도 악물렸다.
지금까지 쳐온 공격들이 금마검법이었다면 금마검법이 정교함만 추구한다는 편견을 버려야 한다.
공격이 굉장히 강렬했다. 빨랐다. 패검(覇劍)과 쾌검(快劍)의 요소를 두루 갖췄다. 더군다나 금마검법은 세검(細劍)이 주(主)다. 본연의 힘은 드러내지 않고 곁가지만 보였는데도 소름이 끼친다.
스읏!
검을 들어 올렸다.
적성비가의 일섬겁화도 금마검법에 뒤지지 않는다.
'천하무적(天下無敵)!'
벽사혈은 마음으로 수련할 때 외쳤던 고함을 내지르며 검기를 쏘아냈다. 그때,
사앗!
실바람이 살랑 불었다.
'뭐, 뭣!'
벽사혈의 등줄기에 찬바람이 훅 지나갔다.
이 순간, 무슨 일인가 벌어졌다. 그녀가 느낀 실바람은 자연적인 것이 아니다.
그녀는 식은땀만 흘렸다.
천검귀차를 앞에 둔 상태에서 한눈을 판다는 것은 저잣거리

자판에 목숨을 내놓은 것이나 마찬가지다.

쉬익! 쒜에엑!

반응은 천검귀차가 먼저 보였다.

숲 곳곳에서 검은 그림자들이 뛰어올랐다.

벽사혈을 에워싼 다섯 명은 꼼짝도 하지 않는다. 대신 숨어 있던 열다섯 명이 점 하나를 향해 달려들었다.

'치검령!'

벽사혈은 단번에 벌어진 사태를 눈치챘다.

치검령이 당우를 껴안고 도주한다. 당우를 죽인 게 아니라 품에 안고 달려간다.

당우는 천검가의 화근이다.

치검령이 당우를 안고 달려간다는 것은 섶을 지고 불 속으로 뛰어드는 것과 마찬가지다. 천검귀차는 무슨 일이 있어도 제거하려고 할 텐데, 그 악착같음을 어찌 감당하려고 하는가. 치검령은 왜 이런 짓을 하는가?

"타앗!"

벽사혈은 신형을 둥실 띄웠다.

'일섬!'

빛이 번쩍이니 겁화가 일어난다. 온 세상을 화염지옥으로 만들어 버린다.

일섬겁화를 마주친 자는 아무 생각도 하지 못한다. 눈앞에서 번개가 친다는 생각밖에는 들지 않는다. 멍하니 번쩍이는 불길만 쳐다보다가 육신이 양단된다.

쉿쉿쉿!
천검귀차가 즉시 반응했다.
청강장검이 힘없이 낭창거린다. 억센 힘으로 조금만 짓누르면 금방이라도 끊어질 듯 약해 보인다.
파팟!
일섬겁화가 청강장검을 들이쳤다. 그 순간,
스으읏!
등 뒤에서 가늘고 길게 느껴지는 면도(緬刀)가 슬그머니 파고들었다. 천검귀차는 분명히 검을 사용했는데, 등에 느껴지는 예기(銳氣)는 면도보다도 가늘다.
'훗!'
벽사혈은 급히 일섬겁화를 거두고 허리를 숙였다.
스각!
등 위로 가늘고 긴 선이 지나갔다.
간발의 차이, 일섬겁화를 거두지 않았다면 지금쯤 척추가 베어져 휘청거리고 있으리라.
'이놈들!'
벽사혈이 혈광(血光)을 뿜어냈다.
놈들이 사용하는 검법은 진정한 금마검법이다. 옛날, 금마검객이 사용했다는 금마검법이 완벽하게 재현되었다.
벽사혈은 허리를 펴면서 일섬겁화를 연달아 다섯 수나 쳐냈다. 사방을 향해 한바탕 회오리를 일으켰다. 지금 이 순간, 검을 흘려보냈다고 안심하는 이 순간에도 금마검법은 전개되고 있다.

까앙! 까앙!

불똥이 두 번이나 일었다.

검이 다가오는 것을 느끼지 못했는데 불똥이 튀긴다. 그 순간,

쒜에에에에엑!

어느새 꺼내 든 십자표가 허공을 수놓았다.

위로, 아래로, 사방으로…… 공작이 날개를 활짝 펼치듯이 화려한 그림이 그려졌다.

까가가각!

천검귀차는 십자표를 가볍게 막아냈다.

십자표의 진가는 '보이지 않음'에 있다. 눈에 보이는 십자표는 위협은 줄지언정 목숨을 해하지는 못한다. 하나…… 벽사혈의 신형은 이미 사라지고 없었다.

"암행류!"

천검귀차는 즉시 행동을 멈췄다.

다섯 명이 일사불란하게, 어느 누구도 당황하지 않고 마치 운기조식이라도 취하는 듯 조용하게 멈춰 섰다. 그리고 두 귀를 활짝 열어 미세한 소리 울림도 잡아냈다.

암행류는 은신술의 일종이다.

벽사혈은 보이지 않지만 근방 어디엔가 숨어 있다. 아직 자신들의 시야를 벗어날 정도로 멀리 달아나지 못했다.

끈기, 인내…… 누가 오래 버티느냐.

'제길…….'

　벽사혈은 멀어져 가는 치검령을 망연히 쳐다봤다. 닭 쫓던 개가 된 심정이다. 아니다. 지금은 이런 생각을 할 때가 아니다. 인내의 싸움에서 진다면 암행류를 펼친 보람이 없다. 까딱 실수라도 하게 되면 숨 한 모금 들이켤 사이도 없이 포위될 것이고, 그때는 정말 끝장이다.

　당우는 살았을까?

　일검을 정통으로 얻어맞았으니 살기는 틀렸는데…….

　이 생각도 접어야 한다. 남 걱정을 할 때가 아니다. 우선은 천검귀차로부터 벗어나야 한다.

　벽사혈은 암행류 속으로 더욱 깊이 침잠해 들어갔다.

第十三章
반사(半死)

1

쉬익! 쉬익! 쉬이익!

뱀이 혓바닥을 날름거린다. 금방이라도 물어뜯을 듯이 목덜미에서 쇳소리를 낸다.

누군가에게 쫓긴다는 건 참으로 기분 나쁘다.

치검령은 옆구리에 축 늘어져 있는 당우를 힐끔 쳐다봤다.

당우는 또래의 아이들보다 장성하다. 보잘것없는 소작농이니 먹은 것이라고는 피죽이 고작일 텐데, 막일을 많이 한 탓인지 뼈마디가 단단한 편이다.

한 손으로 가볍게 들고 신형을 날릴 만한 무게는 아니다.

'생각보다 무거운데!'

당우를 들어보지 않은 건 아니다. 무게가 어느 정도인지는 눈대중으로도 안다. 또 그만한 무게에 신법이 흐트러질 정도로 수련이 낮지도 않다.

하지만 상대가 천검귀차라면 장검 한 자루의 무게도 큰 차이를 낼 수 있다.

쉬익! 쉬이익!

바람을 가르는 소리가 점점 가까워진다.

천검귀차 같은 인물들을 상대로 무거운 짐을 옆에 끼고 탈출한다는 건 무리다.

스으으읏!

뒤쫓던 자들 중에서 십여 명이 좌우로 쫙 갈라지더니 종적을 감춰 버렸다.

이제 뒤쫓아오는 자는 다섯 명뿐이다.

상황은 더욱 나빠진다. 좌우로 흩어진 십여 명은 먼저 앞으로 치고 나가는 중이다. 보이지는 않지만 최대한 빨리 앞서 나가서 포위망을 구축하고 있다.

치검령은 당우를 흘깃 쳐다봤다.

어떻게 할까?

지금이라도 한 목숨 보존하자면 당우를 놓아야 한다. 그리고 최선을 다해서 도주해야 한다. 그렇게 하더라도 천검귀차의 손에서 빠져나간다고 장담하지 못한다.

상황이 이런데 하물며 무거운 짐을 옆에 끼고 달리는 건 자살행위나 다름없다.

벽사혈과 공조를 하지 않는 바람에 일이 어렵게 되었다.

그렇다고 벽사혈과 손을 맞출 수도 없다. 그리하면 당우만 온전하게 넘겨줄 뿐이다. 그녀가 당우를 데리고 유유히 빠져나가는 동안 자신은 천검귀차를 감당해야 한다.

무엇을 위해서?

이해관계가 맞지 않는다.

벽사혈은 적의 적은 친구라는 심정에서 신호를 보냈을지 모르지만 그는 그리 간단하게 생각할 수 없었다.

첫째도 임무, 둘째도 임무 우선이다.

풍천소옥 무인이 나섰는데도 임무에 실패했다는 소문이 퍼져서는 곤란하다.

자신의 죽음이 기정사실로 굳어진다면, 그때 당우도 함께 죽어야 한다. 천검귀차에게 죽을 수도 있고, 자신에게 확인 살인을 당할 수도 있지만 어쨌든 죽는다.

벌써 죽었나?

천검귀차의 검을 정통으로 맞고도 목숨을 부지한다면 그것이야말로 기적이다.

당우는 기적을 보이고 있다.

즉사했어도 부족한 검인데, 아직도 미미하게나마 숨결이 남아 있다.

지금 이 순간이 기적이다.

타앗! 타아앗!

단숨에 십여 장을 훌쩍 뛰었다. 아니, 뛴다 싶은 순간에 그의 모습이 증발이라도 한 듯 감쪽같이 사라져 버렸다.

검상이 매우 깊다.

검이 살을 파고든 곳은 '가슴의 기가 통하는 구멍'이라고 하는 응창혈(膺窓穴)이다.

응창혈에서 유중혈(乳中穴), 유근혈(乳根穴)을 긋고 불용혈(不容穴)까지 제대로 회전했다.

검은 불용혈에서 잠시 머물렀다. 방향을 틀기 위해서다. 회전하는 검이 내리긋는 검으로 변한다.

유문혈(幽門穴)이 가장 먼저 베이고 태을(太乙), 천추(天樞), 대거혈(大巨穴)까지 쭉 그어졌다.

가슴부터 아랫배까지 베였다.

갈린 살만 벌리면 오장육부를 자세히 들여다볼 수 있다.

'살기는 틀렸어.'

엉겁결에 뻗은 검이라고는 하지만 천검귀차의 검이 실수를 할 리 없다.

검은 정확했다.

당우가 살아 있는 건…… 그의 목숨이 질길 뿐이다. 아직 세상에 미련이 남았는지 아쉬운 숨을 몰아쉬지 못할 뿐이다.

치검령은 숨죽이며 기다렸다.

당우를 죽이는 데는 큰 힘이 필요치 않다. 솔직히 말하면 손가락 하나 까딱할 필요가 없다. 이대로…… 이 상태 이대로 일다경만 놔두어도 숨이 끊어진다.

기다리기만 하면 된다.

그러나 치검령은 당우가 숨을 쉬지 못하도록 손으로 입과 코를 틀어막았다.

당우의 죽음을 자신의 손으로 확실하게 매듭짓고자 한다.

맡겨진 일은 자신이 직접 시작과 끝을 확인할 것, 그렇게 배웠다.

일다경이라는 시간이 무심히 흘렀다. 그리고 드디어 당우의 숨이 떨어졌다.

호흡이 완전히 끊겼다.

'잘 가거라.'

이제 투골조는 세상에서 지워졌다.

추포조두가 아니라 검련일가 가주가 직접 나서도 투골조와 천검가의 연관성을 찾아낼 수 없다.

아니, 있다. 자신이 남아 있다.

이제 이 세상에서 투골조의 비밀을 아는 사람은 딱 세 명뿐이다. 자신과 천검가주와 류명. 아니다. 또 있다. 류명에게 투골조를 전수했고, 동남동녀를 납치해 준 진짜 원흉도 비밀을 안다.

이래서 비밀이란 덮어도 덮어도 덮어지지 않는 요물이라고 한다.

다 해결된 것 같은데, 아직도 해결할 존재들이 남아 있다.

천검가주 입장에서 가장 선급하게 처리해야 할 인물은 자신이다. 류명은 직접 단속하면 되고, 가주의 입을 강제로 벌릴 사람은 감히 없으니 자신만 처리하면 된다.

그 일이 천검귀차에게 주어진 게다.

존재해서는 안 되는 중요한 증거물을 제거하는 것이 목적이다.

자신이 이 일을 맡지 않고 다른 자가 맡았으면 어땠을까? 그때도 가주는 그자를 처리했을 게다. 천검귀차가 처음부터 이 일을 맡았다면, 가주는 천검귀차를 멸절시켰으리라.

그래야 비밀이 완벽해진다.

천검귀차는 치검령을 죽이지만 투골조에 관한 사실은 알지 못한다. 류명과 당우로 이어지는 관계를 짐작하지 못한다. 석실에서 있었던 일은 오로지 세 사람밖에 모른다.

그중 둘이 죽는다. 남은 한 명은 영구히 건드릴 수 없는 존재로 남는다.

투골조는 완벽하게 사라진다.

천검가주의 명을 받을 때 이런 점까지 고려했어야 한다. 그랬다면 같은 일을 당했을지라도 뒤통수를 얻어맞았다는 느낌은 들지 않았을 게다.

치검령은 당우의 시신을 살며시 내려놓고 옆으로 이동했다.

사형이 없는 한, 초령신술은 깨지지 않는다. 은형비술도 발각되지 않는다. 풍천소옥 무인이 숨고자 하면 아무도 찾을 수 없다는 전설이 재현된다.

치검령은 존재하지만 존재하지 않는 존재가 되어갔다.

'찾을 수 있으면 찾아봐!'

스스스슷!
천검귀차가 당우를 발견하기까지는 오래 걸리지 않았다.
다섯 호흡? 치검령이 은형비술을 펼침과 거의 동시에 발견했고, 쾌속하게 모여들었다.
스웃!
천검귀차 중의 한 명이 당우의 코에 손을 갖다 댔다.
그가 죽었다는 뜻으로 머리를 좌우로 내저었다. 그러나 그의 행동은 단순히 죽음을 확인하는 것으로 그치지 않았다. 허리춤에서 소도(小刀)를 뽑아 들더니 대뜸 심장에 푹 꽂아 넣었다.
당우는 세 번 죽었다.
천검귀차에게 일검을 맞을 때 이미 죽은 목숨이었고, 치검령에게 숨통을 조일 때 완전하게 죽었다. 그리고 마지막으로 천검귀차의 용서없는 검에 심장을 꿰뚫렸다.
대라신선이 와도 당우를 살릴 방도는 없다.
스웃! 스스스슷!
천검귀차가 숲으로 스며들었다.
그들은 계속 싸운다. 치검령이 나타날 때까지, 벽사혈이 나타날 때까지.

산은 인내의 싸움장이다.
스무 명 넘는 사람들이 스며 있지만 숨소리조차 들리지 않는다.

먼저 움직이는 사람이 지는 싸움이 아니다. 천검귀차는 얼마든지 움직일 수 있다. 막말로 해서 편하게 모습을 드러내고 고기를 구워 먹는다고 해도 위험부담이 거의 없다.

치검령과 벽사혈은 그들을 공격할 수 없다.

공격할 수는 있지만 목숨을 내걸어야 한다.

한 번은 요행히 그들 손에서 벗어났지만 두 번째도 같은 요행을 바랄 수는 없다.

천검귀차는 은형비술과 암행류의 시작점을 파악해 냈다.

너 죽고 나 죽자는 심산이 아니라면 천검귀차가 포기하고 돌아갈 때까지 숨어 있어야 한다.

길고 지루한 싸움이다.

하지만 큰 걱정은 하지 않는다. 적성비가나 풍천소옥이나 이런 싸움에는 너무 익숙하다. 한 모금의 진기만으로 한 시진을 버틸 수 있는 사람들이다.

은가는 이런 싸움에서 지지 않는다. 그 누구를 상대로 해서도 진 적이 없다. 이번에도 마찬가지다. 결국은 천검귀차가 먼저 포기하고 물러설 것이다.

이런 점, 천검귀차도 안다. 다만 혹여 그러한 전설이 깨지지 않을까 싶어서 참을성있게 기다릴 뿐이다. 그들도 매복이나 기습에 대한 수련을 전문적으로 쌓았으니, 나름대로는 한 번 해보자 하는 마음도 없지 않다.

째액! 쨱!

산새가 무심히 울부짖는다.

첫 번째 기적은 천검귀차의 검에서 일어났다.

천검귀차는 치명적인 요혈을 가격했다. 인간이라면 생존 가능성이 단 일 푼도 되지 않는 사혈(死穴)만 갈라냈다.

살을 찢고, 출혈(出血)을 일으키고, 오장육부에 손상을 주는 육체적인 공격은 논외로 한다. 육신에 대한 공격은 부수적이다. 사혈을 끊어서 생기(生氣)의 움직임을 원천적으로 차단시키기에 사검(死劍)이라고 불리는 검을 썼다.

그것이 첫 번째 기적이다.

혈(穴)이란 무엇인가? 구멍이다. 무엇을 위한 구멍인가? 외부의 기, 외기(外氣)가 인체 내로 드나들기 위한 구멍이다.

이를 일목요연하게 정리한 것이 십이경락(十二經絡) 삼백육십오(三百六十五) 경혈(經穴)이다.

이를 정밀하게 세분할 수도 있다.

단혈(單穴) 오십이 개(五十二個), 쌍혈(雙穴) 삼백 개(三百個), 경외기혈(經外奇穴) 오십 개(五十個).

이 중에 무림에서 주목하는 혈은 따로 있다.

―공칠백이십개혈위(共七百二十個穴位). 유백팔개요해혈(有百八個要害穴), 기중유칠십이개혈일반점격부지어치명(其中有七十二個穴一般點擊不至於致命), 기여삼십육개혈시치명혈(其餘三十六個穴是致命穴).

반사(半死) 79

타격을 가해서 해를 입힐 수 있는 혈이 백팔 개다. 그중 삼십육 혈은 아주 주의해야 할 치명혈이다.
 무인들의 검은 이런 치명혈을 지나가도록 고안되었다. 그리고 부단히 수련했다.
 꼭 천검귀차의 검만 사검인 것은 아니다. 그 누구의 검이라고 해도 일격을 당했다면 사검으로 작용한다.
 이것이 기적을 일으켰다.
 투골조는 사혈(死穴)을 둔혈(鈍穴)로 변화시킨다.
 십지(十指)가 강철 같은 힘을 발휘하는 것은 뼈와 살이 강철로 이루어졌기 때문이 아니다. 단전에서 철기(鐵氣)가 일어나 십지를 강철로 만들었기 때문이다.
 동녀의 음정(陰靜)과 동남의 양동(陽動)이 결속하니 금강(金剛)을 이룬다. 금강은 철기로 변화하여 경맥을 흐르고, 양손 십지로 집적(集積)된다.
 이 과정 속에서 사혈은 철기가 보태져 둔혈로 변모한다. 해혈(害穴)이라고 알려진 삼십육 혈이 모두 둔혈이 된다. 치명혈에서 벗어나게 되니 점혈(點穴)도 되지 않는다.
 이는 양면의 칼이다.
 혈을 잘 이용하면 체내의 기운을 조종할 수 있다. 혈을 살상에 이용하면 치명상을 입힐 수 있다.
 금강기가 전신에 퍼지면 혈을 통해서 치명상을 입힐 수 없지만 반대로 혈을 통해서 체내의 기운을 조종할 수도 없게 된다.

천검귀차의 검은 사혈을 훑느라고 살과 뼈에 치명타를 가하지 않았다. 뼈를 끊는 것보다 더 큰 상처를 입혔지만 투골조를 형성한 인간에게는 오히려 약한 상처를 입힌 결과가 된다.

만약 사혈을 베지 않고 목을 잘라냈다면…… 심장을 도려냈다면…… 폐를 꿰뚫었다면…… 천검귀차가 원하는 죽음은 그 즉시 일어났으리라.

덕분에 즉사했어야 할 사람이 면면히 숨을 이어간다.

두 번째 기적은 치검령의 손에서 일어났다.

치검령은 병기를 쓰지 않았다. 손으로 코와 입을 막아서 호흡을 중지시켰다.

그가 목을 조르기만 했어도 상황은 끝났다. 검으로 베어냈으면 더욱 확실하게 정리되었다. 곁에 있는 돌멩이를 들어서 머리를 짓찧기만 했어도 깨끗이 끝나는 일이었다.

그는 손으로 코와 입을 막았을 뿐이다. 호흡만 차단했다. 압박을 가한 게 아니라 단지 차단했다.

기식이 엄엄한 상태에서 혼절은 사망으로 착각되기도 한다.

심장이 뛰지 않고 호흡이 들락거리지 않으면 죽은 것으로 간주하는 우(愚)를 범한다.

치검령이 그런 실수를 했다.

투골조는 금강기(金剛氣)다. 철기(鐵氣)다. 쇠붙이 같은 기운이 전신을 휘돈다.

상처를 입은 상태에서 강인한 기운은 장기의 활동량을 지극히 낮은 상태로 끌어내린다. 그리고 손상된 부위에 전신 정력(精

力)을 쏟아붓는다.

 투골조의 진기가 특이해서는 아니다. 이런 점은 다른 사람도 마찬가지다. 상처가 생기면 약을 바르지 않아도 스스로 치유되는 이치가 이 때문이다. 다만 투골조의 강철 같은 기운은 이런 현상을 더욱 강하게 끌어낸다.

 당연히 숨을 쉴 수 없는 상황도 오래 버틴다.

 치검령은 그 점을 간과했다.

 천검귀차의 검이 너무도 치명적인 요혈을 갈랐기 때문에 약간의 수고만 하면 된다고 생각한 게다.

 세 번째 기적도 일어났다.

 천검귀차는 죽음을 확인하기 위해 소도를 내질렀지만 심장을 꿰뚫지는 않았다.

 그는 심장에서 한 치 곁을 찔렀다. 하지만 알지 못했다. 첫 번째 일검이 반원을 그리면서 유중혈, 유근혈, 불용혈을 베어 낼 때 심장이 한 치쯤 이동했다는 사실을 깨닫지 못했다.

 심장을 찌르는 감촉과 살을 꿰뚫는 감촉이 같을 리 없다.

 그가 방심을 하지 않았다면, 천천히 즐기면서 소도를 찔러 넣었다면 기적은 일어나지 않았을 게다.

 첫 번째 검의 우연찮은 실수가 평생 실수라고는 하지 않을 두 사람의 실수를 이끌었다.

 기적들은 이렇게 일어났다.

　'살…… 았어?'

벽사혈은 자신의 눈으로 목도하고도 믿을 수 없었다.

천검귀차에게 당했다. 치검령 손에 넘어갔었고, 천검귀차가 마지막으로 죽음을 확인했다.

그런데도 살 수 있는 인간이 있었던가?

당우는 살아 있다. 숨을 거의 쉬지 않지만, 완전히 끊어진 것처럼 보이지만 실낱같은 기운이 드나든다.

스읏!

벽사혈은 당우를 슬며시 끌어당겼다.

풍천소옥의 은형비술은 몸을 숨기는 데는 단연 최강이다. 그런 점에서는 암행류가 조금 뒤진다. 하나 암행류는 몸을 은신시킨 채 이동할 수 있다. 속도는 차마 입으로 말하기도 창피할 정도로 느리지만 움직이기는 한다.

치검령은 움직이지 못한다. 벽사혈은 움직인다.

스르르…….

당우가 슬며시 당겨졌다.

당우를 신경 쓰는 사람은 없다. 당우는 죽은 아이에 불과하다. 그것도 확실하게 죽어서 더 이상 손볼 가치조차 없다.

벽사혈은 당우의 심맥을 살폈다.

둥…… 툭…… 슷…… 둥…….

심맥이 거의 잡히지 않는다. 신경을 기울이면 가끔 잡히기는 하는데 너무 미약해서 잡힌다고 말할 수가 없다.

아직 죽지는 않았지만 죽는 건 시간문제다.

벽사혈은 적성비가의 독문 내상단(內傷丹)인 금단(金丹)을 꺼내 당우의 입속에 넣어주었다. 그리고 곧 그의 전신에 은포(隱布)를 뒤집어씌웠다.

금단을 복용시켰으니 천검귀차나 치검령 손에 발각되지만 않으면 앞으로 한 시진은 더 버틸 수 있다. 그 안에 이들을 모두 따돌린 후 다시 돌아와야 한다.

'이게 무슨 고생인지.'

파앗! 파다닥!
당우가 숨겨진 곳에서 십여 장 떨어진 곳, 느닷없이 한 인형이 비쾌하게 날아올랐다.

팟! 파파팟!
사방에서 검은 그림자들이 볶은 콩처럼 튀어나와 인형을 쫓아갔다.

앞선 인형은 백곡을 향해 치달렸다.

백곡으로 들어서면 숨을 곳이 없어진다. 사방이 바위산인지라 신법을 펼치기에도 최악의 요건이다.

이런 지형은 쫓는 자에게 유리하다.

도주하는 자는 지형을 개척해야 하니 본신무공보다 훨씬 느려진다. 쫓는 자는 도주하는 자가 만든 길로 따라가기만 하면 되니 신법을 늦출 이유가 없다.

신법이 한 수 뒤진다고 해도 충분히 쫓아갈 수 있다.

그런 점을 아는지 모르는지 도주하는 자, 벽사혈은 백곡을 향해 치달려 나갔다.

쒝엑! 쒝에엑!

쫓는 자들도 최선을 다했다. 이제 곧 목표 하나를 끝장낼 수 있다는 신념하에 맹렬히 추격했다.

쉬익!

벽사혈은 숲을 벗어나 백곡으로 들어섰다. 그 순간,

스읏! 스으읏!

난데없이 백곡 여기저기서 하얀 무복을 입은 무인들이 불쑥불쑥 일어섰다.

벽사혈이 그들을 향해 쩌렁 일갈을 내질렀다.

"팔괘(八卦)!"

하얀 무복을 입은 사내들은 질서정연하게 검진(劍陣)을 짰고, 벽사혈은 그들 속으로 쏙 들어가 버렸다.

검은 그림자들은 숲에서 튀어나오지 않았다. 어둠의 일부가 된 채 하얀 무복을 입은 무인들을 지켜보기만 했다.

삼십홀은 누구도 건드릴 수 없다.

강해서 건드릴 수 없는 건 아니다. 삼십홀은 강한 것과는 거리가 멀다. 밝은 눈과 남보다 예민한 청력, 그리고 뛰어난 직관력을 가졌지만 무공은 평범한 수준을 넘지 못한다.

천검귀차와 삼십홀.

무공으로는 상대가 안 된다.

그럼에도 천검귀차는 삼십홀을 치지 못한다. 추포조두는 건드릴망정 삼십홀은 안 된다.

삼십홀은 검련일가의 직계 수족이다.

추포조두의 지휘를 받는다고 해서 추포조두의 부하로 생각하면 오산이다. 그들은 특정한 일에 대해서만 한시적으로 통제를 받는다. 검련일가로 복귀하면 추포조두와 그들은 각기 서로 상관없는 사이로 돌아선다.

삼십홀은 제일검가에서 키워낸 검련의 촉수다.

그들을 건드린다는 것은 검련일가에 대한 정면 도전이다.

추포조두와 벽사혈, 그리고 묵혈도 역시 검련일가의 명을 받든 몸이다. 하니 그들 또한 검련일가를 대신한다. 그들의 말과 행동, 모든 것이 검련일가를 대표한다.

하나 그들은 죽일 수 있다.

검련일가는 죽음을 조사할 것이고 흉수를 찾아내겠지만…… 세 사람의 죽음이 검련일가에게 주는 부담은 미미하다.

엄밀히 말해서 세 사람은 외인(外人)이다. 능력을 인정받아서 특정한 일에 투입되고 있지만 돈을 받고 재주를 파는 용병(傭兵)이나 다름없다.

검련일가는 용병의 죽음까지 책임지지 않는다.

존중하라!

검련일가의 가주가 직접 내방(來訪)한 것처럼 정성을 다해서 맞이하라!

그러나…… 그러나…… 정히 어쩔 수 없다면 베어도 좋다.

검련일가주가 세 사람을 천검가에 보낸 속뜻은 천검가에서 일어난 일을 샅샅이 조사하겠다는 게 아니다. 천검가주에게 아량을 베푼 것이다.

쯧! 어쩌다 그런 일에 휘말려 가지고…… 이미 소문이 널리 났으니 아무런 일도 없었던 듯 지나갈 수는 없는 노릇이고…… 적당한 자를 보낼 테니 알아서 빠져나가시게.

검련십가의 가주들만이 눈치챌 수 있는 작은 속뜻이다.

세 사람 중에 한 사람이라도 살아남아서 검련일가에 자초지종을 고한다면 만사휴의(萬事休矣)다. 그때는 검련일가도 적극적으로 나서지 않을 수 없다.

죽이려면 세 명을 한꺼번에 죽여야 한다. 그 누구도 입을 열 수 없도록 완전히 입을 봉해야 한다. 시신이 말을 할 수 없게끔 사인(死因) 처리도 완벽해야 한다.

그 일만 해낼 수 있다면 세 사람을 죽여도 좋다.

하나 삼십홀은 다르다.

그들은 검련일가에서 직접 양성한 촉수다.

어쩌다가 촉수 한두 개 정도 끊어버리는 것은 이해하고 넘어갈 수 있다. 하지만 촉수를 전부 잘라 버리는 것은 누가 봐도 정면 도전으로 간주된다.

삼십홀이 몰살했는데도 검련일가가 나서지 않는다면 대단한 망신이다. 검련일가가 나섰는데도 흉수를 파악해 내지 못했다면 더 큰 망신이다.

삼십홀이 몰살하는 순간, 세상의 이목은 천검가로 쏠린다.

백곡에서 투골조의 흔적이 발견된 것은 스쳐 지나가는 일에 불과하지만 삼십홀이 죽게 되면 전 중원의 이목이 집중된다.

천검귀차는 나서지 못했다.

벽사혈도 그런 점을 알고 있는 듯 신법을 멈췄다. 그리고 크게 한숨 돌리며 말했다.

"휴우! 고마워, 삼십홀."

2

삼십홀에게 내려진 최종 명령은 '천검가를 주시하라'였다.

그들은 명령대로 천검가를 주시했다. 세 사람이 치검령과 다툴 때도 오로지 천검가만 쳐다봤다. 광동 낭족이 추포조두를 칠 때도 눈길을 돌리지 않았다.

삼십홀은 생각을 하지 않는다.

벽사혈은 한숨을 돌렸다.

방금 전에 벌인 일을 생각하면 등에서 찬 기운이 솟는다.

당우를 은폐시켜 놓고 신형을 솟구칠 때, 그 순간 자신은 영락없이 먹이로 전락했다.

천검귀차가 뒤쫓는다.

그들을 떨어뜨려 버릴 수는 없다. 숲으로 뛰어도 부족할 판인데 허허벌판이나 다름없는 백곡으로 신형을 날렸다. 암행류를 펼칠 수 없는 곳으로 뛰었다.

죽은 목숨이나 진배없다.

한 가지 믿는 구석이 있다.

추포조두는 천검가로 향했다. 천검가주와 단판을 결할 심산이지만 잘된다고 보기는 어렵다.
 어쨌든 천검가로 갔다. 그리고 그곳에는 삼십홀이 있다. 천검가를 감시하면서. 가주와 단판을 짓기 전에 먼저 거둬들여야 할 촉수가 널려 있다.
 추포조두는 그들을 어디로 물릴까?
 백곡!
 천검가주와 단판을 짓더라도 투골조의 흔적이 남아 있는 백곡만은 손에 넣을 생각일 게다.
 삼십홀이 백곡에 와 있다면 살 수 있다. 하지만 백곡에 없다면 꼼짝없이 죽는다.
 벽사혈은 백척간두에서 몸을 던지는 심정으로 신형을 날렸다.
 다행히 삼십홀은 존재했다.
 "휴우!"
 안도의 한숨이 절로 나온다. 하나 한숨이나 쉬고 있을 때가 아니다. 빨리 숲으로 전진해서 당우를 되찾아야 한다.
 내상단을 복용시켰지만 상태가 너무 중해서 언제 숨이 넘어갈지 모른다. 은포로 가려놨지만 완전히 믿을 수는 없다. 의식이 돌아와 뒤척이기라도 하는 날에는 영락없이 걸려든다.
 벽사혈은 삼십홀 중 한 사내의 옷깃을 잡아끌었다.

 삼십홀의 수장은 대조(大鳥)라고 부른다. 어째서 그런 명칭으로 부르는지는 알려지지 않았지만, 대조의 한마디를 천금처럼 여긴다는 것은 명명백백하다.

"조두님께 받은 명령이 뭐야?"

"백곡 사수입니다."

"그것뿐이야?"

"……."

"한 가지만 더 해줄래?"

"위임 명을 못 받았습니다."

대조는 딱딱했다.

벽사혈에게는 삼십홀에게 명령을 내릴 권한이 없다고 선을 긋고 나선다.

이미 예상했던 바다.

삼십홀은 오로지 촉수 역할만 한다.

감시한다. 찾는다. 뒤쫓는다. 이런 일들을 한다. 죽인다. 탈취한다. 싸운다. 이런 일들은 하지 않는다. 삼십홀의 무공은 할 수 있는 일에 맞춰져 있다.

삼십홀을 쓰는 사람은 그들이 할 수 있는 일만 시켜야 한다. 명령을 내리고 받는 관계이지만 어떤 일을 시켜야 한다는 암묵적인 약조가 설정되어 있다.

엄밀히 말해서 이번에 추포조두가 시킨 일, 백곡을 사수하라는 말도 삼십홀에게는 맞지 않는 임무다.

삼십홀은 무엇을 지키지 않는다. 쳐다보기만 한다. 지켜야 한다는 것은 침입자가 있을 경우에는 싸워야 한다는 뜻이 된다.

이는 자칫 검련일가에게까지 영향을 미치는 중대한 사안이 될 수 있다.
 그들이 삼십홀임을 모르는 절정고수가 불쑥 나타나서 다짜고짜 검을 휘두른다면 대적할 방도가 없다. 받은 명이 있으니 싸워야 할 것이고, 전멸할 게다.
 이는 즉시 검련일가를 불러들인다.
 하지 않아도 될 싸움을 해서 검련일가를 분란에 끌어들인 격이다.
 추포조두의 명령은 아주 못마땅하다. 그동안 함께 지내온 정리가 있어서 군말없이 받들었지만 또다시 이런 명이 떨어진다면 시시비비를 가릴 생각이다.
 하물며 여기서 한 가지 일을 더 한다?
 숲에는 천검귀차가 있다. 무공이 약하다고 눈썰미까지 약한 게 아니다. 아니, 그런 면에서는 누구보다도 탁월하다. 사실을 보는 능력, 위기를 감지하는 능력, 흔적없는 곳에서 진실을 파악해 내는 능력을 전문적으로 수련했다.
 벽사혈이 무엇을 말할지 짐작된다.
 천검귀차가 있는 숲 속으로 들어가자는 말일 것이다. 삼십홀의 이름을 앞세우고 천검가를 압박하자는 말이다.
 그만한 눈치쯤은 있다.
 "저 안에 당우가 있어."
 "짐작하고 있습니다."
 "부상이 꽤 심해. 이대로 놔두면……."

"놔두면 안 됩니까?"

"그게…… 무슨 말이야?"

"이대로 놔두면 투골조 사건은 끝납니다. 한 번쯤…… 묻어 둘 수도 있지 않겠습니까?"

"대조도 봤지?"

벽사혈은 동남동녀들의 뼈가 묻혀 있는 동혈을 가리켰다.

그들의 유골을 삼십홀이 수습했다. 작디작은 뼈들을 일일이 수습해서 동혈에 차곡차곡 쌓았다.

동남동녀들의 뼈에는 독기가 어려 있다. 세상에 내놓으면 누군가를 해칠 도구가 된다. 정혈을 빼앗긴 것으로도 모자라서 죽어서까지 남을 해치는 도구가 되었다.

삼십홀은 그들을 거뒀다.

"쟤네들의 원한을 이대로 묻어버리자는 거야?"

"당우는 살지 못합니다."

"그건 내가 알아서 할게."

"당우에게 손을 대는 순간, 좌비(左臂)님의 안전도 보장하지 못합니다. 저들은……."

"그것도 내가 알아서 해. 이번 한 번만 도와줘."

"당우는 천검귀차 쪽에서도 양보할 수 없는 직접 증거입니다. 격돌도 감수할 겁니다."

"싸움이 벌어질 것 같으면 물러서."

"좋습니다. 위세가 먹히지 않으면 물러서겠습니다."

"좋아. 참, 그리고…… 내가 우비(右臂)야. 묵혈도가 좌비라고."

벽사혈이 다짐하듯 말했다.

저벅! 저벅!

삼십홀이 차분하게 밀고 들어갔다.

그들은 팔괘진(八卦陣)을 형성했다. 전후좌우와 간방(間方)에 세 명씩 스물네 명이 배치되었다. 그리고 나머지 여섯 명은 한가운데로 운집하여 벽사혈을 에워쌌다.

삼십홀을 거치지 않고 벽사혈을 칠 방도는 없다.

"치검령! 일다경만 머물 거야!"

벽사혈은 큰 산이 쩌렁 울리도록 일갈을 내질렀다.

"그 안에 올 수 있으면 오고…… 오기 싫으면 관둬!"

삼십홀은 치검령을 살리기 위해 위험을 감수한다.

천검귀차에게 팔괘진 따위는 아무것도 아니다. 제각각 흩어져서 싸우는 것보다는 집약된 힘을 발휘할 수 있지만, 무공 격차가 워낙 벌어져서 순식간에 깨져 버린다.

삼십홀이라는 위세가 아니라면 감히 엄두도 내지 못할 진격이다.

"치검령! 치검령!"

벽사혈이 다급하게 치검령을 불렀다.

삼십홀이 멈춰 섰다.

서른 명은 긴장하지 않았다. 싸우러 온 것이 아니다. 사람을 찾으러 들어선 것뿐이다.

벽사혈은 치검령을 불렀다.

이제 선택은 치검령에게 달렸다. 그가 삼십홀의 호의를 거부하고 이대로 숨어 있다면 달라질 것은 없다. 벽사혈은 일다경이라고 시간을 못 박았으니 그 시간이 지나면 물러간다.

싸움은 없다.

치검령이 모습을 드러내면 조금 복잡해진다.

천검귀차의 공격은 예상된다. 그들로서는 치검령 또한 놓칠 수 없는 화근(禍根)이다.

천검귀차는 가차없이 치검령을 공격한다. 삼십홀에게 둘러싸였다는 이유로 벽사혈을 공격하지 않은 것만은 큰 아량을 베푼 것이다. 더 이상의 아량은 없다.

그럼 선택은 삼십홀이 해야 한다.

천검귀차를 상대로 싸워야 하나? 치검령을 살리기 위해서?

벽사혈은 왜 치검령을 살리려고 하는가? 적의 적은 아군이다? 천검귀차가 치검령의 뒤통수를 쳤으니 배반할 건더기가 생겼다? 그러니 슬슬 구슬리기만 하면 된다?

각본은 여러 가지다.

어떤 이유에서든 치검령이 벽사혈에게 넘어가는 건 막아야 한다. 치검령이 당우만 한 파괴력은 없다고 하더라도 마음먹기에 따라서는 상당히 귀찮을 수 있다.

그를 살려 보내는 것조차 있을 수 없다.

그가 나타나면 싸움은 벌어진다. 하지만 그때는 약조한 대로 순순히 물러선다.

삼십홀은 천검귀차와 맞서 싸울 생각이 없다. 그러니 긴장할 필요도 없다. 검을 느슨하게 늘어뜨린 모습에서 삼십홀의 의도가 은연중에 비친다.

치검령은 나오지 않았다. 풍천소옥 무인이 삼십홀의 보호를 받는다는 것도 자존심 상하는 일이지만, 또 나서봤자 보호도 받지 못할 게 뻔하다.

치검령은 나서는 대신 어수선한 분위기를 타서 도주를 물색할 게 틀림없다.

벽사혈도 그런 점을 알 텐데, 여전히 목청만 높였다.

"치검령! 일다경이 다 돼가. 이번 기회를 놓치면 참 피곤해질 거야. 알지?"

당우가 발밑에 있다.

숨을 쉬고 있는지 안 쉬고 있는지는 모르겠고…… 은포는 덮어놓았던 모습 그대로 유지되어 있다.

누가 손댄 흔적은 없다.

'죽은 거야, 산 거야?'

생각할 겨를이 없다.

벽사혈은 당우의 몸을 발로 툭 찼다. 내공이 실린 발길질은 듬직한 사내아이를 장난감처럼 날렸고, 삼십홀 두 명이 슬쩍 감싸 안는가 싶더니 게 눈 감추듯 숨겨 버렸다.

추적과 더불어서 은폐는 삼십홀의 장기다.

한 사내가 은포에 휘감긴 당우의 머리를 들었다. 다른 사내는 두 다리를 들었다.
 두 사람이 제법 묵직한 물체를 들었지만 겉으로는 전혀 표시가 나지 않았다. 여섯 무인이 육합(六合) 형태로 등을 마주한 상태에서 당우를 등 뒤로 들었기 때문이다.
 벽사혈은 은포에 손을 대고 싶었다.
 손가락만 살짝 뻗으면 맥을 짚을 수 있다. 죽었는지 살았는지 즉각 판단이 가능하다.
 벽사혈은 아랫입술을 꽉 깨물며 충동을 억눌렀다.
 발길질만 해도 지극히 위험한 행동이다.
 천검귀차가 치검령에게 신경을 곤두세우지 않았다면 즉각 눈치챘으리라.
 위험을 자초하는 행동은 숨 쉬는 일이라도 곤란하다.
 '이제 빠져나가기만 하면 돼!'

 "치검령, 정말 안 갈 거야! 일다경이 거의 지났어!"
 치검령은 나오지 않았다.
 벽사혈은 눈짓을 했다. 그러자 맨 뒤에 있던 무인이 기다렸다는 듯이 뒷걸음질을 시작했다.
 한 발 쭉 뒤로 뺀다.
 모두들 일사불란하게 움직인다.
 백곡에서 수림이 울창한 산으로 들어설 때와 마찬가지로 팔괘진을 유지한 채 천천히 물러선다.
 잠시 후, 숲은 다시 정적에 휘감겼다.

*   *   *

'이상한데?'
치검령은 고개를 갸웃거렸다.
벽사혈이 자신에게 뜻을 둔 것은 이해한다. 지금과 같은 상황이라면 가주에게 등을 돌린다고 해도 하등 양심의 가책이 되지 않는다. 아니, 복수를 하기 위해서는 그 방법이 최선일지도 모른다.
벽사혈이 자신을 유인하고자 하는 행동은 이해한다.
한데…… 뭔가 찜찜하다. 간절하게 호소하는 것도 없이 이성을 뒤흔드는 말도 하지 않았다. 그저 이름 몇 번 불러본 후 슬그머니 물러섰다.
'뭐야?'
뭔가가 있는데…….
치검령은 무심히 당우에게 시선을 돌렸다. 그리고 그 순간,
'엇!'
당우가 없다.
죽어서 축 늘어져 있어야 할 당우의 시신이 홀연히 온데간데없이 사라졌다.
어디로 갔는지 궁금해한다면 풍천소옥 출신이라고 할 수 없다.
'삼십홀…….'

삼십홀이 끼어들었다.

사람이나 물체를 눈에 띄지 않게 이동시키는 밀벽유전술(密壁流轉術)을 썼다.

당우를 감싼 은포는 적성비가의 것이다. 검련일가의 은포는 조금 조잡한 구석이 있다. 삼십홀의 복색과 일치하면서도 색깔이 약간 다르다. 반면에 적성비가의 은포는 완벽하다. 누군가가 은포를 뒤집어쓴 채 삼십홀에 휘말려서 이동했다면 발견해 내기 어렵다.

물체를 복색과 일치시킨 후, 몸에 붙여서 이동시키는 밀벽유전술이 틀림없다.

그러나 삼십홀의 행동을 두고 검련일가의 의중이라고 생각할 필요는 없을 것 같다. 삼십홀은 단순히 고목 곁가지 치는 정도의 작은 일이라 생각하고 도와준 것 같다.

벽사혈이 왜 당우를 데려갔을까? 죽었는데…… 시신으로도 무언가 알아낼 게 있나?

분명한 것은 이유없는 행동은 하지 않았을 거라는 점이다.

벽사혈은 백곡으로 물러났다. 때마침 삼십홀이 나타나 주었고, 덕분에 무사하다.

그런데 다시 돌아왔다. 삼십홀까지 이끌고 숲으로 들어와서 난데없이 자신에게 돌아가자는 말을 떠벌렸다. 누가 봐도 씨가 안 먹히는 말인데, 중얼중얼 혼자 중얼거린 후에 돌아갔다. 그리고 당우가 사라졌다.

반드시 이유가 있다.

간혹 죽은 시신이 말을 하기도 한다. 어떤 때는 산 자가 말한 것보다 더 정확한 말을 할 때도 있다.
 당우가 말을 하려는가?
 경혈에 스며 있는 독기는 모두 제거되었다. 이삼 일 정도면 말끔히 제거될 수준이었는데, 닷새가 훌쩍 넘었다.
 당우를 조각조각 해부해도 투골조를 강제로 넘긴 흔적은 나오지 않는다.
 벽사혈도 이 정도는 알 것이다.
 그런데도 데려갔다. 남몰래…… 숨겨 가지고 훔쳐 갔다.
 당우에게 또 다른 이야기가 준비되어 있다는 뜻이다. 어떤 식으로 당우의 입을 벌릴지는 알 수 없지만 말을 하게 만들 자신이 있는 게다. 그러니 모험을 감수하면서까지 데려간 게다.
 치검령은 잠시 망설였다.
 천검가주의 명령은 완수했다. 류명에게서 투골조를 떼어냈고, 투골조를 떠안은 당우를 죽였다. 화타(華陀)가 되살아나도 살릴 수 없을 정도로 완벽하게 죽였다.
 당우는 지금쯤 염라대왕 면전에 서 있으리라.
 그럼 더 이상 할 일이 없는 거 아닌가. 벽사혈이 당우를 삶아 먹든 구워 먹든 상관할 필요가 없지 않나. 그러나 혹시 당우가 말을 한다면…… 그래서 천검가와 투골조가 재조명된다면…… 지금까지의 노력이 수포로 돌아간다면…… 그렇다면 두말할 것도 없이 자신의 임무는 실패한 게 된다.
 자신이 실패한 게 아니다. 치검령이라는 존재가 실패한 것이 아니다. 풍천소옥 무인이 실패한 것이다. 적성비가 무인과 맞붙어서 패한 것이다.

'제길! 다 끝났다 싶었는데 끈질지게 물고 늘어지는군. 좋아, 가는 데까지 가보자…….'

마음의 결정을 내렸다.

벽사혈이 당우를 어떻게 이용하는지 끝까지 추적한다. 그리고 다음에 또 기회가 생긴다면 이번에는 정말로 당우라는 존재가 세상에서 완전히 사라지게끔 만든다.

화장(火葬)이 어떨까 싶다. 화장을 해준다면 죽은 당우도 그리 섭섭하게 생각하지는 않을 게다. 죽어서 땅바닥에 버려지는 것보다는 훨씬 낫지 않나.

그러고 보니 괜히 숨만 막았다는 생각도 든다.

그때 확실하게 목을 베어냈다면 마음이 조금 더 편했을 텐데.

그러다 문득, 자신이 소심한 게 아닌가 하는 생각이 들었다. 이미 죽은 당우를 놓고 전전긍긍하는 꼴이라니.

'내가 이게 무슨…….'

치검령은 피식 웃었다.

죽은 공명(孔明)이 산 중달(仲達)을 쫓아냈다더니만 지금 딱 그 짝이 아닌가.

'됐어. 우선은 이곳에서 빠져나간 후에…….'

치검령은 차분하게 기다렸다.

마음이 급하다고 행동까지 서두르면 안 된다. 천검귀차가 차분하다면 자신은 더욱 차분해야 한다. 천검귀차의 인내심이 하늘을 찌른다면, 자신은 찌르는 창 위에 올라서야 한다.

　벽사혈을 뒤쫓는 것은 어렵지 않다.

　벽사혈이 하루나 이틀 정도 앞질러 간다고 해도 충분히 쫓아갈 수 있다.

　지금은 기다린다, 천검귀차들이 떨어져 나갈 때까지.

第十四章
저화(低火)

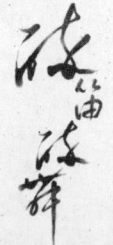

1

"고마워."
"이걸로 되겠습니까?"
"충분해."
"쫓기기 시작하면 정신없을 겁니다."
"그 정도는 각오하고 있어."
"죽은 놈이 어떤 가치가 있는지 모르겠지만, 생각하신 대로 이뤄지기를 바랍니다."
"아주 이별하는 사람처럼 말하네?"
"이번 일로 미루어볼 때, 추포조두님이 자리를 지키는 건 불가능하지 않을까요?"
"그렇겠지?"

"……"
"조두님이 쫓겨나면 나도 볼 일이 없을 거고……."
"……"
"됐어. 나머지는 내가 알아서 할게. 고마워."
두 사람은 소나기 퍼붓듯 빠르게 말을 주고받았다.
사실 두 사람에게는 그 시간도 사치였다. 아직은 아무런 일도 일어나지 않고 있지만, 폭풍우가 몰아치면 산을 무너뜨리고 개울을 뭉개 버릴 것이다.
벽사혈이 당우의 시신을 안고 있는 한 폭풍우가 몰아칠 기미는 여전히 존재한다.
당우를 버려라. 이대로 땅에 묻어버려라. 이미 죽은 놈이라서 아무런 가치가 없다. 그러면서도 화근 덩어리다. 놈을 안고 있으면 언젠가는 살신지화(殺身之禍)를 당할 것이다.
하고 싶은 말은 많다. 하지만 적성비가 무인의 고집은 쇠심줄보다도 질기다. 한 번 하겠다고 하면 뿌리까지 드러내고 만다는 사실을 안다.
"다음에 만나면 술 한잔 받아달라는 말은 하지 않겠습니다. 다만…… 적으로만 만나지 않기를 바랍니다."
"그런 일 없을 거야. 훗!"
벽사혈은 대조의 마음을 편하게 해주려고 애써서 웃어 보였다.
"가십시오."
대조는 마지막으로 포권지례(抱拳之禮)를 취했다.

쒜에엑!
 벽사혈은 이미 신형을 날리고 없었다.

 벽사혈은 뒤도 안 돌아보고 백곡을 빠져나왔다.
 지금 그녀에게 신경을 쓰는 사람은 아무도 없다. 천검가는 천검귀차를 철통같이 믿고 있다. 치검령은 방조자(傍助者)가 없다. 풍천소옥 출신들은 죽으나 사나 혼자 일한다.
 그들은 모두 백곡 너머에 있다.
 백곡으로 들어서는 것도 모자라서 산속 깊숙이 파고들어 갔다.
 이 기회에 최대한 멀리 빠져나가야 한다.
 천검가로 가서 추포조두와 만난다? 당우의 처리 문제를 추포조두와 상의한다?
 그 생각을 해보지 않은 것은 아니지만 이내 포기해 버렸다.
 추포조두는 천검가로 갔다. 하나 투골조를 추궁하기 위해서 간 것이 아니다. 그 반대 이유로 갔다. 투골조에 대한 조사를 끝낼 테니 광동 낭족을 물리라는 청을 하러 갔다.
 물론 추포조두의 속셈에는 당우가 들어 있다.
 그때는 당우가 죽지 않았다. 멀쩡했다. 앞으로 많은 말을 할 수 있었고, 세월이 흘러 몇십 년이 흐르더라도 투골조의 원형은 변하지 않는다.
 추포조두는 벽사혈이 당우를 온전히 감춰줄 줄 알았다.
 낭족과 부딪치면 승산이 없다. 추포조두와 벽사혈은 죽을 것이다. 묵혈도가 빠져나갔다고 하지만 끈 떨어진 연일 뿐이다.

사건은 거기서 끝나지 않는다.

검련일가는 낭족을 칠 것이다. 투골조를 연성한 천검가는 내버려 두고 엉뚱한 자들을 몰살시킨다. 검련일가는 방해꾼을 용서한 적이 없다. 낭족이 천검가의 사주를 받아서 동원되었다는 사실을 알면서도 용서하지 않는다.

그런 일만은 막아야 한다.

추포조두는 힘에서 밀린 것이 아니라 정치에서 졌다. 계략에서 밀렸다.

그런 마당에 초주검이 된 당우를 들이밀 수는 없다.

당우는 그녀 몫이다.

쒜에에엑!

그녀는 토담을 넘었다.

백곡에서는 벗어나야 하고, 천검가로는 갈 수 없다. 천검가 무인들이 들락거리는 곳도 피해야 한다. 자신을 알거나 당우를 아는 사람과는 만나지 말아야 한다.

인근 백 리 이내에 그런 곳은 없다.

그렇다면 차라리 멈춘다. 그래서 누구 집인지도 모를 집으로 들어섰다.

그렇다고 아무 담이나 넘은 것은 아니다. 집주인이 누구인지 모른다 뿐이지, 담을 넘은 분명한 목적은 있다.

컹! 컹! 컹컹!

'하필이면 개가 있을 게 뭐람.'

그녀는 목표로 한 곳, 수북하게 쌓아 올린 짚더미 뒤로 재빨리 몸을 감췄다.

덜컹!

문이 열리며 집주인인 듯한 사람이 모습을 드러냈다.

"누가 왔나? 왜 이렇게 짖어, 이놈아!"

컹! 컹컹!

"뗵! 조용히 못해, 이놈아! 아무도 없는 허공에 대고 짖긴 왜 짖어! 저승사자나 오면 짖으란 말이야! 에이, 저놈의 똥개를 확 잡아먹든 해야지."

사내가 다시 문을 닫고 들어갔다.

'흠!'

그녀는 신음했다.

당우의 상처가 생각보다 무척 심하다. 내상단 몇 알로 상처를 치료해 보겠다는 건 도둑놈 심보나 마찬가지다. 솔직히 이만한 상처라면 의원 수십 명이 달려들어서 낮밤을 가리지 않고 집중적으로 치료해도 살려낼까 말까 하다.

그녀가 할 수 있는 건 지혈이다. 금창약을 발라주는 것도 해줄 수 있다.

다행스럽게도 지혈은 이미 되었다.

은포로 감싸기 전에 급히 내상단을 복용시킨 것이 주효했던 것 같다. 아니다. 은포가 압박 역할을 했다. 붕대 역할도 했다.

저화(低火)

그 덕분에 피가 흘러내리는 것을 방지했다.

여기서 더 손을 쓸 것이 없다.

그녀는 진기를 불어넣어 경맥을 타통시켜 주려고 했다.

피가 원활하게 돌면 상처가 한결 빨리 치료될 것이다. 약해진 맥이 활기차게 뛰면 자연 치유력이 높아질 것이다.

그녀가 지금 해줄 수 있는 것은 이 정도에 불과하다.

하나 당우의 몸 상태는 훨씬 심각하다. 맥이 거의 끊겨 있다. 길이 뚝뚝 끊긴 것과 같아서 진기 주입을 해봤자 아까운 심력만 소모될 뿐이다.

그녀가 할 수 있는 일은 없었다.

'어쩐다……'

추포조두는 당우가 살아 있기를 바란다.

장계(長計), 장구지계(長久之計).

눈앞을 보는 것이 아니라 먼 앞을 보고 뚜벅이처럼 뚜벅뚜벅 천천히 나아간다.

추포조두에게 타협은 없다.

투골조를 더 이상 조사하지 않겠다는 말은 거짓이다. 앞으로도 계속 조사할 것이고, 기회가 생기면 낚아챌 게다.

낚아챈다고? 누구를?

류명이다. 류명이 폐관수련을 끝내는 즉시 그를 낚아챌 심산이다. 투골조를 전해 받은 당우가 있고, 맨 처음 투골조를 수련한 류명이 있다.

이 둘을 한자리에 모아놓고 압박을 가할 생각이다.

한데 당우가 이대로 죽으면 추포조두의 장구한 계획은 물거품이 된다. 천검가에 머리를 숙이고 화해를 청한 건 온전히 굴욕이 되어 평생 동안 따라다닐 것이다.

'이 애를 어떻게 살린다?'

머리를 쥐어짰지만 대책이 떠오르지를 않는다.

당우는 외상(外傷)이 심하다. 어지간한 사람 같으면 가슴에서부터 아랫배까지 사선으로 그어 내린 상처 때문에 진작 죽었다. 그나마 당우가 목숨을 부지하고 있는 게 기적이다.

그러나 외상은 치유될 수 있다.

지금까지 목숨이 붙어 있다는 게 희망이다.

그녀는 묵은 금창약을 떼어내고 새 금창약을 발라주었다.

적성비가의 연고(軟膏)는 갈라진 살을 붙이고, 썩은 살을 밀어내며, 새 살을 돋게 만드는 영약이다.

문제는 내상(內傷)이다.

경맥이 바윗돌처럼 딱딱하게 굳어 있다. 일직선으로 쭉 이어져 있지 않고 가닥가닥 끊겼다.

솔직히 회생 가능성이 전혀 없다.

"흠!"

금창약을 다 바른 벽사혈은 기어이 신음을 입 밖으로 쏟아냈다.

어떻게 해보려고 하는데, 도저히 할 방법이 없다.

"도움이 될지는 모르겠지만…… 도움이 된다면 좋겠는데…… 휴우! 죽더라도 내 원망은 마라."

그녀는 내상단인 금단을 다섯 알이나 꺼내 한 손에 움켜쥐고 짓뭉갰다.

"한 알로 안 되는 건 다섯 알로도 안 된다마는…… 그래도 혹시 모르니까."

그녀는 짓뭉개진 금단을 당우의 입속에 밀어 넣었다.

웬만하면 추궁과혈(推宮過穴)이라도 해주고 싶다. 하지만 당우는 그것마저도 거부한다. 딱딱하게 굳어진 경혈은 진기 실린 손가락으로 혈도를 문질러 주는 정도로는 풀리지 않는다.

그녀는 마지막으로 몸을 숨기고 있는 짚더미를 쳐다봤다.

오뉴월에, 집 안에 짚더미를 쌓아놓고 있는 집은 있다. 혹여 있더라도 용도는 딱 한 가지다.

짚은 그냥 짚이 아니다. 두엄이다.

짚에 인분을 깔아서 썩히고 있다.

원래 이런 건 가을철에 만들어서 봄에 거름으로 소진한다. 한데 이 집은 게을러서인지 아니면 거름으로 쓸 곳이 없어서인지 아직까지 남아 있다.

그녀가 담장을 넘기 전에 두엄을 봤다. 그래서 담을 넘었다. 두엄 때문에 토담을 뛰어넘었다.

벽사혈은 당우를 짚더미 속으로 밀어 넣었다.

당우는 냄새를 풍긴다. 투골조의 악취이지만 썩은 거름보다도 훨씬 지독하다. 냄새에 민감한 사람이라면 십 리 밖에서부터 찾아올 정도로 특이하다.

이런 상태에서 당우를 데리고 다닌다는 것은 추적할 길을 스스로 열어놓고 다니는 것과 마찬가지다.

먼저 냄새부터 제거해야 한다.

한데 투골조의 냄새는 인위적으로 제거할 수 없다. 어떤 영약도, 어떤 기공도 투골조의 악기(惡氣)에서 뻗쳐 나오는 악취는 막아주지 못한다.

그나마 인분 섞인 짚더미가 당우의 냄새를 삭여줄 것이다. 전부는 아닐지라도 약간은 제거해 줄 것이다.

응급처지를 했고, 냄새를 감췄다고 해서 안심할 수는 없다. 앞으로도 할 일이 남았다. 그리고 그 시간만큼 당우가 버텨줘야 한다. 외부의 도움이 전혀 없이 스스로 견뎌내야 한다.

'이틀이다. 이틀만 버텨라.'

이틀? 그걸 말이라고 하나?

멀쩡한 사람도 이틀 동안 생으로 굶기면 기력이 탈진하여 축 늘어진다. 건장한 사람도 두엄 속에 밀어 넣고 푹푹 부패시키면 병균 덩어리가 된다.

당우는 절대 견디지 못한다. 그래도 어쩌겠는가, 지금은 이렇게밖에 할 수 없으니.

쉬익!

벽사혈은 신형을 날렸다.

이튿날, 농사꾼은 소가 끄는 수레에 두엄을 한가득 싣고 집을 나섰다.

"세상에, 이걸 사겠다니 별 미친……."

말은 그렇게 했지만 벌어진 입은 좀처럼 다물어지지 않았다.

여인은 두엄을 샀다. 어떤 약초를 재배하는지는 몰라도 쌀 두 가마니 값을 받았으니 미쳐도 단단히 미친 게다. 오뉴월에 두엄이 귀하기는 하다. 하지만 그 정도로 가치가 있는 줄은 몰랐다.

'이 기회에 콱 두엄 장사나 해?'

여인은 두엄을 꼼꼼히 실었다.

마치 두엄 중에도 좋은 것과 나쁜 것이 있다는 듯 바짝 신경을 쓰는 모습이었다.

'미친…….'

한마디로 웃기지도 않는다.

두엄이면 다 같은 두엄이지 뭐가 좋고 나쁜가. 잘 썩고 덜 썩고의 차이는 있다. 재배하는 약초라는 게 그 정도로도 영향을 받을 만큼 민감한 것인가?

두엄 속에 처박혔던 당우가 꺼내졌다.

악취가 푹푹 풍기는 몸뚱이는 은포로 휘감겼고, 다시 수레 위에 쌓인 두엄 속에 처박혔다.

농사꾼이 '미친' 소리를 연발할 때, 은밀히 진행된 움직임이었다.

"저녁까지면 되겠죠?"

"그전에 도착할 수 있을 겁니다."

"빠르면 좋고요."
여인이 씩 웃었다.
요하(橈河) 나루터, 여인이 두엄을 배달해 달라는 곳이다.

스읏! 스스스슷!
거대한 물결이 출렁거린다.
좌우에서 일어난 물결은 금방 앞까지 막아버린다.
벽사혈은 짐작했다는 듯 차분하게 검을 잡았다.
치검령을 잡기 위해서 천검귀차 모두가 한자리에 모여 있을 필요는 없다.
그들 중 몇 명은 백곡을 빠져나왔다.
자신이 삼십홀과 헤어지는 순간을 노렸다.
그나마 이들의 추적이 조금이나마 지연된 것은 삼십홀이 힘을 써주었기 때문이다.
삼십홀은 벽사혈이 떠나지 않은 것처럼 행동했다.
대조가 공손히 허리를 숙인다.
상대가 누구인지는 중요하지 않다. 대조가 허리를 숙일 만한 자가 누구이겠는가.
그런 행동도 천검귀차를 오랫동안 속일 수는 없다.
그들은 곧 거짓을 파악해 냈고, 즉시 움직였다.
다 예상하고 있던 바이다.
'호호! 이미 늦었어, 이것들아!'
벽사혈은 천천히 걸었다.

파파파파팟!

사나운 예기(銳氣)가 걷잡을 수 없이 몰아친다.

온몸이 갈기갈기 찢긴다. 옷이 전부 벗겨진다. 발가벗겨진다.

암중에서 사나운 예기를 쏘아 보낸 것에 지나지 않지만 눈앞에서 검을 휘두른 것만큼이나 극심한 압박감을 느낀다.

벽사혈은 천검귀차의 힘을 여실히 느꼈다.

이들이 자신을 죽이지 않는 것은 추포조두와 천검가주 사이에 웬만한 타협점이 형성되었다는 뜻일 게다.

당우만 놓아버리면 된다. 당우만 버리면 이들은 순순히 물러선다. 하나 그럴 수 없으니.

자세히 봐라. 난 숨긴 게 없다. 가진 게 없다.

벽사혈은 칼날 같은 눈길 속을 태연히 걸었다.

그들은 숨어서 쏘아보기만 할 뿐, 모습을 드러내지 않았다.

"훗!"

승리의 숨결이 터져 나왔다.

드디어 천검귀차의 눈길이 떨어져 나갔다. 근 하루 동안 끈질기게 따라붙던 눈길이 요하에 이르자 씻은 듯이 사라졌다.

벽사혈을 뒤쫓아봤자 건질 게 없다고 판단한 듯하다.

이 역시 예상했던 터이다.

당우에게 이틀 동안을 견디라고 한 것은 이런 점을 염두에

둔 것이다. 천검귀차를 떨구는 데 하루는 걸릴 것이고, 의원을 찾는 데 또 하루는 걸릴 것이다.
 이틀을 견디지 못한다면 죽는다. 그것은 그녀도 어쩔 수 없다.
 딱 생각한 대로 되었다.
 천검귀차는 벽사혈의 몸에서 당우의 냄새를 찾지 못했다. 하루 동안이나 따라다녀도 냄새 비슷한 것도 풍기지 않는다.
 당우를 이미 빼돌렸다.
 천검귀차 중 한두 명은 남아서 계속 벽사혈을 뒤쫓는다. 그리고 나머지는 다른 방향에서 당우를 찾는다.
 벽사혈은 이 정도를 생각했다.
 한데 일은 더욱 순조롭게 진행되었다. 천검귀차가 한두 명도 남기지 않고 모조리 물러났다.
 생각했던 것보다 훨씬 좋은 결과다.
 그래도 안심하지 못하고 강가를 한 시진이나 배회했다. 배회하면서 적성비가의 모든 것을 동원해서 주위를 탐색했다. 천검귀차가 숨어 있을 만한 곳을 발견하면 직접 뒤져 보기까지 했다.
 천검귀차는 없다. 완전히 물러났다.
 '됐어!'
 그녀는 해가 중천에 떠올랐을 때에서야 비로소 안심했다.
 이제 남은 건 나루터로 실려온 당우를 어디로 데려가느냐이다. 누가 그를 치료해 줄 수 있느냐이다.

'약수도인(藥水道人)에게 데려가려면 닷새는 걸릴 거야. 늦어. 우선 인근 의원을 뒤져 보고…….'
당장의 위협은 벗어났지만 앞일은 여전히 막막했다.

'없다!'
그녀는 온몸에 오물이 묻는 것도 아랑곳하지 않고 두엄을 샅샅이 헤집었다.
안에 들어 있어야 할 당우가 없다.
그녀는 사나운 눈길로 농사꾼을 쏘아보았다.
농사꾼은 진작부터 겁먹은 얼굴로 한쪽 구석에서 오들오들 떨고 있었다.
벽사혈의 모습이 심상치 않다. 미쳐도 이리 미칠 수 없다. 여인의 몸으로 두엄을 뒤지는 것도 그렇지만 워낙 난장을 쳐놔서 냄새가 나루터에 요동친다.
여인은 그것도 모자란 듯 두엄을 또 헤집는다.
마치 두엄 속에서 보물이라도 찾는 듯한 표정이다.
그녀가 이렇듯 미친 짓을 해도 사람들은 뭐라고 하지 못했다. 그녀의 허리에 차인 검이 무상의 권위를 말해준다.
"추포조두의 좌비, 벽사혈이야."
누군가 그녀를 알아보고 말했다.
그 말에 더욱더 숨을 죽였다. 나루터가 온통 거름투성이가 되어도 아무 소리도 못했다.
"누가 두엄에 손댔더냐?"

"아뇨, 아뇨!"

농사꾼은 화급히 손을 내저었다.

"아무도…… 정말 아무도 손댄 사람이 없습니다요. 아, 세상에 어느 미친놈이 두엄에 손을 댐…… 아니, 아니, 소저를 말한 것이 아니고 제 이야기는……."

농사꾼은 횡설수설했다.

두엄 값으로 쌀 두 가마니 값을 받을 때는 횡재했다고 생각했는데, 이제는 그런 생각조차 싹 가셨다. 어떻게 해서든 이 자리에서만 벗어나면 좋겠다는 생각뿐이다.

벽사혈은 농사꾼의 표정에서 마음을 읽었다.

농사꾼은 아무것도 모른다.

누군가 분명히 두엄에 손을 댔다. 그리고 당우를 빼내갔다.

치검령은 아니다. 그는 아직도 백곡에서 천검귀차와 인내의 싸움을 벌이고 있을 것이다. 천검귀차도 아니다. 그들이 그랬다면 오늘에서야 떨어져 나갈 이유가 없다. 그들이 이 사실을 알았다면 자신 앞에 나타나지도 않고 곧바로 두엄부터 뒤졌을 게다.

제삼의 인물이 있다. 그가 당우를 데려갔다.

'어떤 놈이!'

벽사혈은 헤집어놓은 두엄을 꼼꼼히 살폈다.

그 안에서 당우를 찾고자 하는 게 아니다. 사람이 지푸라기 속에 숨어 있을 리 없지 않은가. 혹여 누군가가 당우를 빼내가면서 조그마한 단서라도 남겨놓지 않았나 싶어서 살핀다.

―모든 행동은 흔적을 남긴다.

적성비가의 무인들이 밤낮으로 외우는 말이다.
제삼의 인물은 농사꾼이 눈치채지 못하도록 당우를 빼내갔다.
그 일은 쉽다. 무공을 모르는 농사꾼 정도 속이는 것은 아무라도 할 수 있다.
어려운 것은 그다음이다.
당우를 빼내갔는데도 수레에 쌓아놓은 두엄 덩이가 무너지지 않았다. 안에 있는 사람을 빼냈는데, 한 덩어리를 움큼 뽑아냈는데 처음처럼 아무런 이상이 없다.
당우를 순식간에 뽑아냈다는 증거다.
칼로 무를 삼등분한다. 그리고 가운데 토막을 쏙 잡아 뺐다. 한데 그 속도가 너무 빨라서 위 토막이 아래 토막에 찰싹 달라붙는다. 결코 무너지지 않는다.
잡아 뽑을 때 마찰까지도 죽일 정도로 빨랐다는 뜻이다.
벽사혈은 두엄 덩이 속에서 아무런 단서도 찾아내지 못했다. 아니, 아주 중요한 단서를 찾아냈다.
'내가 상대할 수 없는 고수야!'

2

그 시각, 추포조두는 천검가주의 집무실에서 장승처럼 서 있었다.

의자에 앉지도 못했다. 의자는 있지만 주인이 권하지 않은 자리에 앉을 수는 없다.

독대(獨對)를 청한 지 한 시진, 천검가주는 모습을 보이지 않는다.

덜컹!

오랜만에 문 열리는 소리가 들렸다.

추포조두는 문을 쳐다봤다. 하나 곧 눈길을 거뒀다.

들어선 사람은 시비(侍婢)다. 두 손에 과일이 담긴 쟁반을 들고 들어선다.

"어멋! 차를 드시지 않았네요? 따뜻한 것으로 바꿔 올릴까요?"

시비가 차디차게 식어버린 찻잔을 만지며 물었다.

"됐다."

"이러시면 손님 대접 안 했다고 혼나요."

"됐다."

"그럼 과일이라도 드세요."

"……."

추포조두는 침묵해 버렸다.

웨엥! 웨엥!

파리가 신경을 건드린다. 어디서 나타났는지 모를 파리가 아까부터 주위를 맴돌며, 목이며 이마에 달라붙는다.

해가 져서 사위가 어둑해졌다.

밖에서는 밥 짓는 냄새가 고소하게 번져 간다. 닭을 튀기는 냄새도 후각을 자극한다.

하루의 일과가 끝났다. 모두 편안한 마음으로 저녁을 맞이한다.

반나절…….

천검가주는 여전히 소식이 없다.

'좋지 않아.'

추포조두는 미간을 찌푸렸다.

'어디서부터 잘못되었지?'

일이 틀어진 원인을 찾아봤지만 어디서부터 잘못된 것인지 도무지 파악되지 않는다.

추포조두가 맡은 일들은 일의 성격상 검련가와 떼려야 뗄 수 없는 관계다. 그러다 보니 명가의 가주들과 직접 맞닥뜨린다.

그가 만난 사람 중에 소위 말해서 거물(巨物) 아닌 사람이 없다.

그들은 온갖 방식으로 공격을 취해온다.

어떤 때는 말로, 어떤 때는 무공으로…… 회유에서부터 협박까지 부릴 수 있는 모든 수단이 망라된다.

그럼에도 불구하고 한 번도 진 적이 없다.

추포조두로서 맡겨진 임무를 완벽하게 수행해 냈다.

이번 일은 아주 간단했다.

투골조를 수련한 위인이 있다. 천유비비검이라는 절기를 놔두고도 투골조 같은 마공에 눈길을 돌린 한심한 위인이 누구인지도 짐작된다. 류명이다. 그가 아니면 그럴 위인이 없다.

류명이 투골조를 수련하게 되는 과정에서 음모도 읽힌다. 누군가가 고의적으로 천검가를 엮으려고 한 것은 인정한다. 하지만 그것까지 살필 이유는 없다.

류명을 잡아서 닦달하기만 하면 끝난다.

아주 간단한 일이다.

천검가주는 류명을 내놓지 않는다. 누가 자식을 내놓겠는가. 살인자로 판명이 나도 내놓지 않을 것이다. 또 사실 가주는 폐관수련이라는 극단적인 방법을 썼다.

물론 폐관수련은 류명을 정화시킨 다음에나 가능하다. 투골조를 몸에 품은 채로 수련을 시키는 건 생각할 수 없다.

하면 투골조를 어떻게 정화시킬 것인가.

첫째는 내공으로 말끔히 씻어내는 방법이 있다. 천검가주 정도 되는 고수가 전심으로 내공을 쏟아부으면 아무리 지독한 마기라고 해도 씻겨 내려간다.

가장 깨끗한 방법이다. 하지만 이럴 경우, 시전자의 내공 손실이 막대하다는 점만은 감수해야 한다.

천검가주가 받아들일 수 없는 조건이다.

그러면 다른 방법을 강구하게 된다.

내공전이!

누군가 엉뚱한 사람에게 투골조의 내공을 떠안기는 방법이다.

이 방법은 가진 자의 입장에서는 가장 좋다. 잘못된 내공을 말끔히 씻어낼 수 있고, 시전자의 내공 소모도 지극히 미미하여 없는 것과 마찬가지다.

당하는 자의 입장에서는 억울하기 짝이 없지만, 처음부터 없었던 것으로 하기에는 딱 좋다.

그러나 이 일을 해줄 사람이 흔치 않다.

누가 자신의 내공을 남에게 줄 것이라고 생각하겠는가. 애써서 쌓은 내공을 남에게 준다면 수련할 마음이나 일어나겠는가.

그래서 내공전이를 해줄 수 있는 방법 같은 건 생각지도 않는다.

그런 건 은가 사람들이나 한다.

적성비가나 풍천소옥 같은 은가 무인들이나 이런저런 잡술에 능통하다.

천검가에 은가 무인이 개입할 것도 예상했다.

천검가는 추포조두로 자신이 나설 것을 사전에 파악했을 터이다. 그렇다면 적성비가와 견줄 수 있는 풍천소옥 무인을 고용했을 거라는 건 익히 짐작된다.

모든 게 손바닥 위에서 움직였다.

예상대로 치검령이 당우에게 투골조를 옮겨놓았다.

투골조의 진기가 흔적을 남긴다는…… 치검령이나 자신이나 예상하지 못했던 일이 벌어지는 바람에 일이 꼬였지만 자칫했으면 치검령의 승리로 끝날 뻔했다.

엎치락뒤치락…… 일을 하다 보면 이런 경우는 왕왕 생긴다.

그래도 언제나 승리는 자신이 가져갔다.

어디서부터 잘못되었을까?

'검련일가…….'

추포조두는 원인을 검련일가에서 찾았다.

지금까지는 검련일가의 전폭적인 지원하에 움직였다. 검련일가라는 위명을 등에 업었기 때문에 검련가의 가주들도 자신을 어쩌지 못했다.

이번 경우는 다르다. 천검가주가 노골적으로 광동 낭족을 내세워 들이칠 만큼 지원이 미약하다.

천검가주는 절대로 검련일가를 무시하지 못한다. 그럼에도 검련일가에서 파견한 추포조두를 척살하려고 한 데는…… 검련일가와 사전 조율이 있었다고밖에 할 수 없다.

실패는 검련일가의 마음을 읽지 못한 데서부터 비롯되었다. 검련일가가 비호해 주지 않을 때, 천검가주처럼 검련가의 가주가 정면으로 치고 나올 때, 섣불리 검련가에 시비를 건 사람들은 강풍에 휩쓸린 가랑잎처럼 날아가 버린다.

'그랬단 말이지. 후후후!'

추포조두는 쓴웃음을 흘렸다.

천검가주는 그로부터도 한 시진이 더 지난 다음에야 들어섰다.

"시간이 꽤 깊었는데 아직까지 기다리고 있었나? 난 돌아간 줄 알고 깜빡했지 뭔가. 미안하이."

천검가주는 기분 좋게 걸어와 앉았다.

추포조두에게는 그 얼굴이 승리자의 얼굴로 보였다. 뛰어넘을 수 없는 거대한 철벽으로 여겨졌다.

팔은 안으로 굽는다고 했다.

천검가는 검련의 일맥(一脈)이다. 검련일가와는 불가분의 관계에 있다. 사실 검련일가의 가장 막강한 조력자이자 후원자이며, 지지자이기도 하다.

"시간이 깊었는데 죄송합니다."

추포조두는 정중하게 포권지례를 취했다.

"시간이 늦긴 늦었지. 허허허! 이 시간에 노부를 끌어내다니, 자네 추포조두의 권한을 너무 남용하는 것 아닌가?"

"죄송합니다."

"허허허! 그래, 무슨 일인가?"

천검가주는 사뭇 여유로웠다.

추포조두는 에둘러 말하지 않았다. 단도직입적으로 용건부터 불쑥 꺼냈다.

"낭족을 물려주십시오."

"낭족? 허! 밑도 끝도 없이 그게 무슨 말인가? 보아하니 어려움에 처한 듯한데, 무슨 일인지 들어봄세."

"투골조에 대한 조사가 끝났습니다."

"그런가? 몰랐군."

"완벽하게 끝났습니다. 천검가와는 하등 상관이 없더군요. 백곡 어린아이들의 살해 사건은 당우라는 놈이 혼자, 독자적으로 저지른 만행이었습니다."

추포조두는 말을 하면서 서신을 꺼내 두 손으로 올렸다.

조사 내용이 기술된 보고서다. 검련일가에 상주(上奏)될 것으로, 엄밀히 말하면 천검가주에게는 보여줄 필요가 전혀 없는 서신이다. 아니, 보여주어서는 안 된다.

조사 대상자에게 조사 내용을 보여주는 법은 없다.

서신 내용은 짐작이 가고도 남는다.

백곡 동남동녀 백 명의 정혈이 갈취된 사건은 투골조 수련 때문이다. 원흉은 당우이며, 혼자서 독자적으로 벌인 일이다. 배후는 없다. 동남동녀의 납치에서부터 죽음까지 모두 당우 혼자서 계획하고 벌인 일이다.

물론 말도 안 된다. 그런 보고를 믿을 사람은 없다. 하지만 모두 그러려니 하고 넘어갈 것이다. 지금 돌아가는 상황으로 보면 이보다 더한 억지를 부려도 무사통과될 기세다.

"이건 뭔가?"

천검가주가 심드렁한 표정으로 서신을 받았다.

"투골조 사건 내역입니다. 시간이 나시면 살펴보시지요."

천검가주는 서신을 뜯어보지도 않았다. 이따위는 관심도 없다는 듯 옆 탁자에 툭 던져 놓았다.
"이제 돌아갈 생각인가?"
"허락해 주시면 돌아갈까 합니다."
"아까 낭족 어쩌고 하던데……."
"낭족이 길을 막고 있습니다. 저희 비가와 원한이 있나 본데, 천검가에서 힘을 써주셨으면 합니다."
"그런 이야기였나?"
"네."
"허허! 그 정도야 해줘야지. 고얀 놈들…… 여기가 어디라고 예서 검을 써."
천검가주가 괘씸하다는 듯 미간을 찡그렸다.
"그건 걱정하지 말게. 허! 고얀 놈들."
"그럼, 전 이만."
용건을 끝낸 추포조두가 포권지례를 취했다.
이런 것…… 이런 식으로 비상식적으로 일을 끝내는 건 영 개운치 않다. 원흉은 여전히 살아서 낄낄거리며 웃고 떠드는데, 안타까운 자는 죽어 나간다.
더럽다. 더러운 자와 얼굴을 맞대는 게 싫다. 그런 자에게 머리를 조아리는 자신이 싫다.
추포조두는 들끓어 오르는 분노를 꾹 눌러 삼켰다.
'이대로 끝나지 않아.'
이대로 끝낼 수 없지 않은가. 이렇게 끝내면 적성비가의 얼굴에 먹칠을 하는 셈이지 않나. 검련일가가 끝냈다고 해서, 천검가에 면죄부가 주어졌다고 해서 이대로 끝날 수는 없는 노릇이다.

원흉이 살아 있는 한 조사는 끝나지 않는다. 검련일가와는 하등 상관없이, 투골조의 조사는 계속된다.

검련은 적성비가의 고집을 알았어야 한다.

추포조두가 막 포권지례를 풀려고 할 때, 천검가주가 지나가는 말처럼 말을 건네왔다.

"참! 이번 사건을 저지른 그 당우인가 뭔가 하는 아이, 안타깝게도 죽었다는군. 알고 있나?"

"……!"

추포조두는 두 눈을 부릅떴다.

그런 일이! 당우가 죽어?

천검가주에게 머리를 조아리면서도 자존심 한 가닥을 남겨놓을 수 있었다. 투골조를 전이받은 당우가 있기 때문에, 어떤 식으로든 놈의 입에서 자초지종을 풀어낼 것이기에.

당우가 죽었다면…… 끝이다. 이건 정말…… 사건이 끝났다.

벽사혈이 아이를 지키지 못했는가. 치검령에게? 아니다. 당우가 죽은 사실을 자신은 몰랐다. 한데 천검가주는 이미 알고 있다. 그것도 아주 당연하다는 듯이.

자신들에게 낭족을 푼 천검가주다.

당우를 죽이기 위해서 모종의 수단을 부렸을 가능성을 배제하지 못한다. 아니, 그럴 가능성이 매우 높다. 아니다! 틀림없이 가주가 손을 썼다.
"쯧! 몰랐나 보군."
"네, 몰랐습니다."
추포조두는 침착하게 대답했다.
"벽사혈이라고 했나? 자네 쌍비(雙臂) 말이야. 벽사혈이 당우를 압송하던 중에 기습을 받았다더군."
"네에."
"걱정 말게. 벽사혈은 긁힌 자국 하나 없이 멀쩡하다고 들었네. 자네도 그래. 당우가 흉수일 것 같으면 내게 먼저 말을 했어야지. 내 구역에서 일어난 일인데 압송부터 하다니. 쯧!"
천검가주는 추포조두를 위한다는 식으로 말했다.
아니다. 조롱이다. 네가 당우를 압송해? 당우에게서 무엇을 알아내려고? 그런 수가 통할 줄 알았나? 어디 발버둥 쳐봐라. 괘씸한 작자 같으니.
추포조두는 천검가주의 위해주는 말속에서 서슬 퍼렇게 날이 선 칼을 보았다.
그럼에도 추포조두는 머리를 조아렸다. 그럴 수밖에 없었다.
"죄송합니다."

당우가 죽었다!
머리가 새하얗게 비어진다.
투골조 사건은 완벽하게 묻혔다. 백곡에 묻힌 동남동녀 백 명의 원한은 보살필 수 없게 되었다.

 세상에는 해도 해도 안 되는 일이 있다더니 이게 그런 일인가.

 추포조두는 긴 회랑(回廊)을 걸어나왔다.

 들어갈 때도 한없이 길게만 느껴지던 회랑이 나올 때도 천리나 된 듯 멀게 느껴진다. 들어갈 때는 뱃속에 칼이라도 숨겨져 있었는데, 나올 때는 그것마저 놓쳐 버렸다.

 '어쩔 수 없는 일……'

 적성비가의 고집이 아무리 지독해도 말끔하게 지워져 버린 흔적을 되돌릴 수는 없다.

 현재 당우의 몸에는 내공전이에 대한 흔적이 남아 있지 않다. 경맥에 눌어붙어 있던 잔재들이 깨끗하게 씻겨진 상태다.

 당우의 몸을 해부해도 나올 게 없다.

 치검령은 죽어도 말하지 않을 사내이고, 류명은 천검가주의 비호 속에 묻혀 버렸으니 사실을 말해줄 사람이 없다.

 '끝났어. 끝이야.'

 머릿속이 하얗게 비어져서 아무 생각도 나지 않는다.

 당우만 살아 있으면 반드시 토설을 받아낼 자신이 있는데…… 적성비가의 일흔세 가지 고문을 모두 동원해서라도 투골조가 어떻게 전이되었는지 알아낼 생각이었는데…….

 저벅! 저벅!

 어둠이 깔린 회랑에 자신의 발자국 소리가 낯선 타인의 굉음처럼 전달된다. 그때,

'응?'

추포조두는 고개를 번쩍 쳐들었다.

낯익은 냄새가 맡아진다.

'이 냄새는!'

오뉴월에 시체가 푹푹 썩는 냄새…… 똥물을 사방에 흩뿌린 냄새…… 시궁창에서 쥐가 썩어 나가는 냄새…….

'당우!'

추적자라면 결코 잊을 수 없는 냄새다.

추포조두의 눈에 기광이 번뜩였다.

당우가 천검가에 있다!

천검가주는 당우가 죽었다고 했다. 하면 당우는 시신이어야 한다. 생명이 끊긴 고깃덩어리에 지나지 않는다. 투골조 때문에 냄새가 아주 지독한 악신(惡身) 중의 악신이다.

그런 시신을 왜 가져왔는가?

투골조 때문에 불안했다면 천검가로 가져올 게 아니라 밖에 아무 곳에서나 화장시켜 버리면 그만이다. 그게 가장 좋다. 당우의 몸속에 무엇이 들었든지 간에 화장시켜 버리면 재만 남는다.

상식적으로 죽은 자를, 그것도 투골조가 깃든 육신을 장원(莊院) 안으로 끌어들인다는 게 납득되지 않는다.

추포조두는 판단을 내리기에 앞서서 후각에 온 신경을 집중시켰다.

꾸리꾸리한 구린내는 당우가 풍기는 게 틀림없다. 코가 있는 자라면 누구든 그렇게 말할 게다. 하지만 그토록 확실한 냄새일망정 다시 한 번 확인해 보고 싶었다.

'맞아. 그 냄새야.'

그가 회랑에서 주춤거리자 경계를 서던 무인이 다가왔다.

"허락받지 않은 외인(外人)은 유시(酉時)까지밖에 머물 수 없습니다. 허락은 받으셨습니까?"

"곧 나갈 거다."

"곧 유시입니다."

"소피가 급하군. 여기 측간이 어디 있느냐?"

"귀가 어두우신 모양이군요. 곧 유시입니다. 측간은 장원 밖에 있는 걸 이용하시지요."

"건방진……"

"소란을 피우시겠습니까?"

"알았다. 가지."

추포조두는 순순히 발길을 옮겼다.

경계를 서는 무인과 몇 마디 티격태격하는 동안에 맡고자 하는 냄새를 확실히 맡았다.

당우가 확실히 천검가에 있다.

벽사혈은 어떻게 해서 당우를 놓쳤을까?

당우가 죽은 것까지는 이해한다. 급습을 가해온 무리가 있다면 자신이 직접 호송했어도 막을 도리가 없다. 자신들이 낭족에게 낭패를 당한 것처럼 벽사혈도 어쩔 수 없는 지경에 처했을 게다. 낭족 같은 무리가 당우를 죽이고자 한다면 죽는 수밖에 없다.

거기까지는 이해한다.

당우를 죽이고자 하는 자들은 성공할 것이고, 목적을 이룬 다음에는 깨끗이 물러갈 게다.

죽은 당우는 이용 가치가 없다. 아무짝에도 쓸모가 없다. 전신을 갈기갈기 찢어발겨도 투골조를 수련했다는 증거는 나오지 않는다. 아니, 손가락 뼈마디가 기형적으로 강해졌을 테니, 투골조의 증거는 나온다. 하지만 그것으로 천검가와 연관 지을 수는 없다.

죽이기만 하면 끝나는 일이다.

그것도 불안하다면 먼저 생각했던 것처럼 불을 싸질러 버리면 그만이다.

기습자의 임무는 거기서 끝난다.

하지만 벽사혈은 다르다. 그녀는 당우의 호송을 맡았다. 당우를 살려서 데려가야 하며, 부득이하게 죽음을 막지 못했으면 시신이라도 끌고 가야 한다.

그것이 그녀의 임무다.

죽었다고 해서 아무 곳에나 묻어버리고 가면 안 된다. 혹여 살을 찢은 상처에서 흉수의 단서를 찾아낼 수도 있다. 그것 때문이 아니더라도 시신은 종종 많은 말을 한다. 어떤 유골은 죽은 지 백 년이 지났어도 어떻게 죽었는지 당시의 상황을 설명해 준다.

적성비가 무인들은 시신을 껴안고 일 년여를 생활한다.

시신이 말하는 바를 누구보다도 잘 읽을 수 있다. 시신의 효용 가치를 누구보다도 깊이 인정한다.

벽사혈이 당우를 버렸을 리 없다.

그렇다면…… 천검가가 당우를 납치해 왔다.

벽사혈을 만나보면 알겠지만 틀림없이 당우를 잃어버렸을 것이다. 그게 아니면 공격받을 때 빼앗겼을 게다.

천검가에서 시신을 가져왔다. 왜?

추포조두는 속으로 웃었다.

누가 류명에게 투골조를 전수했는가. 누가 백 명의 동남동녀를 납치해서 죽음으로 몰아넣었는가.

누가 감히 천검가를 노리는가!

천검가주의 시선은 거기에 꽂혀 있다.

천검가가 맞이한 고비는 이미 넘긴 것이고, 이제는 반격할 차례라고 생각한다.

당우가 죽었든 살았든 불씨는 여전히 존재한다.

'후후후! 불씨가 다 꺼진 줄 알았더니 여기서 되살아나고 있었군. 가주…… 가주께서 실수하신 것 같소.'

第十五章
기연(奇緣)

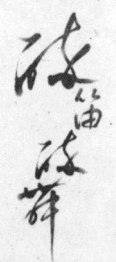

1

"이거야 완전 송장 아닌가."

"틀렸어."

"허! 이러고도 목숨이 붙어 있다니. 세상에 무슨 미련이 그리 많이 남았을꼬."

그들은 탄식을 토해냈다.

그들의 상식으로는 죽어도 벌써 죽었어야 할 육신이다. 아직까지 숨이 붙어 있다는 게 기적처럼 여겨진다. 하나 그 기적도 오래가지 않을 것이다.

"그건 그렇고, 이 냄새는 뭐야? 아무리 거름통에서 꺼내왔다고 하지만 너무하잖아."

"난 아까부터 토악질이 치미는 걸 간신히 참고 있네."

"지독하군."
"오물에서 나는 냄새가 아냐. 뼈에 전 냄새야."
"도대체 무슨 냄새기에 이토록 지독한 거야?"
"건들지 마. 괜히 건드렸다가 터지기라도 하는 날에는 어떻게 하려고 그래?"
"오장육부고 뭐고 이미 터질 건 다 터진 것 같은데…… 그래도 손대지 않는 게 좋겠지?"
"뼈에 전 냄새라고 했잖아. 손대면 댈수록 더욱 지독해져."
그들은 면포를 집어서 얼굴을 감쌌다.
벌써 세 겹째 둘둘 감아 말고 있다. 그래도 냄새가 면포를 뚫고 들어와 후각을 자극한다.
악취가 너무 지독해서 두통이 치민다.
더욱이 시신은 밀폐된 공간에 놓여 있다. 창문이라도 있어서 활짝 열어놓으면 공기 순환이라도 시킬 수 있을 터인데, 사방이 꽉 막힌 곳이라 악취를 빼낼 구석이 없다.
"훅!"
"훅!"
여기저기서 거친 숨이 쏟아지기 시작했다.
자그마한 공간에 사람을 잔뜩 모아놓고, 한가운데 시신 한 구만 덩그렇게 던져 놓았다. 그것도 악취가 너무 심해서 견딜 수 없을 지경인 시신을 석회 가루조차 뿌리지 않은 채 내놓았다.
견딜 수 없다. 답답해서 미치겠다. 맑은 공기를 마시고 싶다.

그때, 그들의 심정을 읽었는지 꾹 닫혀 있던 문이 덜컹 열렸다. 그리고 등 뒤에 검을 멘 무인이 들어섰다.

무인이 말했다.

"살펴보았나?"

"살피고 뭐고 할 것도 없습니다. 이건 어떻게 손을 써보려야 써볼 수가 없습니다."

"흠! 그 정도인가? 그래도 손을 써볼 수는 없겠나?"

"아이고, 방금 무슨 말씀을 하신 줄 아십니까? 무덤 속에 들어간 시신을 꺼내서 되살리라는 말씀을 하신 것과 똑같습니다. 이건 불가능해요."

밀실에 모인 사람들은 말도 안 되는 소리라는 듯 손을 내저었다.

"그럼 할 수 없지. 인명(人命)은 재천(在天)이니. 수고들 했네."

무인은 가고 싶은 사람은 나가라는 뜻으로 가로막고 있던 문에서 비켜섰다.

문밖으로 나갈 수 있는 길이 환히 열렸다.

사람들이 우르르 쏟아져 나간 자리에 몇 사람만이 남았다.

검을 등에 멘 무인, 그리고 시신…… 또 그리고 다른 사람들과 함께 떠나지 않고 남음을 선택한 두 사람.

"자네들은 왜 떠나지 않은 겐가?"

무인이 그들을 쳐다보며 말했다.

"살릴 수 있는 방도가 있을 것 같습니다."
"그런가?"
"몇 가지 약초를 준비해 주시겠습니까?"
"말만 하게."
"그럼 지필묵(紙筆墨)부터 준비해 주시지요. 아니, 장소도 바꿔야겠습니다. 이렇게 사방이 꽉 막힌 밀실은 환자에게도 좋지 않지만 저희에게도 좋지 않습니다. 심화(心火)가 쉽게 일어나는 환경이라서 환자에게만 집중할 수 없게 만듭니다. 통풍이 잘되는 곳으로 장소를 옮겨야겠습니다."
"여기서 하게. 필요한 건 준비해 주겠네."
무인이 단호하게 말했다.

"살릴 수 있는 방도가 있소?"
"없소."
"그럼 왜 저들하고 같이 안 나간 거요?"
"그런 당신은 왜 안 나갔소?"
"후후!"
"후후후!"
두 사람은 서로를 쳐다보며 웃었다. 그러다가 한 사람이 미간을 찌푸리며 말했다.
"나가면 죽을 게 뻔해서 안 나갔는데…… 한데 생각해 보니 지금 나가 버릴 걸 그랬소. 남았으니 저놈을 치료해야 하는데…… 치료해 봤자 어차피 죽는 건 마찬가지잖소. 치료하지 못하면 못했다고 죽일 게고, 치료하면 입막음으로 죽일 게고."

"어디서 왔소?"

"촌구석이오."

"지금 저 아이는 생사(生死)가 극간(極艱)이오. 저런 아이를 보면서 태연하게 치료 운운할 수 있는 사람은 흔치 않소. 보아하니 의술에 재간이 있는 것 같은데."

"후후! 재간이라고까지 할 수는 없고…… 산음(山蔭)에서 왔소. 들어보셨소?"

"산음. 산음. 산음이라면…… 혹! 산음초의(山蔭草醫)?"

"허허!"

사십 중반으로 보이는 중년인이 자신을 알아주는 게 기분 나쁘지 않은지 턱수염을 만지작거렸다.

산음은 분명히 촌구석이다. 하지만 산음초의라는 이름은 촌명이 아니다. 의원들이나 병자들 중 상당수가 한두 번쯤은 입에 담았을 이름이다.

많은 사람이 그를 안다.

그래서 납치되어 왔다. 조용히 불려왔지만 행동에 선택의 여지가 없었으니 납치된 것이나 진배없다.

그러다가 문득 그의 눈길이 상대방의 상완(上腕)에 머물렀다.

상대는 상완에 가죽을 둘둘 감싸 매고 있다.

처음에는 무심히 지나쳤는데, 거듭 보니 침 주머니 침낭(針囊)이다. 그것도 품에 넣는 작은 침낭이 아니라 길이가 상완과

버금가는 대침(大針)들이 꽂혀 있다.

그는 즉시 한 사람을 떠올렸다.

"혹시 곡성(谷筬)에서 오시지 않았소?"

"곡성에 터를 잡고 살긴 하지요."

"일침기화(一針起火)!"

"후후! 허명입니다."

상대방이 대수롭지 않게 말했다.

단순한 겸손이 아니다. 일침기화는 정말로 자신이 일침기화라고 불리는 것을 대수롭지 않게 여긴다. 그의 표정과 태도에서 초연함을 읽을 수 있다.

'이 사람이야말로 진짜 의원!'

산음초의는 상대방에게 흥미가 생겼다.

대침만 써서 죽은 자도 살린 적이 있다는 뜬소문의 장본인을 직접 만났으니 흥미로울 수밖에 없다.

그때 일침기화가 말을 건네왔다.

"아까 이 냄새가 뼈에 전 냄새라고 하는 소리를 들었소만."

"특정한 마공은 뼈에 흔적을 남기는 법이죠. 저놈 손가락을 보면 누리끼리하게 변색되지 않았소. 열 손가락이 모두 그런데…… 아주 특별한 독지(毒指)를 수련했다는 증거지요."

"흠!"

일침기화는 타당하다는 듯 고개를 끄덕였다.

"냄새도 평소에는 이렇게 독하지 않을 겁니다. 냄새가 없지는 않겠지만 신경을 써야 맡을 수 있는 정도? 한데 살이 갈리고 뼈가 베이니까 독기(毒氣)가 발악을 하는 거지요."

"나무나 바위 같은 무생물에도 혼이 있다…… . 후후! 이게 바로 산음초의의 무생침혼론(無生沈魂論)이구려."

"다른 의견이 있소?"

"없소. 뼈에 스민 독기가 상처 때문에 변형을 일으켰을 법한데…… 산음초의의 의견은 어떻소?"

일침기화는 누구에게 병을 물을 정도의 의원이 아니다. 만약 이 자리에 혼자 있었다면 군말없이 진찰해 나갔을 게다. 그리고 그가 생각한 치료법은 거의 맞을 것이다.

그는 의견을 물어왔다. 몰라서 물은 게 아니라 산음초의를 존중하기 때문이다.

산음초의도 일침기화의 진정을 알게 되자 호기심을 버리고 진정으로 답했다.

"아직은 아닙니다. 지금 이것은 변형과 비슷해 보이는데 엄밀히 말하면 변형이 아니라 발악이지요. 원형은 변하지 않고 성질만 내는 겁니다."

"흠!"

두 사람은 누가 먼저라고 할 것도 없이 시신을 살펴 나갔다.

전체적으로 살피면서 서로의 의견을 구했다. 두 번째 살피면서는 자신의 의견을 주로 피력했다.

"상처를 밀봉하기 위해서 금창약을 덕지덕지 발랐는데…… 이것 때문에 안에서 곪은 상처가 밖으로 흘러나오지 못해. 이것도 악취에 일정 부분 영향을 줬겠군."

"금창약이…… 흠! 냄새가 좋은데…… 어느 문파에서 사용하는 건지 알겠나?"

두 사람은 허물없이 말을 건넬 정도로 뜻이 통했다.

산음초의가 굳은 피가 달라붙은 금창약을 손가락으로 찍어서 혀에 댔다.

"맛이 달고 시며 서늘하군. 우슬(牛膝). 우슬로 진통을 잡았고…… 흠! 이 맛은 맵고 달며 따뜻하다…… 권백(卷柏). 권백으로 지혈을 잡는다……. 보통 무가에서는 쓰지 않는 금창약이야."

"특이한가?"

"아주 특이하지. 이런 약재로 금창약을 만들면 황금빛이 흘러나오는…… 금단(金丹)!"

"금단이라면 적성비가의……?"

"적성비가의 내상단인데 아주 귀하지. 그 귀한 약재로 떡칠을 했다 이건가? 후후후! 이놈 내력이 궁금해지는데."

"궁금하기는 진작부터 궁금했지. 이 칼 솜씨를 보게. 치명적인 부위를 일검에 쭉 그어 내렸어. 휘고, 돌리고, 가르는 솜씨가 일검에 다 들어 있어. 인근에서 이런 검을 소지한 문파는 오직 하나, 이곳 천검가뿐이네."

"뭐야? 자기네들이 죽여놓고 되살려라 이건가?"

"살릴 수는 있나?"

일침기화가 진중한 낯으로 물었다.

"없다고 했잖나."

"그럼 아까 약재를 적은 건 뭔가?"

"이곳에서 벗어나야지. 미혼탄(迷魂炭)을 만들 생각이었네."

"이놈을 치료하려는 게 아니고?"

"이미 죽은 놈을 어떻게 살려."

"난 살릴 수 있네."

일침기화가 눈빛을 반짝였다. 그리고 바로 이어서 말했다.

"일단 발악하는 독기부터 잠재워야 되겠지. 그건 침 몇 방이면 끝나. 하면 본격적으로 상처가 지랄을 떨 건데…… 자네가 그쪽을 막아줘야겠어. 할 수 있나?"

"외상(外傷)만 막으면 되나?"

"외상도 보통 심각한 게 아니라서 말이야."

"이 정도 상처쯤은 막을 수 있네."

산음초의는 아무렇지도 않게 말했다.

"정말 할 수 있나? 꽤 중한 상처인데."

"후후후!"

"그것만 막아준다면 나머지는 내가 알아서 할 수 있네."

"정말로 징후를 예상하는가?"

이번에는 산음초의가 미심쩍은 표정으로 물었다.

"할 수 있지."

일침기화가 자신있게 말했다.

두 사람은 서로를 쳐다봤다.

한 사람은 외상을 치료하고, 또 한 사람은 내상을 치료한다.

한 사람은 외상 치료로 이름을 날린 의원이고, 또 한 사람은 내상 치료의 전문가다.

두 사람이 힘을 합치니 시신도 벌떡 일어선다.

"재미있겠어. 죽은 자를 살린다……."

산음초의가 흥미로운 눈길로 중얼거렸다.

새로운 도전은 늘 의원을 긴장시킨다. 행복을 안겨주고, 투지를 불러일으킨다.

희열도 있다.

불가능하다고 생각했던 환자를 되살렸을 때의 희열은 경험해 보지 않은 사람은 짐작도 하지 못한다.

일침기화가 말했다.

"그럼 외상은 틀어막았다 치고…… 상처를 틀어막으면 독기가 다시 일어날 거야. 아니, 이건 독기라고 하면 안 되지. 어떤 마공을 수련했는지 몰라도 마기(魔氣)라고 해야겠지."

"그렇겠지."

"본신진기는 살고자 하는 욕구가 강하니까 틈만 나면 비집고 나올 거야."

"어쩔 셈인가?"

일침기화는 즉답을 피했다.

묻는 산음초의나 생각하는 일침기화나 일어날 상황을 짐작하지 못하는 건 아니다.

본신진기가 경맥을 휘달린다.

상처가 중하지 않으면 이건 오히려 도움이 된다. 무인들은 중한 상처를 입고도 보통 사람들보다 쉽게 털고 일어난다. 그 원인이 여기에 있다.

 진기의 활발한 움직임은 확실히 도움이 된다.
 문제는 시신의 진기가 마기라는 데 있다.
 그것이 본신진기이기는 하지만 인체에 악영향을 미칠 게 틀림없다. 육신이 온전할 때는 제어할 수 있겠지만 중상을 입은 몸은 제어할 힘을 잃을 뿐만 아니라 막심한 타격까지 당한다.
 자기 칼에 자신이 베이는 결과다.
 이 경우, 두 가지 처방이 사용된다.
 생성된 진기가 미약하면 제거를 택한다. 완전히 뿌리를 뽑아버리고 맑은 기운으로 전신을 채운다. 그러나 생성된 진기가 강성하면 제거할 수 없다. 그때는 본신진기가 상처를 건드리지 못하게끔 경맥 중 일부를 차단하는 처방을 쓴다.
 일침기화는 두 방법 모두 쓸 수 있다.
 일침기화…… 침 한 대로 불을 일으킨다. 죽은 자의 차디찬 몸에 따뜻한 온기를 불어넣는다.
 그가 쓰지 못하는 방법은 없다.
 시신 같은 경우에는 전자가 해당된다. 냄새가 토악질이 치밀 만큼 지독하지만 모두 허장성세(虛張聲勢)다. 진기는 크게 성하지 않으면서 소리만 빽빽 지르는 격이다.
 이런 마기는 일찌감치 제거해 버리는 게 낫다.
 문제는 천검가에서 그걸 원하느냐이다.
 시신은 별로 특이할 게 없다. 마기만 제외시키면 평범한 열

기연(奇緣) 149

대여섯 살 어린아이의 주검에 지나지 않는다.

그런 주검은 천검가 무인들의 주의를 끌지 못한다.

천검가 무인은 시신을 봤다는 사실만 가지고도 십여 명에 이르는 의원을 죽였다. 그들이 죽는 모습을 보았다거나 비명 소리를 들은 것은 아니지만 이미 죽었으리라는 것쯤은 짐작이 되고도 남는다.

이번 치료는 기밀 중의 기밀이다.

그렇다면 시신의 몸에서 마기를 제거하면 안 된다. 천검가의 주의를 집중시키면서 살려놓아야 한다.

단, 어설프게 치료한다. 완전히 치료하지는 않는다. 깨끗이 치료하면 의원이라는 존재가 필요치 않다. 되살아난 시신은 회수해 갈 것이고, 자신들에게는 살검이 떨어진다.

시신을 치료하기 위해서는 생각할 게 많다.

크게 분류하면 내상, 외상, 내상의 순으로 치료를 해야 하고 담당할 의원도 있다. 하지만 정작 치료에 들어가면 고려해야 할 사항이 수천 가지는 튀어나올 것이다.

두 사람은 그런 부분까지는 생각지 않았다. 그런 것은 문제가 터질 때마다 응급으로 처치해 나가는 게 제일 좋다. 그리고 두 사람은 그럴 만한 의술을 지녔다.

일침기화가 한참 만에 말했다.

"적당히…… 적당히 고쳐 놓자고."

산음초의가 칼을 썼다.

금창약이 붙어 있던 자리에 새로운 칼자국이 생겼다.
푸확!
살이 벌어지면서 붉은 피가 확 솟구친다.
일침기화는 옆에서 묵묵히 면포로 피를 닦았다.
지금 이 순간만큼은 산음초의가 주치의(主治醫)다. 일침기화도 산음초의에 못지않은 의술을 지녔다. 하지만 철저히 보조자 역할에 집중한다.
산음초의의 손길이 빨라졌다.
슥! 스윽!
손을 움직일 때마다 검게 변색된 살덩이가 뚝뚝 떨어져 나왔다.
"다행히 장기는 건드리지 않았군."
"혈을 베는 데 치중한 까닭이지."
이런 검은 고수만이 쓴다.
하수들은 장기를 베어내는 데 급급하다. 심장을 잘라내고, 폐를 찌르고, 척추를 끊어놓는다.
가장 확실하게 사람을 죽일 수 있는 검공들이다.
하나 살(殺)이 극에 이르면 활(活)과 상통하게 된다. 죽는 자의 고(苦)가 검을 통해 느껴진다.
살검에 충만한 고수들은 이런 느낌을 받지 않으려고 노력한다. 그리고 노력하면 실제로 아무 느낌도 전달받지 않고 죽일 수 있는 경지에 이른다.
시신에게 쓴 검처럼 순식간에 십여 혈을 베어내면 살을 가르는 감촉밖에 느끼지 않는다. 그러면서도 상대는 즉사한다. 화타가 환생해도 되살릴 수 없을 정도로 치명타를 입는다.

무가(武家)에 이런 말이 있다.

머리를 잘라내면 귀신이 되어 환생한다. 하나 십혈(十穴)을 도려내면 귀신까지도 죽인다.

시신이 당한 상처가 그것이다.

"이런 검공에 당하고도 즉사하지 않고 숨을 쉬다니…… 내 두 눈으로 보고 있지만 믿을 수 없어."

산음초의가 마지막 살점을 도려내며 중얼거렸다.

"세상에 대한 포한이 짙은 거겠지."

"이제 자네 차례야. 지혈까지는 시켜놨는데, 내상이 상당히 깊어. 정말 치료할 수 있나?"

"살펴봐야지."

일침기화가 침을 꺼냈다.

"허!"

일침기화는 침을 한 대도 꽂지 못했다.

"허!"

옆에서 지켜보던 산음초의도 일침기화와 마찬가지로 부지불식간 탄식을 토해냈다.

산음초의가 외상 치료에 달인이라지만 내상을 치료하지 못하는 건 아니다. 그는 내상에도 상당한 경지에 올라서 있다. 일반 의원들은 옆에 서지도 못할 만큼 의술이 깊다. 다만 일침기화에게만 한 수 양보한다는 정도다.
 일침기화나 산음초의나 내외상을 구분하지 않고 치료할 수 있다.
 일침기화가 내상을 살필 때, 산음초의도 살폈다. 그리고 치명적인 검상을 당하고도 죽지 않은 이유를 찾아냈다.
 "이놈 도대체 어떤 마공을 익힌 거야?"
 "경혈이 쇠처럼 단단해. 전체 경혈이 그런 건 아니고…… 일부만…… 쇠가죽처럼 질기고 묵처럼 탄력있고…… 그러다가 사혈에 이르면 철갑을 뒤집어써."
 "이런 자를 죽이려면 상당히 힘들겠군."
 "혈을 치면 안 된다는 거지. 심장을 꿰뚫어 버려야 해."
 "머리를 잘라내거나."
 "그럼 더 깨끗하고."
 "어떻게…… 방법은 정했나?"
 "유수가풍(流水加風)이 어떨까 싶네."
 일침기화는 독단적으로 결정하지 않았다. 자신이 생각한 것을 점검하는 듯 되물었다.
 "흐르는 물에 바람을 더한다. 경맥을 더욱 단단하게 해서 아예 철갑으로 만들어 버린다? 그럼!"
 산음초의가 어떤 생각이 든 듯 흠칫 몸을 떨었다.
 "쉿!"
 일침기화는 급히 손을 들어 입을 막았다.
 두 사람의 눈길이 허공에서 부딪쳤다.

일침기화가 나직한 음성으로 속삭이듯이 말했다.

"이놈을 치료해도 우리가 살 거라는 보장은 못하잖나. 그럴 바에는 이놈들 뜻대로 해줄 수는 없지. 보아하니 이놈…… 천검가 무인에게 당한 듯한데…… 흐흐흐!"

일침기화가 입술만 살짝 비틀며 기묘하게 웃었다.

입이 막힌 산음초의는 고개만 끄덕였다.

일침기화가 손을 뗐을 때, 산음초의도 작정을 끝낸 듯 귓속말로 말했다.

"쓰려는 게 경근속생술(經筋速生術)이지?"

일침기화는 고개만 끄덕였다.

산음초의가 묘한 웃음을 흘리며 다시 귓속말을 했다.

"내게 구각교피(九角鮫皮)가 있네."

이번에는 일침기화가 놀란 듯 눈을 부릅떴다.

두 사람의 눈가에 기광이 출렁거렸다.

2

저벅! 저벅! 저벅!

묵직한 발걸음 소리가 회음(回音)을 일으켜 둥둥 울렸다.

세 사람? 네 사람? 서너 명 정도가 걸어오는 것 같은데 몇 명인지는 헤아릴 수 없다.

끼익! 덜컹!

발걸음 소리는 문밖에서 멈췄고, 이내 묵직한 철문이 열렸다.

저벅! 저벅!

발걸음은 안을 향해 울렸다.

잠시 정적이 흐른다.

시커먼 어둠 속에 한줄기 빛무리가 번져 간다.

"이 아이인가?"

늙수그레한 음성, 하지만 말대꾸 같은 건 감히 엄두도 내지 못할 만큼 묵직한 음성.

"네."

역시 낯선 음성이 공손히 대답했다.

"정상이 아닌 것 같은데?"

"……."

잠시 침묵이 흘렀다.

"말씀드려라."

공손하게 대답하던 음성이 다소 위압적으로 말했다.

"아침에 말씀드렸다시피 아직 마비 상태에서 깨어나지 못했습니다."

일침기화가 최대한 정중한 어조로 대답했다.

"쯧! 마비가 풀릴 가망은 있는가?"

"아직 모르겠습니다."

"그래도 이게 어딘가, 목숨이 붙어 있으니. 큰일했네."

"감사합니다."

뚜벅! 뚜벅!

묵직한 발걸음 소리가 가까이 다가오더니 지척에서 멈췄다.
스윳!
다소 차게 느껴지는 손이 오른손을 살며시 집어 올렸다.
"십지는 멀쩡하군."
"이상하게도 열 손가락이 마디 두 개씩만 짙은 황색으로 변색됐는데, 도무지 원인을 찾을 수 없습니다."
"됐어. 이 정도만 해도 충분해. 아주 만족하네."
창노한 음성이 기분 좋게 말했다.
음성으로 상대의 마음을 짐작할 수 있을 것 같다.
음성 속에 아무 감정도 섞여 있지 않다. 지극히 사무적이다. 음성은 그를 염려하지 않는다. 그런 면에서는 오히려 차게 느껴진다. 언제든 버릴 수 있는 그런 물건쯤으로 생각한다.
"수고들 했어. 조만간 포상하지. 며칠만 더 수고해 줘야겠네."
"네, 걱정 마십시오."
산음초의가 공손하게 대답했다.

저벅! 저벅! 저벅!
발걸음 소리가 점점 멀어져 간다.
밝은 빛무리도 사라졌다. 세상은 다시 시커먼 어둠으로 뒤덮였다. 그리고 어둠이 익숙해지자 희미한 반점들이 보인다. 아마도 횃불일 게다.
"조만간 포상을 한다고? 훗! 개가 웃겠네."

산음초의가 대뜸 투덜거렸다.
"만족하지 못한 표정이지?"
"사람을 그 지경으로 짓이겨 놓고 멀쩡해지기를 바라면 그게 도둑놈이지."
"크큭! 그래도 돈을 엄청 썼잖아. 이놈이 처먹은 탕약이 얼마야? 아무리 천검가라고 해도 곳간 좀 비었을걸?"
"후후! 난 팔황구지초(八荒九指草)까지 써넣었다. 멍청한 놈들. 그게 왜 필요한지도 모르고 구해달라는 말 한마디에 순순히 구해주는 꼴이라니."
"사람을 좀 갈라놨어야지."
"그렇지? 산 게 다행이지?"
두 사람은 누가 먼저라고 할 것도 없이 환생한 소년에게 다가섰다.
"누가 왔었는지 알겠느냐?"
산음초의의 음성이다.
'네.'
당우는 대답했다. 하지만 그의 음성은 목구멍 안에서만 맴돌았다. 아니, 머릿속에서만 윙윙 울렸다.
"천검가주다. 그 귀하신 분이 직접 왔다 가셨구나. 하하하!"
산음초의는 천검가주가 상당히 못마땅한 듯했다.
못마땅한 게 당연하다. 황상이라도 자신을 죽이려고 하면 미울 수밖에 없다.
"이 정도면 기골은 잡혔지?"

산음초의가 만족스럽게 말했다.

"단단히 잡혔지."

일침기화가 십팔 사혈에 침을 꽂으며 말했다.

"혈에 금강기를 집취(集就)시켜 놨으니…… 후후후! 누가 이놈을 점혈(點穴)시킬 수 있을까."

"그 정도야?"

"이 침이 바로 일침기화의 일침이네."

일침기화가 대침을 푹 찔렀다.

"훗!"

산음초의가 깜짝 놀란 듯 짧은 경악성을 토해냈다.

의원이 의원의 시술을 보면서 놀란다? 이런 경우는 흔치 않다. 시술이 비정상적이거나 너무 고절한 수준일 게다. 어느 경우든 상식 밖의 시술이 펼쳐진다.

푹! 푹!

일침기화는 대침을 마치 칼처럼 사용했다. 아니, 송곳처럼 썼다. 푹 찌르고 빼냈다가 다시 푹 찔렀다.

어떤 때는 살갗만 뚫었다.

어떤 때는 뼈를 스치고 지나서 반대편까지 관통했다.

"듣고 있을지 모르겠다만…… 내 짐작이 맞는다면 너는 정상이다. 벌써 깨어나서 우리들 말을 듣고 있겠지. 내 몸이 왜 이럴까? 왜 움직이지 못하는 거지? 아! 아프구나. 다쳤구나. 검에 맞았구나! 다행히 죽지는 않았네. 맞지?"

푹! 푹푹푹!

일침기화는 침을 꽂으면서 집중하는 것 같지도 않았다. 어린아이가 장난삼아서 땅에 막대기를 꽂을 때처럼 무신경하게, 주의도 기울이지 않고 푹푹 꽂아댔다.

"네 오성(悟性)이 어느 정도인지 모르겠다만…… 그리고 내가 하는 말이 가당치도 않은 말이란 걸 안다만…… 느낄 수 있으면 느껴라. 지금 찔리고 있는 혈 자리를 잘 기억해라."

"기가 막힐 노릇이군. 사혈(死穴)을 푹푹 찔러대면서 잘 기억하라니. 정말 혈 자리를 알고 있는 아이 같았으면 기겁했을 거야."

일침기화는 산음초의의 말을 귓가로 흘리고 당우의 귀에 입을 바싹 갖다 댔다. 그리고 속삭였다.

"이것이 바로 경근속생술(經筋速生術)이다. 하루에 한 번씩 정성을 다해서 침을 놓아야 한다. 한 치라도 깊이 찌르면 죽을 것이요, 반 치라도 얕게 찌르면 효험이 사라질 게다. 하루라도 거르면 백 날을 했든 천 날을 했든 모든 노력이 물거품이 될 게다. 그럼 언제까지 하느냐. 그건 네 스스로 알게 될 것이다. 이젠 됐구나. 이젠 그만해도 되겠구나 하는 소리가 마음에서 울릴 게다."

일침기화는 속삭이는 중에도 계속 침을 찔렀다.

활활 타오르는 불에 손을 갖다 대면 데인다.
누구나가 알고 있는 진리다. 하지만 그 진리가 통하지 않을 때도 있다. 대장간에서 불을 끼고 사는 대장장이들은 웬만한 불쯤은 장난감처럼 가지고 논다.

불을 가까이 한 사람은 불을 이겨낼 줄 안다.

사람은 물속에서 숨을 쉬지 못한다. 잠수해서 일다경을 버티는 사람이 드물 게다. 하지만 세상에는 물속에서 이 다경까지도 버티는 사람들이 있다.

무공을 수련한 무인을 말하는 게 아니다. 아주 일상적인 사람들, 해녀들이다.

해녀들은 물속에서 가장 오랫동안 버틴다.

물을 끼고 살기 때문에 물을 이겨내는 혹은 적응하는 방법을 자연스럽게 습득했다.

인간은 길들여지면 강해진다.

이러한 이치를 침에 담았다.

혈(穴)은 육신이 외기를 받아들이는 구멍이지만, 한편으로는 취약점이기도 하다.

약한 곳, 손가락으로 누르기만 해도 아픈 곳.

그중에서도 특히 약한 혈, 약간의 타격만으로도 생명을 잃을 수 있는 서른여섯 개 혈을 사혈로 규정한다. 그리고 사혈을 강해지도록 적응시켜 간다.

이것이 경근속생술이다.

각 혈은 혈의 속성에 따라서 단련되는 깊이가 다르다. 아무리 사혈이라도 얕게 찌르면 가시가 박힌 것처럼 따끔거리고 만다. 하나 조금만 심각하게 타격하면 당장 큰일이 벌어진다.

침은 삶과 죽음의 경계에서 머문다.

딱 그 정도의 깊이로 침을 찔러 넣어서 사혈을 둔감하게 만든다. 그리고 종내에는 외기가 들락거리는 통로 역할만 할 뿐, 취약점으로는 작용하지 못하게 만든다.

경근속생술을 완성하면 보검에 베여도 힘줄이 잘라지지 않는다. 검이 육신을 저며도 경맥이 갈라지지 않는다. 사혈이 사라진다. 육신에 취약한 부분이 없어진다.

이는 마르지 않는 샘으로 이어진다.

경맥이 갈라지지 않으니 진기가 끊임없이 회전한다. 한순간도 쉬임이 없다. 밥을 먹을 때나 잠을 자는 순간에도 운기(運氣)가 계속 이어진다.

내공이 급격하게 강해질 것이다.

경근속생술의 효험은 거기에서 그치지 않는다.

지금처럼 육신에서 피가 철철 흘러내려도 검에 맞지 않았을 때처럼 맹위를 떨칠 수 있다. 지금과 같이 치명적인 일격을 당해도 남보다 두세 배는 빨리 완쾌된다.

침술이 평범한 인간을 아주 강력한 전사(戰士)로 변모시켜 준다.

일침기화가 침을 놓은 후에는 산음초의가 상처를 살핀다.

경근속생술 때문인지 아니면 산음초의의 약초 때문인지 상처가 한결 가벼워졌다.

기동(起動)을 말하는 게 아니다. 그 정도로 나으려면 아직도 서너 달은 정양을 취해야 한다. 상처가 더 이상 곪지 않고 아물기 시작했으니 나아간다고 하는 게다.

산음초의는 묽은 회색의 교피(鮫皮)를 꺼냈다.

"그게 구각교피인가?"

"후후후! 천고의 보물이지."

"정말 쓸 건가?"

"……"

산음초의는 선뜻 대답하지 못했다.

자신들이 어떤 아이를 치료하고 있는 것인가?

정상적인 아이는 아니다. 심성이 사악한 아이일지도 모른다. 어떻게 해서 시작했는지, 어떤 식으로 수련했는지는 모르지만 어린 나이에 마공을 손댔다는 자체가 심상치 않다.

이 아이는 커서 악마가 될지도 모른다. 아니, 틀림없이 살인귀가 될 게다. 싹수가 노란 놈은 떡잎부터 알아본다고 했다. 대가리에 피도 안 마른 놈이 사악한 무공에 손을 댔다면 악마가 될 기질이 다분한 게다.

아이는 선량한 사람을 수없이 해칠 것이다. 그래도 정성을 다해야 하나? 살리는 것까지는 어쩔 수 없다고 하자. 구각교피까지 사용해야 하나?

"자네는…… 자네는 경근속생술을 쓴 데 대해서 후회가…… 없나?"

"없네."

"그러면서 나에게 묻는 건가? 이걸 정말 쓸 것인지?"

"나는 본시 성의(聖醫)와는 인연이 먼 위인이니까. 치료가 급한 환자와 흥미가 당기는 환자가 나란히 누워 있다면 난 서슴없이 뒤의 놈을 택할 거니까. 후후후! 하지만 자네는 반대지 않나. 의술을 배운 제일 목적이 치료에 있지 않나."

"그런가……."

"난 이 아이가 악마가 될 걸 아네. 운 좋게 살아난다면. 하지만 이놈이 비록 악마가 될망정 인면수심(人面獸心)인 천검가주의 뜻대로 세상을 움직이게 할 수는 없네. 이게 내 생각이네."

"이놈을 살려놓는다고 해서 무슨 일을 할 수 있다고 생각하나. 설마 천검가에 도전장이라도 내밀 것이라고 보는가?"

"발가락도 건드리지 못하겠지."

"그런데?"

"어린 나이에 마공을 수련한 놈이니까 살려놓기만 하면 이놈 스스로 골칫거리를 만들 것 같아서. 그것뿐이네."

그것만이 아니다. 일침기화는 침법(針法)을 목숨처럼 아낀다. 침법을 발전시키기 위해서라면 두 다리를 잘라야 한다고 해도 서슴없이 행할 게다.

그의 정화가 경근속생술에 모였다.

평생 동안 갈고닦은 침술이 하나의 비법 속에 녹아들어 있다.

그는 자신의 침법을 세상에 남기고 싶어 한다. 마공에 찌들고, 언제 죽을지 모를 상처를 입은 놈에게 쓰는 것이 내키지 않지만 흔적도 없이 연기처럼 사라지는 것보다는 나으리라.

일침기화는 침 자리를 잊지 말라고 속삭였다.

그는 침 자리뿐만이 아니라 침을 놓는 세기(細技), 그리고 정신까지 읽어주기를 바랐을 게다.

그게 아니더라도 상관없다.

아이가 눈앞에 닥친 화근만 피해낸다면…… 그의 침법이 녹아 있는 육신은 아주 강한 말을 하게 될 게다.

경근속생술은 완성되지 않는다. 식물인간이나 다름없는 아이가 그의 말을 알아들을 리도 없고, 알아듣는다고 해도 신기에 다다른 침술을 따라갈 수는 없다.

한 치만 깊어도 죽는다. 반 치만 얕아도 효험이 없다.

말은 쉽다. 아주 쉽게 말할 수 있고, 쉽게 들을 수 있다. 하나 그대로 침술을 쓸 수 있는 사람은 전 중원을 통틀어도 몇 손가락밖에 꼽지 못한다.

그래도 경근속생술을 쓰지 않은 사람보다는 훨씬 강해진다. 지금 이대로 침술을 멈춰도 아이는 이미 근골이 아주 강한 사람 축에 끼어 있다.

그것이면 됐지 않나.

일침기화는 거기까지 내다본 게다.

구각교피는 다르다.

심해(深海)에 뿔이 아홉 개 달린 상어가 산다.

용왕의 아홉째 아들이라는 말도 있고, 천신의 노여움을 받고 심해로 떨어진 군신(軍神)이라는 말도 있는데…… 그 구각교(九角鮫)의 가죽이 천하 보물이다.

구각교피만으로는 아무 가치가 없다.

구각교의 가죽을 벗겨서 말리면 매미 날개처럼 얇아진다. 또 헝겊처럼 구겨지기도 하고 접히기도 한다.
매우 질기고 얇은 가죽을 얻게 되는 것이다.
여기까지만 해도 진귀한 보물이라고 말할 수 있다. 하나 의원이 말하는 진짜 보물은 말랑말랑해진 구각교피에 아흔아홉 번의 정성을 더했을 때 탄생한다.
바싹 마른 교피를 약초 즙액에 담가서 다시 불린다. 그리고 즙액이 골고루 스며든 교피를 다시 말린다.
이런 과정을 아흔아홉 번이나 반복한다.
매 과정마다 사용되는 약초는 각기 다르다.
어떤 약초를 어느 과정에 얼마만큼 쓰는지는 알려진 바가 없다. 의가(醫家) 중 어느 일문(一門)에서 비전(秘傳)되고 있다고는 하는데, 그런 사실조차도 확인된 바가 없다.
구각교피는 전설로만 존재하는 보물이다.
완성된 구각교피는 싸움을 하는 사람이라면 누구든지 탐낼 수밖에 없는 보물이 된다.
단단하기가 철갑 같아서 창이 뚫지 못한다. 도검으로 베면 살을 베는 감촉이 감지되는데도 정작 살은 베어지지 않는다. 손목에 느낌만 전달될 뿐이다.
물이 침습하지 못한다. 불에 타지도 않는다.
구각교피로 전신을 둘둘 에워싸면 그를 죽일 수 있는 사람은 없는 셈이니 이쯤 되면 천하의 보물이라고 말해도 무방하리라.

그런 구각교피가 산음초의의 손에 들려 있다.
구각교피를 쓰면 아이는 거의 절반쯤은 무적이 된다. 악마가 될지 모르는 아이가, 마공을 수련한 아이가 세상에서 가장 단단한 방패를 얻게 된다.
일침기화의 경근속생술과는 차원이 다른 혜택이라고 할 수 있다.
경근속생술은 완성될 가능성이 거의 없다. 구각교피는 사용하기만 하면 날개를 달아주는 셈이 된다.
두 개를 같이 놓고 생각할 수 없다.
산음초의가 생각을 굳힌 듯 한숨을 불어 쉬며 말했다.
"휴우! 천검가주가 조만간 포상한다고 하지 않았나. 그 말은 우리 모두 죽이겠다는 말일 텐데, 이걸 남겨두면…… 후후! 이게 천검가주의 손에 들어가면 더 후회가 크지 않을까 싶군. 이놈이 커서 뭐가 될지는 모르는 거지만 천검가주는 이미 인면수심, 겉과 속이 다른 사람 아닌가."
"휴우!"
일침기화도 한숨만 불어 쉬었다.

산음초의가 가진 구각교피는 품질은 매우 뛰어나지만 불행히도 양이 매우 적다.
죽은 구각 상어 새끼가 해변으로 떠밀려 왔다.
산음초의는 즉시 전설의 구각교피를 떠올렸고, 가죽을 벗겨서 교피 제작에 들어갔다.

상어 새끼라고는 하지만 그때만 해도 양이 매우 많았다. 구각교피를 만들면 장정 서너 명 정도는 옷을 지어 입고도 남을 정도로 큼지막한 가죽을 얻었다.

한데 제작 과정에서 실패가 반복되었다.

기껏 정성을 들여서 만들어놓으면 불에 홀랑 타버렸다. 창으로 찌르면 푹푹 뚫렸다.

기경난법(奇境難法)에 적힌 제작법이 잘못된 것일까?

가죽을 모두 소진하고 마지막으로 잔 부스러기 몇 조각 남았을 때, 그는 기경난법에 적힌 약초들을 한 가지도 빠짐없이 최고, 최상의 것으로 구입했다.

시중에서 흔히 굴러다니는 감초를 구하는 데도 하루 밤낮을 꼬박 살폈다.

품질이 좋다는 감초를 두 수레나 구입해 놓고, 그 많은 것들을 살피고 살펴서 제일 약효가 뛰어나 보이는 다섯 뿌리를 추렸다. 그리고 정작 약으로 쓸 때는 그중에서 두 뿌리만 썼다.

그의 삶은 약초를 구하는 데 심혈을 쏟은 삶이라고 설명할 수 있다. 그런 삶을 살아왔기에 산음초의라는 말도 듣게 된 게다. 약초를 보는 눈이 누구보다도 뛰어나고, 많은 약초를 알고 있는 것도 그런 삶을 살아왔기 때문에 가능했던 것이다.

그는 십 년에 걸쳐서 약초를 구입했고, 백 일 동안 제련했다. 그리고 구각교피 몇 조각을 얻었다.

구각교피는 단순한 가죽이 아니다. 그의 삶이다.

"이거 몇 조각 되지 않아서……."

산음초의가 망설였다.

"이번에 심장이 위험했으니까…… 무인들이 가장 많이 노리는 곳도 심장이고."

"그렇겠지?"

산음초의는 일침기화의 조언을 받아들였다.

구각교피 조각에 아교(阿膠)를 발라 심장에 붙였다.

"그거 떨어지지 않을까?"

"후후! 이게 평범한 아교인 것 같나?"

"흠! 냄새가 청아하군. 동물 뼈나 생선으로 만들면 이런 냄새가 안 나는데."

"초향교(貂香橋)라는 아교일세."

"초(貂)? 담비? 담비로 만들었단 말인가? 아교를? 그건 기경난법에나 기술된…… 아! 하하! 내가 왜 이렇게 멍청하지? 하하하! 구각교피를 봤을 때부터 기경난법을 떠올렸어야 하는데. 자네가 기경난법의 전인인가?"

"그저 책 한 권 얻었을 뿐이네. 그렇지 않았다면…… 누구에게 지도만 받았어도…… 후후! 내가 이걸 온몸에 두르고 중원을 활개 치고 다녔을지도 모르지."

산음초의가 구각교피를 목에 붙이며 말했다.

第十六章
이송(移送)

波乃由良舞

1

 운이 좋았다. 그 말밖에 할 수가 없다.
 사실이다. 당우는 여러 가지 운이 겹쳤다.
 천검귀차의 검은 정확하다. 귀차의 검을 맞고 살아난 자는 없다. 적어도 지금까지는 존재하지 않았다. 그런데 놈은 살아났다. 천검귀차의 전설을 깼다.
 천검가에서 손대지 않았다면 놈은 죽었다.
 벽사혈은 결코 아이를 살리지 못한다. 그런 식으로 움직였다가는 한 시진도 못 가서 죽었을 게다. 이미 증명된 것이지만 적성비가의 내상단으로는 상처를 치료하지 못한다. 또 인근에 터를 잡은 의원들은 그를 치료할 엄두조차 내지 못한다.
 두엄 속에 묻어서 천검귀차의 눈길을 피할 수는 있겠지만,

이송(移送)

당우를 살릴 수는 없다.

당우가 누린 첫 번째 행운은 천검가에서 그를 원했다는 것이다.

놈은 아직 죽을 때가 아니다.

치검령을 부릴 때만 해도 놈은 죽은 목숨이었다. 도저히 살 수가 없었다. 치검령에게 떨어진 명령은 투골조에 대한 흔적을 말끔히 지우라는 것이었고, 그 속에는 당우의 목숨을 반드시 끊어야 한다는 절대 명령이 포함되어 있다.

한데 요 며칠 상관으로 상황이 급변했다. 가주가 심경 변화를 일으켰다.

'묻고 넘어가자'에서 어떤 놈이 수작을 부렸는지 철저히 파헤치는 쪽으로 방향이 틀어졌다.

가주는 변덕스러운 사람이 아니다. 아니, 그 반대로 너무 침착하고 신중하다. 행동도 느리다. 여간해서는 움직이지 않는다. 먹이가 눈앞에서 얼쩡거려도 입을 벌리지 않는다.

가주가 행동에 옮길 때는 상황 변화가 있으려야 있을 수 없는 상황까지 치몰렸을 때이다. 아주 가까이, 입 앞까지 다가와 수염을 쥐고 흔들 때에서야 비로소 입을 쫙 벌리고 단숨에 낚아챈다.

오죽하면 가주의 뒤엣말이 독 품은 너구리이겠는가.

가주의 결정은 바위처럼 흔들림이 없다.

늘 그래 왔다.

한데 이번에는 단 며칠 만에 사건 자체를 확 틀어버리는 결정을 내렸다.

―흔적을 말끔히 제거하라.
―투골조의 흔적을 완벽하게 보존해라.

완전히 상반된 명령이 하달되었다.
이 명령들은 당우의 삶과 죽음에 간여한다.
하나는 절대 살명(殺命)이고, 다른 하나는 구사일생(九死一生)이다. 목숨을 부지하는 길이다.
당우는 참 운이 좋다.
놈은 저승 문턱에까지 갔다. 한 발만 더 디디면, 한 시진만 더 지나면 놈은 완전히 이승 문턱을 넘어설 순간이었다.
이때, 새로운 명령이 하달되었다.
놈은 정말 운이 좋다.
가주가 놈을 살리라는 명령을 내렸어도 놈을 보면 도저히 살릴 수 있는 상태가 아니었다.
천검귀차가 정확하게 검을 썼다.
영혼마저 베어버린다는 사검(死劍)이 경혈을 토막 냈다.
이런 검에 당한 자를 되살린다는 건 불가능하다. 그 말은 죽어서 저승에 간 자를 다시 끄집어내라는 소리와 같다.
한데 놈이 즉사하지 않았다. 기적이다. 달리 다른 말로 설명할 수가 없다.
적성비가의 내상단은 효험이 뛰어나다. 죽은 살도 하룻밤이면 새 살로 둔갑시킨다는 영약이다. 그런 영약을 덕지덕지 처바른 것도 행운이다.

그래도 목숨만 부지했을 뿐이다. 그 상태 역시 치료가 불가능하기는 마찬가지다. 검에 맞았을 때보다는 한결 낫지만······ 의원은 그런 상태 역시 죽은 것으로 치부한다.

사실이 그랬다. 의원을 무려 십여 명이나 잡아왔지만 모두들 두 손 들었다.

당우를 치료할 수 있는 사람은 없다.

한데 두 사람이 나서서 불가능을 가능으로 바꾸었다. 일침기화와 산음초의라는 두 시골 의원이 명가(名家)의 약주(藥主)조차 해내지 못할 일을 해냈다.

당우를 제일 처음 접한 사람은 천검가 약주다.

천검가 약주는 천검가 무인들의 부상을 책임진다. 비무 시, 혹은 결전 시에 격전 현장에 참여하며 부상이 발생하면 즉시 치료한다.

자상(刺傷)에 관한 한 독보적인 위치에 올라 있다.

검련십가는 모두 이런 약주를 두고 있다. 하지만 천검가의 약주는 단연 독보적이다. 그래서 왕왕 부러움과 질시를 받곤 한다. 오죽하면 두 번 죽여야 한 명을 죽일 수 있다는 말까지 나돌 정도다.

그런 그가 한마디로 잘라 말했다.

—불가능.

그가 그런 말을 했다면 실제로도 그렇게 진행된다. 당우에게 더 이상의 기회는 없다. 치료할 수 없다. 그러니 죽는다. 아주 쉽고도 간단한 말이다.
 정상적인 상태로 만들라는 소리가 아니다. 목숨만 부지할 수 있도록 생명을 연장시키라는 소리였다. 한데 그런 말조차도 이행하지 못했다.
 두 시골 의원이 그런 일을 해낸 것이다.

 ─한 가지 일에 고집스럽게 매달리는 자들은 상상 이상으로 유용할 때가 있지. 침만 고집하는 자가 있다던데. 일침기화라고 하던가? 약초라면 자다가도 벌떡 일어난다는 자도 있고. 그 자들을 데려와 봐.

 애초, 천검가에서 필요한 건 그 두 사람뿐이었다.
 다른 자들은 애꿎게 끌려온 것이다. 두 사람을 데려오는 길에 몇 명 더 데려온 것뿐이다.
 약주가 포기한 자를 시골 의원들이 치료한다?
 그런 말은 믿을 수 없다. 믿기지 않는다. 그래서 가주가 말한 두 명뿐만이 아니라 다른 자들도 함께 끌고 왔다. 있는 재간, 없는 재간 모두 합쳐 보라는 뜻에서, 머리를 쥐어짜 보라는 뜻에서 가급적 많이 끌어모았다.
 그리고…… 기적이 일어났다.

"그 아이…… 어때?"

"아직 그 상태입니다. 일침기화와 산음초의가 밤낮으로 정성을 쏟아붓고 있지만 좀처럼 차도가 없습니다."

"그럼 움직일 수도 없겠군."

"아직은 불가능합니다."

"의식은?"

"돌아온 것 같기는 한데…… 의사 표현은 하지 못합니다."

"식물인간보다 조금 나은 상태군."

"네."

"언제쯤 치료가 끝날 것 같더냐?"

"그렇지 않아도 그 부분을 물어봤습니다만, 예측할 수 없답니다. 상태가 조석(朝夕) 간에 좋아졌다 나빠졌다를 반복해서."

"좋아질 가능성은 아예 없대?"

"아닙니다. 조금씩 좋아질 거라고…… 본인이 얼마나 노력하느냐에 따라서 조금씩 차도가 있을 거라더군요. 그래도 가장 좋아봤자 반신불구를 면치 못한답니다."

"투골조는?"

"운기를 할 수 없는 상황이니 강도를 알아보기는 힘듭니다만, 내공은 확실히 존재합니다. 손가락에 독기가 잔뜩 몰려 있어서 손만 보면 알 수 있습니다. 색깔은 짙은 황색. 살색과 차이가 뚜렷해서 단번에 드러납니다."

"지금 짙은 황색이라고 했나?"
"네."
"발전했군."
"네?"
"일성이면 옅은 황색이어야 해. 짙은 황색이면 내공이 심후해졌다는 뜻이지. 허허! 일성을 넘어서서 이성에 가까워졌어. 허허!"
'그럴 리가 없어!'
무인은 고개를 내둘렀다.
투골조는 희생을 필요로 하는 무공이다. 성취도가 높아지려면 그만큼 많은 동남동녀가 정기를 빼앗겨야 한다.
일 성을 높이는 데 백 명이 필요하다.
십성에 이르려면 천 명이 목숨을 잃는 천인공노할 마공이다.
내공이 발전할 수는 있다. 하지만 백 명의 희생으로는 일성 막바지에 이르는 정도에서 그쳐야 한다. 절대로 이성 가까이 근접해서는 안 된다. 아니, 그럴 수가 없다.
무인은 이런 생각을 마음속으로만 했다.
입 밖으로 낼 말은 아니다. 그건 가주의 무공, 경륜, 견해를 무시하는 말이 된다.
가주가 말했다.
"의식이 없는 동안에도 운기를 할 수 있는 게 아니라면 누군가 수작을 부린 게지."

"수작요? 그럼 그놈들이!"

두 의원, 그들이 투골조의 독기를 키웠다.

그동안 치료를 한답시고 요청한 수많은 약재들 가운데 일부가 투골조를 키우는 역할을 한 것 같다.

"모른 척해. 투골조는 일성이나 이성이나 마찬가지야. 오히려 색깔이 더 짙어졌으니 쉽게 알아볼 수 있어서 좋고, 또 추궁해 봤자 모르는 일이라면 캐낼 방도도 없고. 치료 과정에서 우연히 벌어진 일이라고 하면 할 말이 없지 않나."

"네, 알겠습니다."

"그보다…… 냄새를 말하지 않았는데? 투골조 냄새. 냄새가 견딜 만한가 보지?"

"아닙니다. 그 냄새는…… 솔직히 그 방에 한 번씩 들어갈 때마다 몸에 구린내가 배이는 것 같아서 죽을 지경입니다. 석실에 들어갔다 나오면 향을 쐬는데, 그래도 냄새가 가시지 않습니다. 정말 그렇게 지독한 냄새는 처음입니다. 웃! 아, 죄송합니다. 하찮은 일로 괜히 엄살을 피웠군요."

무인이 깊이 허리를 숙였다.

"후후! 그게 무슨 죄송할 일인가? 사람이라면 다 똑같은 게지. 하면 이제 그놈을 어쩐다…… 냄새가 지독하니 오래 데리고 있을 수도 없고."

가주가 곤란한 문제에 직면한 듯 손가락으로 탁자를 톡톡 쳤다.

'이송(移送)?'

가주의 뜻이 단번에 읽힌다.

당우는 가주의 허락을 얻어야만 이용할 수 있는 지하 밀실, 석동에 갇혀 있다.

류명이 폐관수련을 했던 곳이며, 치검령이 류명에게서 투골조를 빼내 당우에게 건넨 곳이기도 하다.

그곳은 아무나 들락거릴 수 없는 중지(重地) 중 중지다.

그렇다고 석동 자체가 난공불락의 요지는 아니다. 모두가 천검가주의 허락이 있어야만 이용할 수 있는 곳이라고 인정하기 때문에 중지가 된 것이다. 만약 천검가주를 무시하고 암암리에 침범하고자 하면 얼마든지 들고 날 수 있다.

그런 곳에 당우를 둔다는 것이 꺼름칙한 게다.

그렇다면 가주는 어디로 이송하기를 원하는 것일까?

일단 검련가의 이목이 집중되지 않는 곳이어야 한다. 투골조를 찾는 사람이 모르는 곳이어야 한다. 류명 공자에게 투골조를 전수한 흉악범들도 손을 대지 못하는 곳이어야 한다.

그런 곳이 어디 있을까? 천검가의 석동이 안전하지 않다면 어느 곳에 두어야 하나.

"만정(卍井)은 어떤가?"

"넷?"

만정이라는 말에 경악성부터 튀어나왔다.

만정…… 만정…… 만정이라니!

"가주, 그건!"

"만정이 좋겠어."

"……."

아무 소리도 할 수 없다. 가슴이 꽉 막혀서 숨을 쉴 수가 없다. 만정이라는 말을 듣는 순간부터 죽음의 그림자가 떠올라 한마디도 할 수 없다.

"옥주(獄主)에게는 말을 넣어놓지."

의견을 물은 게 아니다. 가주는 이미 결론을 내려놓은 상태다. 당우를 만정에 넣을 결심이 공고하다.

"저…… 그럼 언제?"

"오늘이라도 움직일 수 있으면 움직이는 게 낫지? 어차피 당장 차도가 있는 것도 아니고…… 그렇다고 몸을 움직일 수 있을 때까지 기다릴 수도 없는 노릇이고."

"의원을 붙여야겠습니다."

"의원……. 하기는…… 탈이 생기면 안 되니까. 기왕 붙이는 김에 만정까지 동행시키는 것은 어떨까?"

"넷? 의원을…… 만정까지…… 말입니까?"

"그게 좋겠어."

또 결정이 내려졌다.

먼저는 당우를 집어넣는 선에서 그쳤지만 이번에는 의원까지 함께 집어넣는다.

"알겠습니다. 그럼 준비시키겠습니다."

"사람이 급하기는……. 말은 다 듣고 가야 할 것 아냐? 내 생각에는 둘이 다 갈 필요는 없다고 생각되는데…… 한 명만 따라가면 되지 않을까?"

"네, 한 명만 붙이겠습니다."
잠깐 동안 나눈 대화로 몇 사람의 운명이 결정되었다.
무인은 뒷걸음질로 물러났다.

물러가는 자와 들어서는 자가 서로 비켜갔다.
두 사람은 상대를 보고 오랜만이라는 듯 눈인사를 했다.
천검가 무인이라고 해서 매일 만나는 건 아니다. 한솥밥을 먹는다고 해서 아침저녁으로 얼굴을 부딪치는 것도 아니다. 천검가 정도 되는 문파의 검수(劍手)들은 몇 년 동안 얼굴을 보지 못하고 지내는 경우도 허다하다.
두 사람은 그렇게 오랫동안 떨어져 있지는 않았다.
서로 천검가 전각 어딘가에 있다는 걸 알지만 하는 일이 바빠서 서로를 찾지 못했다.
천검가라는 검문(劍門)에서 동문수학(同門修學)하여 한 사람은 천검귀차의 귀주(鬼主)이며, 또 한 사람은 묵비(默秘)의 비주(秘主)라는 신분에 올랐다.
옛날에는 술잔도 기울였던 사이다.
'오랜만.'
'그래, 오랜만.'
두 사람은 눈인사를 주고받으며 헤어졌다.

"치검령을 놓쳤습니다."
"허! 요즘 귀차…… 왜 이래?"

"죄송합니다."

귀주는 머리를 숙이며 서신을 내밀었다.

천검귀차가 천검가를 벗어난 이후부터 오늘 이 시간까지의 모든 행적이 적힌 서신이다.

"그래서…… 어떻게 할 거야?"

가주가 서신을 받아 탁자 위에 툭 던지며 말했다. 이따위 것, 읽어볼 필요도 없다는 뜻이 분명하게 보였다.

"열 명으로 전담조를 편성했습니다."

"그 정도로 되겠어?"

가주가 미심쩍은 표정으로 물었다.

죽음의 사신이 편성되었다. 그들은 목적을 이룰 때까지 중원을 떠돌 것이다. 천검가로 돌아오지도 못하고, 낯선 곳에서 터를 잡고 안거하지도 못한다.

그들이 천검가 무인으로 다시 돌아오려면 목적한 것, 치검령을 죽여야만 한다.

치검령을 죽이는 일에 인생을 건 사람이 열 명이나 된다는 소리다.

가주는 그것조차도 시큰둥하게 받아들였다. 그만큼 이번 일에 실망이 크다는 소리다.

"충분하다고 생각됩니다."

귀주는 얼굴을 붉히며 대답했다.

"생각? 허어! 현장에서는 생각을 하지 말라고 그리 가르쳤건만!"

"죄송합니다. 충분합니다."
"쯧!"

혀 차는 소리가 사자후(獅子吼)만큼이나 매섭게 가슴을 후벼 판다.

어떤 이유에서든 천검귀차는 가주를 실망시켰다.

자신들은 두 가지 임무를 완수했어야 한다. 당우를 죽였어야 하고, 치검령을 척살했어야 한다.

두 가지 모두 완수하지 못했다.

치검령은 풍천소옥 무인이니 내빼는 재간이 보통을 넘는다고 치자. 당우는 뭐라고 할 텐가. 일검을 정확하게 내리긋고도 목숨을 빼앗지 못했다. 나중에 칼을 찔러 넣어서 죽음을 확인까지 했는데도 죽이지 못했다.

입이 열 개라도 할 말이 없다.

묵비 비주를 원망할 생각은 없다. 그가 의원을 데려오고 당우를 살려냈지만, 그가 솔선해서 한 일이 아니다. 모두 가주의 명을 받고 한 일이다.

아니, 그런 말조차도 필요없다. 그가 솔선해서 했다고 해도 그 정도로 검을 썼으면 죽어도 벌써 죽었어야 한다.

묵비 비주, 천검가주…… 그 누구도 원망할 필요가 없다.

귀주는 입술을 잘끈 깨물었다.

자존심이 상한다. 천검귀차를 이끄는 수장으로서 검에 똥칠을 한 것 같은 느낌이 든다.

'당우…….'

그에게 당우라는 이름은 결코 잊어버릴 수 없는 이름이 되었다.

"삼십홀이 백곡에서 철수했다던데……."

가주가 심드렁한 표정으로 물었다.

"완전히 철수했습니다. 제가 직접 성(省)을 빠져나가는 것까지 확인했습니다."

"그 뭐야…… 그건 어떻게 했나?"

가주는 뭔가 생각나지 않는다는 듯 손가락으로 허공에 빙글빙글 원을 그리며 말했다.

백곡에 있던 유골들을 어떻게 처리했는지 알고 싶어 한다. 투골조의 증거인 백 구의 유골을 어떻게 했지? 상세히 말해 봐. 아냐, 알고는 싶은데 우리 천검가와는 상관없는 일이니 알 필요가 없겠지? 그래도 할 말 있으면 해봐.

백곡 사건은 천검가의 울타리 밖에서 벌어지는 일이어야 한다. 그래서 대답하는 데도 요령이 필요하다.

"한 많은 유골들이 널려 있어서 모두 수거했습니다. 마을 사람들이 지켜보는 앞에서 일차로 화장 처리를 했고, 뼛가루는 분쇄해서 강물에 띄웠습니다."

"……."

가주가 심드렁한 표정을 지었다. 미간에는 내 천(川) 자가 깊게 패었다. 못마땅해도 단단히 못마땅한 표정이다.

귀주가 차분하게 말했다.

"하지만 워낙 바쁘게 움직여서 한두 구쯤은 놓쳤을 수도 있겠기에…… 백곡을 다시 한 번 훑어보라고 지시했습니다."
"그래?"
가주가 비로소 활짝 웃었다.
증거를 없애라는 명령이 보존하라는 명령으로 바뀌었을 때, 백곡 유골들도 완전히 없애면 안 되겠다는 생각을 했다.
지켜보는 사람들 눈이 있어서 거의 대부분 화장을 시켰고, 뼛가루를 추려서 강에 띄워 보냈다. 하지만 백곡에는 아직도 여섯 구가 남아 있다. 투골조에 정기를 흡취당한 유골이 남녀 각기 세 구씩, 여섯 구를 남겨놨다.
이것이 가주가 원하던 것이다.
가주가 만족스럽게 웃으며 말했다.
"혹여 유골이 또 나오면 번잡스럽지 않게 알아서 잘 처리해. 실수하지 말고. 이런 걸 꼭 일일이 말해야 하니……."

2

근골이 단단하다.
침을 찔러서 느끼는 것이 아니다. 손으로 골격만 더듬어봐도 확연히 달라졌다는 게 감지된다.
"후후! 금강저(金剛杵)로 두들겨도 부서지지 않겠어."
"만족스럽나?"
"만족하지."
일침기화가 기쁨을 숨기지 않았다.

경근속생술이 빛을 토해내고 있다. 미친 짓거리라고 무시당하던 침법이 한 인간의 근골을 최강으로 뒤집어놓는 중이다.
경근속생술은 투골조의 독기를 억누른다.
당우를 진맥하는 사람은 이상하다는 느낌을 받지 못한다. 맥이 아주 미약해서 간신히 목숨만 붙어 있다는 정도다.
현재 당우의 모습과 완벽하게 일치한다.
단전에 손을 대어보면 웅축된 기운이 감지되지 않는다. 무인이 손을 대봐도 진기를 느낄 수는 없다. 그러면서도 십지는 황색으로 물들어 있다.
이런 상태를 어떻게 받아들여야 하나? 투골조가 존재하지만 운기는 되지 않고 있다. 그렇게 받아들일 수밖에 없다. 또 그렇게 받아들이는 것이 상식이다.
여러 무인이 당우를 진맥했다.
의원의 진맥과는 다른 무인으로서의 진맥이지만…… 그 누구도 당우의 상태를 정확하게 읽어내지는 못했다.
당우는 혼수상태다. 보고, 듣고, 냄새 맡고, 말하고, 느끼는 오감(五感)이 제 기능을 발휘하지 못한다.
간신히 살아서 숨만 쉰다.
체내에는 운용하지도 못하는 투골조의 독기가 넘실거린다.
끊어질 듯 이어지는 숨결을 타고 전신에 고루 퍼져 있다.
무인들은 이 이상 읽어내지 못했다. 그리고 이런 상태가 천검가주의 입맛에 딱 맞는다.
그러나 당우는 깨어 있다. 의식을 차렸다. 몸을 움직이지는 못하지만 자신이 어떤 상황에 놓여 있는지 알고 있다.
 당우는 미련하지 않다. 아니, 오히려 정말 마인을 살리는 것이 아닌가 걱정을 할 정도로 영악하다.
 당우는 투골조를 연성한다. 몸을 움직이지 못하면서도 꾸준히 수련한다. 마치 그것만이 자신이 일어날 길이라고 인식한 듯 온정신을 연성에 쏟아붓고 있다.
 일어서지 못하는 데 대한 불안감은 드러내지 않는다.
 어지간한 아이 같으면 신음이라도 토해내서 불편함, 불안감을 호소하련만 그런 일이 일체 없다.
 고통을 말해도 어쩔 수 없다는 것을 아는 듯했다.
 또 당우는 적과 아군을 분별한다.
 일침기화나 산음초의가 맥을 잡을 때는 일체 긴장하지 않고 모든 것을 드러낸다. 하지만 천검가 무인이 맥을 잡으면 언제 운기했냐 싶게 맥을 탁 풀어버린다.
 그런 점들이 영악하다는 게다.
 혼수상태에서 깨어난 지 얼마 되지 않았다. 뭐가 뭔지 어리둥절할 게다. 또 사리 판단을 하기에는 어린 나이다. 그런데도 삶과 죽음에 대한 느낌이 대단히 깊다.
 설혹, 진기를 민감하게 탐지할 수 있는 자가 진맥을 한다고 해도 현 상태를 정확하게 파악하기는 힘들다.
 투골조의 진기가 경근속생술에 감춰졌다.
 단전에서 일어나 손끝으로 집약되는 독기가 금강처럼 단단해진 경혈 밑으로 흐른다. 두껍게 얼어붙은 얼음 밑으로 잔잔

한 흐름이 지속된다.

무인이나 의원이 탐지할 수 있는 건 딱딱한 경혈뿐이다. 단단한 얼음뿐이다.

당우는 심한 냄새를 풍긴다.

냄새가 너무 지독해서 몇 날 며칠을 같이 있어도 도무지 적응이 되지 않는다.

그 냄새는 영원히 가시지 않을 게다. 몸에서 투골조의 독기를 완전히 씻어내기 전에는, 아니, 씻어낸 후에도 몸에 배인 냄새만은 죽는 날까지 지속될 게다.

더군다나 당우는 투골조를 연성한다.

연성하면 할수록 냄새도 진해진다. 아주 머리가 지끈거릴 정도로 악취가 풀풀 풍긴다.

어떤 무공인지 몰라도 아주 빌어먹을 무공이다.

그나마 불행 중 다행으로 당우는 약간이나마 악취를 제거해 주는 향(香)을 지녔다.

구각교피를 붙일 때 사용한 초향교(貂香膠)는 아주 맑은 향기를 풍겨낸다. 깊은 산속에 들어가 진한 나무들의 냄새를 맡는 듯 절로 심신을 상쾌하게 씻어주는 향이다.

초향교의 향이 악취를 제거해 준다.

원래 초향교는 아교로 쓰기 전에 향(香)으로 먼저 쓰였다.

초향교의 초향은 탈취 효과가 있기 때문에 시신을 염하는 장의사들이 콧속에 조금씩 넣고 다니곤 했다.

지극히 소수의 사람들만 사용하다가 가격이 워낙 비싸서 다른 향으로 대체되기는 했지만…… 지금도 효과만큼은 최상이라고 정평이 나 있는 향이다.

그런 향도 당우에게서 풍기는 악취는 완전히 제거하지 못했다.

악취의 원인을 파악해 보려고 했지만 알 길이 없었다. 당우가 어떤 무공을 수련했는지, 어떤 식으로 진기 흐름이 이어지는지 알지 못하는 한은 알아낼 길이 없다. 하나 수련을 지속하면 냄새도 지독해진다는 사실만은 알아냈다.

초향교가 언제까지 냄새를 막아줄지는 알지 못한다. 하나 초향교가 냄새를 조금이나마 가둬두고 있는 한, 당우가 운공하고 있다는 사실은 숨겨질 게다.

당우는 앞으로도 이 상태가 좋다. 이 상태를 넘어서면 틀림없이 제재를 받는다. 다시 죽이지는 않겠지만 금제(禁制)를 당할 것만은 틀림없다.

두 의원은 그러기를 원치 않는다.

당우는 살아서 천검가를 빠져나가야 한다. 그것만이 여러 의원을 죽였고, 자신들까지 죽일 천검가주에 대한 보복이다.

경근속생술은 당우를 위장시켜 준다.

무인들이 두 눈 뜨고 지켜보는 앞에서 버젓이 운공 수련을 한다. 그런데도 알아차리지 못한다. 하루에도 몇 번씩 맥을 짚어보지만 운기 여부를 관찰하지 못한다.

확실히 이것은 생각하지 못했던 부수적인 효과다.

경근속생술은 경맥 표면을 두꺼운 얼음으로 덮어버린다. 강력한 철갑 방패가 되어서 전신을 보호한다. 이것이 경근속생술로 얻게 되는 궁극적인 목적이다.

그 외에 것은 생각해 보지 않았다. 경근속생술로 운기를 감출 수 있다는 생각 같은 것은 해본 적이 없다.

"이놈은 언제쯤 일어나게 되나?"

산음초의가 물었다.

"낸들 아나. 나도 모르지. 이리 깊게 경근속생술을 시전한 적이 없어서 말이야."

"그럼 영원히 이 상태로 있을 수도……."

"그럴지도 모르지. 듣고 있냐? 듣고 있어도 너무 애태우지 마라. 네가 할 수 있는 것은 하나도 없으니. 너는 그저 부지런히 나을 생각만 해라."

일침기화가 침을 꽂으며 말했다.

"흠! 더 이상 안 들어가."

"침도 안 들어간다고?"

"경근속생술이 거의 완성됐어."

"그래?"

산음초의가 상태를 알아보고자 급히 맥을 움켜잡았다.

"으음! 맥도 거의 안 잡혀. 안으로 꽁꽁 숨어버렸군."

당우의 전신에 철갑이 씌워졌다. 그 위로는 창칼도 침범치 못하는 구각교피가 붙어 있다.

당우를 죽일 수 있는 사람은 흔치 않다.

"이게 풀리지 않으면 어찌 되는가?"

산음초의가 걱정스러운 얼굴로 물었다.
"풀리기를 바라야지."
일침기화가 침을 거둬 상완 침낭 속에 찔러 넣으며 말했다.
이제 침을 쓸 필요가 없어졌다. 당우는 침으로 경혈을 자극할 수 없는 몸이 되어버렸다.
산음초의도 움켜잡았던 완맥을 놓으며 중얼거렸다.
"이제 기다리는 일만 남았단 말이지."

당우는 의식을 회복했는데도 일어나지 못하고 있다. 눈도 뜨지 못하고 숨만 쉰다. 말도 하지 못한다. 귀가 뚫려 있어서 말은 알아듣지만 의견을 표시할 방법은 없다.
이런 현상은 상처 때문이 아니다.
상처 때문이라면 눈을 떴어야 한다. 힘없는 미약한 음성이나마 말도 했어야 한다.
당우는 경맥이 굳어졌기 때문에 일어나지 못하는 것이다.
여기서…… 경맥이 굳어졌다는 부분을 조금 더 정확하게 인식할 필요가 있다.
일침기화가 말하는 '굳었다'는 표현은 다른 말로 설명할 길이 없기 때문에 일상적인 말을 빌려온 것뿐이다.
의원들이, 또는 무인들이 말하는 경맥이 굳어졌다는 표현과 당우의 상태는 확연히 다르다. 전자 같으면 죽음을 면치 못하는 상태이지만, 당우는 누에고치처럼 탈을 쓰고 있는 상태다.
나비는 껍질을 탈피하고 완전히 다른 모습으로 재탄생한다.

당우는 껍질을 흡수해야 한다. 얼음을 녹이지 않은 채 경맥 속으로 흡수해야 한다. 그런 후 모습이 전혀 바뀌지 않은 예전 모습으로 움직이기 시작한다.

흡수가 먼저다. 흡수가 없으면 움직임도 없다. 그래서 일침기화가 '굳었다'는 표현을 사용한 것이다.

사실 이 부분은 경근속생술의 최대 난점(難點)이다.

일침기화조차도 굳어져서 움직임이 일어나지 않는 상태를 풀어줄 만한 해답은 내놓지 못한다.

얼음을 흡수하는 일은 오직 당우에게 달렸다.

본인 스스로 알아서 해야 한다. 밖에서 외인이 해줄 수 있는 일은 아무것도 없다. 그럴 수 있다면 무엇인들 못해주랴. 하나 본인 스스로 성취해야 하는 자신만의 일이니 외인은 그저 지켜보는 도리밖에 없다.

침묵만 소리없이 흐른다.

저벅! 저벅!

석동을 걸어오는 발걸음 소리가 들린다.

하루에도 몇 번씩 듣는 발걸음 소리라서 새삼스럽지는 않다.

문밖에는 석동이 많이 있다.

많은 발걸음이 다른 석동을 향해 걷는다. 그중에 일부는 문밖에 멈춰 선다.

덜컹!

이번에는 문밖에 멈춰 섰다.

다른 때처럼 묵직한 자물쇠가 풀리면서 문이 열렸다. 그리고 환한 빛살이 쏟아져 들어왔다.

저벅! 저벅! 저벅!

안으로 들어선 사람은 석동 한가운데로 걸어갔다.

그곳에는 탁자가 있다. 그리고 일침기화와 산음초의가 마주 앉은 채 의도(醫道)에 대해 담론(談論)을 나누고 있었다.

무인이 그들 앞에 섰다.

"오늘 이송한다."

일침기화와 산음초의는 서로 마주 봤다.

'이게 무슨 소리? 이송? 어디로?'

여러 가지 의문점이 확 피어났다.

"저놈이 거동할 수 있는 처지가 아니니 둘 중 한 명은 저놈을 따라가야겠지. 누가 갈 텐가?"

서로를 쳐다보고 있던 두 사람의 눈가에 알 듯 모를 듯 미미한 웃음기가 스쳐 갔다.

따라가는 사람은 산다. 어디로 가는지는 모르지만 목숨은 부지한다. 하지만 남는 사람은 죽는다. 먼저 나갔던 의원들처럼 쥐도 새도 모르게 죽임을 당한다.

일침기화가 말했다.

"자네가 가게."

"후후후! 나보다는 침 한 대로 만병을 치료하는 자네가 낫지."

산음초의도 고개를 흔들었다.

"침을 사용할 수 있는 처지라면 내가 낫겠지. 하지만 약을 써야만 한다면 자네가 낫지 않겠나."

"약도 있어야 쓰는 게 아닌가. 아무것도 없으면 못 쓰는 게지. 그럼 나보다는 막대기에 불과할 침일망정 그거라도 있는 게 낫지 않겠나. 자네가 가게."

"허허! 나 좀 쉬게 해주게. 솔직히 밤낮으로 지극정성을 다한 건 나였지 않나. 자네는 놀기밖에 더 했어? 이번에는 자네가 수고 좀 해주게."

두 사람은 서로 가기 싫다고 미뤘다.

옆에서 두 사람의 언쟁을 지켜보던 무인이 탁자 위에 술잔 두 개를 내놓았다.

"다 알고 있는 듯하니 돌려 말하지 않겠소."

무인은 말을 하면서 손바닥만 한 호로병을 꺼냈다.

"두 사람 중 한 사람은 살고 한 사람은 죽소. 두 사람 모두 죽여달라면 그래 줄 수도 있소. 아무 의원이나 앉혀놔도 저놈 뒤치다꺼리 정도는 할 수 있을 것이오."

무인이 술잔에 호로병을 기울였다.

또르륵!

맑은 호박색 술이 술잔에 가득 찼다.

"이 두 잔 중 한 잔은 독배(毒杯)요. 독배를 마시는 사람은 죽을 것이고, 산 사람은 저놈 곁에 머물 것이오."

무인이 술이 가득 찬 술잔들을 탁자 한가운데로 밀어놨다.

"솔직히 나 같으면 독배, 죽는 쪽을 택하겠소. 저놈이 가는 곳은…… 후후후!"

무인이 눈짓을 하자 석문 밖에서 대기하던 무인들이 우르르 들어와 당우를 포박했다.

당우는 혼수상태다. 손가락 하나 움직이지 못한다. 한데도 포박을 한다. 절정마두를 대하듯이, 너무 꼼꼼하지 않은가 싶을 정도로 세심하게 포박한다.

잠시 후, 당우는 두 손에 이어 두 발까지 완벽하게 결박된 채 자루 속에 넣어졌다.

"둘 중의 한 명만…… 걸어서 나오시오."

무인이 두 사람을 힐끗 쳐다본 후 걸어나갔다.

무인들이 당우가 들어 있는 자루를 들쳐메고 뒤를 쫓았다.

일침기화는 상완에 묶어놓은 침낭을 풀었다.

"옆에서 훔쳐본 것, 다 아네."

"눈치챘나?"

"모를 리가 없지."

"후후! 그런데도 내버려 뒀다? 다 죽을 거니까?"

"사실이 그렇고. 이제 나는 가진 게 없어. 저놈 곁에 있어줘야 할 사람은 자네인 것 같아."

"……"

산음초의는 묵묵히 침낭을 받아 상완에 둘렀다.

무인의 말은 맞다. 술잔 두 잔 중의 한 잔은 독배요, 한 잔은

맛있는 죽엽청(竹葉靑)이다.

어느 잔이 독배인지는 중요하지 않다.

두 사람은 이미 독배를 분별해 냈다. 공기 중에 퍼지는 알싸한 향과 청아한 향을 구분해 내지 못한다면 의원이라고 말할 자격도 없으리라.

그래도 무인이 사정을 봐주어서 이만한 자리라도 마련된 게다.

죽는 마당에 독이 든 술잔이나마 기울일 수 있지 않나. 서로 이별을 말할 수 있는 시간도 주어지지 않았나.

무인은 두 의원의 관계를 알고 있다.

그는 단칼에 한 사람을 쳐 죽일 수도 있었다. 그러는 편이 더 간단했다. 하지만 일부러 시간을 내주었다.

스윽!

일침기화가 독배를 자신 앞으로 끌어왔다.

"경근속생술은 절전(絶傳)시켜 주게."

"너무 아깝지 않나."

"아니. 이번에 시술하면서 느낀 건데…… 이런 시술은 하늘의 뜻을 어긴 게 아닐까 하는 생각이 들더군."

"후후! 그건 너무 걱정하지 않아도 될 거야. 내 머릿속에만 담아놓는다면 어차피 절전될 게 아닌가."

"살길이 있으면 찾고."

"저들이 붙어 있는 한은 어림도 없잖아."

"그래도……."

일침기화는 독배를 쭉 들이켰다.

산음초의는 묵묵히 지켜봤다.

독배에는 청간화(氰干花) 뿌리에서 얻은 극독이 발라져 있다. 죽엽청이 녹아들기도 전에 독기가 전신에 퍼질 것이다. 그리고 질식사를 일으킨다.

고통은 지극히 짧다. 거의 눈 깜빡할 사이라고 해도 무방하다.

"큭!"

일침기화가 짧은 신음을 토해냈다. 그리고 고개를 바로 떨궜다. 칼에 머리를 베인 것보다도 빠른 순간에 절명했다.

第十七章
암견(暗見)

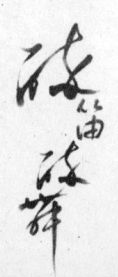

1

산음초의는 눈을 가린 채 마차에 태워졌다.
"흠! 공기가 시원하군."
그는 폐부를 활짝 열고 시원한 공기를 들이켰다.
어두컴컴한 석실에만 머물다가 오랜만에 맑은 공기를 마시니 살 것 같다.
이것도 호사인가? 죽은 일침기화를 생각하면 들이마시는 공기마저 자제해야 하나?
"들어가!"
낯선 음성이 등을 떠밀었다.
석실을 들락거리던 무인의 수하쯤 되는 것 같다.
그렇다. 일침기화에게 독배를 건네준 무인은 왼쪽으로 다섯

암견(暗見) 201

걸음 정도 떨어진 곳에 있다.

그곳에서 그의 냄새가 난다.

약초의 냄새를 구분하자면 개보다도 예민한 후각을 지녀야 한다. 똑같은 약초라도 약효가 있는 것이 있고 없는 것이 있다. 그 또한 냄새로 분별하는 경우가 많다.

무인만 후각을 길들이는 게 아니다.

산음초의는 더듬더듬 마차 안으로 들어섰다.

물컹! 하고 손에 짚이는 것이 있다.

당우가 아직도 손발이 묶인 채 널브러져 있다.

"준비 끝났습니다."

"가자."

덜컹! 덜컹! 덜컹……!

어둠 속에서 몸이 흔들렸다. 마차 바퀴의 진동이 고스란히 전달되었다.

두두두두두!

마차가 질주하기 시작했다.

바퀴가 빠져나갈 정도로 다급하게 질주하는 건 아니다. 길이 좋으니 약간 달린다 싶은 정도로만 내달린다.

덜컹!

마차가 달리는 도중에 문이 열렸다. 그리고 익히 알고 있는 체취가 불쑥 들어섰다.

그는 맞은편에 앉았다.

"이거 좀 풀어주면 안 되겠소?"

산음초의가 머리를 흔들며 말했다. 눈을 가린 안대 좀 치워달라는 소리다.

"후후! 먼저 말했을 텐데. 나 같으면 죽는 쪽을 택하겠다고. 앞으로 닥칠 고통에 비하면 이 정도는 어린아이 장난도 안 되는데, 뭘 벌써 갑갑해서 야단이오."

"날 데려온 건 저놈 때문 아니오?"

산음초의가 턱으로 당우를 가리켰다.

"저놈 상태가 상당히 좋은 줄 아는 것 같아서 하는 말인데, 저놈은 아직도 혼수상태요. 저렇게 손발을 묶어놓은 상태로는…… 편히 눕혀놓지도 않고 아무렇게나 던져 놓은 것 같은데, 상처에 압박이라도 가해지면 어쩌려고 그러시오?"

"안대를 풀어봤자 별것도 없는데, 웬만하면 그냥 가시오."

산음초의는 더 이상 채근하지 않았다.

무인은 당우의 상태를 정확하게 꿰뚫어 보고 있다.

무인은 절반쯤 의원이다. 육신에 대해서 많이 알면 그만큼 더 잘 죽일 수 있다. 더군다나 그는 하루에도 몇 번씩 석동을 들락거리면서 당우의 상세를 살폈다.

당우가 엎드려 있어도 상처가 덧날 정도는 아닐 것이다.

'어디로 끌고 가는지…… 가는 길조차 보여주지 않는단 말인가.'

"저건 천검가의 압송거(押送車) 아냐?"

"맞네, 압송거. 깃발을 봐. 깃발도 세 개야."

"깃발이 세 개? 정말이네!"

"대체 누굴 압송하기에 기를 세 개씩이나 꽂아놓은 거지?"

"그러게 말이야."

"가만있어 봐. 물어볼게. 저…… 누굴 잡아가는 거유?"

"물러서라!"

"물러섭니다, 물러서. 아이구! 그렇다고 밀칠 것까지야 없잖수. 궁금해서 물어본 건데."

시끌벅적한 소리가 들려온다.

산음초의는 등줄기에서 차디찬 전율을 느꼈다. 얼음 담긴 찬물이 등에 쫙 뿌려진 듯 자신도 모르게 몸서리가 쳐졌다.

그는 무림에 대해서 많이 모른다. 굳이 신경 쓸 필요가 없었기 때문에 귀동냥으로 들은 것이 아는 것의 전부다.

하지만 압송거에 대한 말은 귀가 따갑게 들었다.

검련…… 천검가뿐만이 아니라 검련에 적을 올린 검가(劍家)에는 특이한 마차가 한 대씩 있다.

중죄인을 압송할 때 쓰는 압송거라는 마차다.

사방이 쇠로 만들어져서 밖에서 문을 열어주기 전에는 빠져나갈 수 없다. 창문도 없다. 공기구멍으로 손가락 굵기 정도의 구멍이 두어 개 정도 뚫려 있을 뿐이다.

안에서는 밖을 볼 수 없고, 밖에서는 안을 볼 수 없다.

세상과 완전히 단절된 마차다.

압송거는 그 자체로 철벽이다.

죄인은 점혈(點穴)과 포박을 동시에 당한다.

이것이 기본이다. 어떤 죄인이 되었든 간에 점혈을 하여 움직이지 못하게 만들고, 거기에 포박까지 가한다.

포박한 줄은 마차에 단단히 고정시킨다.

천하제일의 무공을 가지고 있어도 자력으로는 탈출이 불가능하다.

안전 대책은 또 있다. 호송자들 중에서 가장 강한 자가 죄인과 함께 마차를 탄다. 그는 지척에서 죄인을 감시하며, 불미스러운 일이 벌어질 경우에는 즉참(卽斬)할 권리까지 주어진다.

어떤 죄인이든 간에 압송거에 태워지면 끌려가는 수밖에 없다.

그럼 외부에서는 공격할 수 있나?

결론부터 말하면, 없다.

호송 무인들을 죽이고 자물쇠를 부술 수는 있다. 하나 그동안이면 안에 있던 무인이 죄인을 즉참한다.

어떤 식으로든 탈출은 불가능하다.

하나 아직 끝난 게 아니다. 압송거에는 지금까지 열거한 것보다 더 큰 장벽이 존재한다.

압송거는 곧 검련의 상징이다.

압송거에 실린 죄인은 검련의 정의(正義)에 의해 죄인으로 분류되었다.

압송거의 죄인이 어떤 죄를 지었는지 묻지 마라. 이는 곧 검련의 정의를 의심함이니, 검련 모두가 사즉생(死卽生)의 각오로 결전을 치르리라.

그렇다. 정인군자라고 소문난 사람일지라도 압송거에 태워지면 악인 중의 악인임을 인정해야 한다. 본인이 아니라고 바락바락 악을 써도 지켜보는 사람들은 악인임을 인정해야 한다. 회의(懷疑)를 품는 것은 검련의 정의를 의심하는 행위이다.

압송거의 상징이 이러니 마차를 공격하거나 탈취한다는 건 엄두도 내지 못한다.

지금은 천검가의 무인들이 압송거를 끌고 있다. 하지만 이 압송거를 공격하면 검련 사십 가 모두를 적으로 돌려세우는 것과 마찬가지가 된다. 검련십가뿐만이 아니라 부속된 삼십 가들까지도 일제히 달려든다.

그들 모두를 상대할 각오가 아니라면 압송거를 건드릴 생각은 말아야 한다.

죄인의 중요도는 압송거에 꽂힌 깃발로 표시한다.

깃발 한 개는 삼 장 이내로 접근을 금지한다는 뜻이다. 깃발 두 개는 오 장 이내로 접근하지 말라는 뜻이며, 세 개는 십 장 밖으로 물러서라는 뜻이다.

그 누구도 십 장 안으로 들어서서는 안 된다. 그런 행위를 할 경우에는 '압송거 공격'으로 간주하여 무차별 응징한다.

이것이 압송거가 가진 의미요, 무게다.

그런 압송거에 실렸다.

점혈은 당하지 않았지만 무공을 모르니 점혈당한 것과 마찬가지이고…… 포박은 확실하게 당했다. 그리고 한눈에 봐도 고수임이 분명한 무인이 동석했다.

압송거의 호송 방식과 일치한다.

즉, 자신과 당우는 중죄인으로 분류되어 압송되고 있다.

이런 생각을 하자 등줄기에서 식은땀이 흘러내렸다. 아니, 한밤중에 귀신을 봤을 때처럼 오금이 저려왔다.

압송되고 있다는 사실 때문이 아니라 압송거에 탄 사람들이 어디로 압송되는지 소문을 들어서 알고 있기 때문이다.

그곳은 만정(卍井)이다.

부처님의 자비가 담긴 우물? 부처님의 자비가 필요한 우물? 그냥 부처님 우물이라고 해도 좋을 것 같다.

한데 만정은 압송거의 종착지다.

중죄인들의 집합처.

검련에서 평생 가둬놔야 할 사마(邪魔)들을 쓸어 모은 곳이다.

만정에 부처님 손길이 미치는지는 알 수 없다. 사마들이 개심했는지, 회개했는지도 알 수 없다.

그곳에 들어간 자들은 두 번 다시 세상에 나타나지 않았다.

자신들이 그곳으로 간다.

산음초의는 무인이 한 말을 비로소 이해했다.

나 같으면 차라리 죽는 쪽을 택하겠다고 했던가? 만정으로 가느니 죽는 것이 낫다는 뜻일 게다.

두두두두!

마차가 질주한다.

'팽벽각망(碰壁擱忘).'

당우는 마음을 고요한 물처럼 차분하게 가라앉혔다.

몸이 꽁꽁 묶여 있지만 원래 움직이지 못하던 처지였기 때문에 달라진 게 없다.

몸만 움직일 수 있다면 이까짓 포승쯤은 쉽게 풀어헤칠 자신이 있다. 천검가의 포승법은 적성비가의 일흔두 매듭 포승법에 비하면 어린아이 수준이다.

스으으으윳!

진기를 끌어올렸다. 단전에서 일어난 진기를 사지백해로 흘려보냈다. 그리고 최종적으로 십지로 집약시켰다.

투골조의 운기법은 막힘없이 자유자재로 소통한다.

기분 같아서는 벌떡 일어나 산이고 들이고 마음대로 쏘다닐 수 있을 것 같다.

양손 십지에 모인 진기는 살과 뼈로 된 손가락을 쇠꼬챙이로 변모시킨다. 무엇이든 손가락에 걸리는 것은 모조리 부숴버릴 수 있을 것 같은 강인한 힘을 느낀다.

그러나 움직이지 못한다. 손가락을 끄덕이는 미미한 행동조차 하지 못한다.

왜 이럴까?

척추가 부러지면 사지가 마비된다던데, 그게 이런 건가? 가슴에서부터 배까지 길게 검을 맞았는데, 그것 때문에 신경 어디가 잘못된 것일까?

　일침기화는 서둘지 말라고 했다.

　산음초의는 부지런히 노력하라고 했다.

　의원 두 명이 희망을 말한다. 움직일 수 있다고 한다. 조급하게 마음먹지 말고 길게…… 먼 앞날을 보라고 한다.

　진기는 마음대로 조종할 수 있는데 몸은 움직일 수 없다.

　당우에게는 풀리지 않는 난관이다.

　어디가 잘못된 줄 알아야 고칠 게 아닌가. 어디가 어떤 상태인지 알아야 포기를 하든 희망을 갖든 할 것 아닌가.

　아버지는 이럴 때 '팽벽각망'이라는 말을 쓰시곤 했다.

　어려운 난관에 부딪친다. 그러면 잊어버려라. 그냥 놓아버려라. 나와는 상관없는 것처럼 멀리 흘려 버려라.

　팽벽각망은 도피다.

　난관에 부딪쳤다고 손을 놓아버리면 아무것도 되지 않는다. 어려운 일을 만났다고 등을 돌려 버리면 아무것도 이루어지지 않는다. 난관을 뚫고 나갈 수는 더더욱 없다.

　팽벽각망 다음에 아주 중요한 말이 있다.

　요요상견(遙遙相見)!

　멀리 떨어져서 마주 본다.

　단지 손 놓고 흘려보내는 것만이 아니다. 그 후에는 흘러가는 문제를 멀리서 지켜보아야 한다. 한눈을 팔지 말고 뚫어지게…… 낮이고 밤이고, 눈을 뜨고 있을 때나 잠을 잘 때나 오직 그 문제만 쳐다보고 있어야 한다.

전신관주(全神貫注)!
정신을 하나로 모아서 집중하라!
취정회신(聚精會神)!
정신, 혼, 귀신…… 무엇이 되었든 머릿속에 맴도는 것은 하나로 모아라!
요요상견은 고도의 집중력을 불러온다.
육신은 문제에서 떠나 있을 수 있다. 논일을 할 수도 있고, 대화를 나눌 수도 있으며, 술을 마실 수도 있다. 하지만 머릿속은 언제나 흘러가는 문제를 지켜보고 있다.
전신관주, 취정회신이 자연스럽게 이루어진다.
이런 단계에 이르면 또 자연스럽게 따라오는 게 있다.
명백사리(明白事理)!
문제에 필요한 것과 필요치 않은 것이 구분된다. 버려야 할 것과 취해야 할 것이 결정된다. 실마리가 수면 위로 떠오른다. 사리 판단이 분명해지는 것이다.
팽벽각망, 요요상견, 전신관주는 자신이 할 것이다. 취정회신, 명백사리는 노력에 대한 대가다.
명백사리가 일어나면 문제는 해결된다. 풀리지 않는 문제가 없다. 둘둘 말린 실타래가 술술 풀려 나온다. 진가(眞假)를 구분할 줄 아는 안목(眼目)이 문제의 본질을 꿰뚫어 본다.
당우는 자신의 몸을 놓아버렸다.
움직이지 못한다? 상관없다. 누워 있는 이대로 편하지 않은가. 특별하게 할 일도 없지 않은가. 논에 나가 일할 필요도 없고, 산에서 나무를 해오지 않아도 된다. 좋다.

움직이지 못한다는 생각을 떠나보낸다. 움직이지 못하는 현실을 잊어버린다.

움직일 수 있는 부분이 있다.

투골조의 진기는 끊임없이 일어난다. 운기하고자 하면 일어나 전신을 휘돈다.

자신이 움직일 수 있는 유일한 것이 배운 지 며칠밖에 되지 않는 투골조 운기조식이다. 남에게서 억지로 떠맡은 마공, 사공이다. 동남동녀 백 명의 원혼이 깃든 저주다.

지금은 그것에 전념한다.

움직일 수 있는 것은 생활(生活)이다.

보통 사람이 밥을 먹고 일을 하는 것처럼 평범한 생활의 일환으로 진기를 운기한다.

놓아버린 것은 육신이다. 돛단배를 강물에 띄우듯이 물결 따라서 흘려보낸다.

하지만 육신을 완전히 버린 것은 아니다. 계속 지켜본다. 감각이 되살아난다거나 손가락이 꼼지락거리는 것 등등 육신의 움직임을 지켜보는 게 아니다. 몸을 움직일 수 없게 만든 요인, 굳어진 경맥을 지켜본다.

경맥이 풀리지 않으면 손가락 열 개가 모두 움직여도 소용이 없다. 눈을 뜰 수 있고, 말을 할 수 있고, 음식을 먹을 수 있다고 해서 문제가 풀린 게 아니다.

경맥을 뚫어지게…… 한순간도 놓치지 않고 지켜본다.

요요상견으로 시작하되 전신관주로 이어진다. 전신관주가 일어나게끔 집중을 놓치지 않는다.
'할 일도 없는데 운기나 해볼까?'

스읏!
낯선 느낌이 다가선다.
당우는 즉시 운기를 풀었다.
몸을 움직이지 못하는 상태에서 눈까지 감고 있다 보면 인간이 얼마나 허약한 존재인지 알게 된다.
벌레가 깨물어도 대응할 수 없다. 모기가 물어서 간지러워 미치겠는데 긁지를 못한다.
창이나 칼이 찔러오면 어떻게 하나?
아니, 그것은 나중 일이다. 그런 건 하찮은 일이다. 당장 급한 게 있다. 살기 위해서는 누가 먹을 것을 떠먹여 줘야 한다. 대소변도 받아 내줘야 한다.
먹고 마시는 일이 제일 중요하다.
옆에서 찰싹 달라붙어서 돌보아주는 사람이 없다면 그야말로 한순간도 버티지 못한다.
갓 태어난 갓난아기나 마찬가지다.
그런 상태에서는 오감이 발달하게 된다. 눈을 떠서 보지는 못하지만 할 수 있는 것, 냄새나 듣는 것으로 적아(敵我)를 구분할 수 있게 된다.
아주 예민하게, 상상을 초월할 정도로 극명하게 분별한다.

산음초의의 손길이 다르고 일침기화의 손길이 다르다. 보지 못한다고 느끼지 못하는 게 아니다. 누군가가 다가와서 얼굴을 들여다보기만 해도 누가 왔는지 알 수 있다.
 다가온 사람은 천검가 무인이다.
 쓰윽!
 손목이 딱딱한 손아귀에 잡힌다.
 사내는 기혈을 톡톡 건드렸다. 슬슬 문지르기도 했다. 이리저리 자극을 주면서 반응이 어떻게 일어나는지 살폈다.
 "경맥이 완전히 굳어 있는데…… 이러고도 숨을 쉴 수 있다니 기이하군."
 "생명의 신비는 인간의 잣대로 들이댈 수 있는 게 아니오."
 "그럼 냄새는 어떻소? 악취 때문에 정신을 못 차릴 지경인데, 이것도 생명의 신비요?"
 "이건 상식인데…… 저만한 검상을 입고 아무렇지도 않게 살 수 있는 사람이 몇 명이나 되겠소? 다행히 목숨을 건졌다고는 하지만 지금도 어려운 터…… 고름이 맺히지 않도록 신경을 써줘야 하는데 이리 묶여 있으니……."
 산음초의는 상처가 곪고 있다는 뜻을 넌지시 비쳤다.
 "후후! 상처는 멀쩡하니까 염려하지 않아도 좋을 것 같소."
 "겉 상처는 멀쩡할 거요. 그렇게 많은 약을 쏟아부었는데 그 정도도 낫지 않으면 어쩌겠소."
 "그럼 속이 썩고 있다는 뜻이오?"

"속도 멀쩡할 거요. 그렇지 않으면 벌써 기식이 엄엄해졌 겠지."

"말장난을 하자는 것이오?"

"썩는다는 게 꼭 오장육부를 말하는 건 아니오. 기(氣)가 정체(停滯)되어 있으니 어딘가는 썩고 있겠지. 왜, 고인 물은 썩는다고 하지 않소. 사람 몸도 그와 같은 이치요. 사람 몸에서 악취가 많이 풍길 때는 반드시 그에 합당한 이유가 있는 법. 멀쩡한 육신이 이유없이 냄새를 풍길 리 없지 않겠소."

"당신, 돌팔이군."

무인의 음성이 변했다.

"이 냄새는 오장육부가 썩거나 기가 정체되어서 나는 냄새가 아냐. 뭔가 수작을 부릴 때 나는 냄새지. 흠!"

무인은 당우의 완맥을 거칠게 내팽개쳤다.

"당신을 풀어주면 이 냄새를 잠재울 수 있나?"

"없소. 일침기화라면 모를까 나는 약초가 있어야만······."

두 사람은 그 후로도 몇 마디를 더 나눴다.

'악취?'

당우는 전혀 몰랐던 사실을 알았다.

자신의 몸에서 악취가 풍긴다. 폐가 거름통 속에 파묻혀 있었던 것 때문이 아니다. 압송거라는 마차에 끌려 들어온 후, 시간이 지날수록 악취가 심해진단다.

그동안 자신이 한 것이라고는 운공밖에 없다.

가부좌를 틀고 앉아서 할 형편이 못 되는지라 와공(臥功)을 취했는데…… 그게 잘못되었나?

　아니다. 잘못된 것은 투골조다. 투골조를 운용하면 악취가 풍긴다. 자신은 맡지 못하지만 다른 사람은 골머리를 앓을 정도로 심하게 맡는다.

　오죽하면 포박을 풀어주면 고칠 수 있냐는 말까지 할까.

　무인은 몸이 썩어서 나는 냄새가 아니라고 했다. 뭔가 수작을 부릴 때 나는 냄새…… 그는 투골조를 알고 있다. 운기를 하면 내공이 깊어지고, 깊어지는 만큼 지독한 냄새가 풍긴다는 사실을 안다. 그래서 완맥을 움켜잡고 운공의 흔적을 찾아내려고 애쓰는 게다.

　'투골조를 운기하면…… 지독한 냄새를 풍기는군.'

　당우는 처음으로 이런 사실을 알았다.

2

　오감(五感) 중에서 가장 실수를 많이 하는 감각은 시각(視覺)이다. 사람이 가장 많이 쓰는 감각이 시각이지만 그만큼 잘못 볼 가능성이 많다.

　길을 가다가 나뭇가지가 떨어져 있는 것을 보고 뱀인 줄 착각하여 깜짝 놀란다.

　시각이 불러온 실수다.

　시각 다음으로 실수가 많은 감각은 청각이다.

　인간이 느끼는 감각 중에 보고 듣는 게 절반 이상을 차지한다. 그러니 실수도 잦다.

그다음이 후각이다.

인간의 코는 종종 제 기능을 발휘하지 못한다.

당장 감기만 걸려도 냄새를 잘 맡지 못한다. 독한 냄새를 맡은 다음에 옅은 냄새를 맡으면 냄새가 풍기는 줄도 모른다.

인간의 오감은 절대적인 것 같지만 뜻밖에도 오류투성이일 경우가 많다.

냄새는 후각을 마비시킨다. 중독시킨다.

당우가 내뿜는 악취는 상상 이상이지만 압송거를 이끄는 무인들은 그만큼 심각하게 받아들이지 않았다.

"뭐야? 천검가의 압송…… 욱! 이게 무슨 냄새야?"

"똥 냄샌데?"

"아냐, 구더기 썩는 냄새야."

"어휴! 어떤 놈을 실었기에 이렇게 냄새가 나는 거야?"

사람들의 이야깃거리가 천검가의 압송에서 악취 쪽으로 옮아갔다. 출발할 무렵에는 십 장 안으로 바싹 다가서던 구경꾼들이 이제는 등을 떠밀어도 가까이 오지 않는다.

하지만 무인들은 그런 점을 간과했다.

사람들이 하는 말에 귀 기울이지 않은 지 오래되었고, 그들이 맡는 악취는 사람들이 맡는 것만큼 심각하지 않았다.

그저 머리가 조금 아픈 정도?

두두두두!

마차가 뿌연 먼지와 독한 냄새를 남긴 채 멀어져 갔다.

사람들은 악취가 어디서 풍기는지 알지 못한다.
당우가 내뿜는 악취는 독하기는 하지만 살아가면서 한두 번쯤은 맡아본 냄새다. 뼈를 태울 때 나는 독한 냄새와 엇비슷해서 인상을 찌푸리지만 곧 잊어버린다.
일성밖에 안 되는 투골조의 냄새가 이렇다.
추포조두를 비롯한 몇몇 사람은 코를 마비시키는 악취가 어디서 기인한 것인지 안다.
"더 진해졌군."
추포조두가 중얼거렸다.
냄새가 진해진다는 것은 투골조의 운력(運力)이 강해진다는 뜻이다. 활기차게 움직인다는 말이다.
투골조를 쫓는 추포조두의 후각에 이런 냄새가 잡히지 않는다면 그게 이상한 게다.
"그동안 치료를 받은 것 같은데요? 그런 상처를 치료할 만한 의원이 없었을 텐데…… 천검가의 약주가 용하긴 하나 보네요."
벽사혈도 한마디 했다.
그녀에게는 당우를 놓친 뼈아픈 체험이 있다.
적성비가 무인들은 그런 체험을 결코 잊지 않는다. 누가 자신에게 어떤 행동을 했는지 반드시 기억해 둔다. 그리고 두 번 다시 같은 수에 당하지 않도록 주의한다.
지금은 그게 오히려 다행이라고 생각한다.

자신이 계속 당우를 데리고 있었다면 어떠했을까? 죽었을까, 살았을까? 치료는 제대로 받게 해주었을까?

어느 한 가지도 자신이 없다.

한데 당우가 살았다. 죽지 않았다. 아프지도 않다.

지금도 상처는 중할 것이다. 금창약 몇 번 바르는 정도로 쉽게 나을 상처가 아니다. 최소한 몇 달간은 자리에서 일어나지 못할 정도로 중한 상처다.

그런데 냄새가 지독하다. 운공을 한다.

자신들이 생각하는 것보다 훨씬 좋은 상태라는 뜻이다.

빼앗기기를 잘했지 않나.

"인근에 명의(名醫)라고 하기에는 뭣하고…… 미쳤다는 표현이 맞을 만한 의원들이 있지. 일침기화, 산음초의. 그들도 실종되었다고 들었는데, 그들이 고치지 않았을까? 듣자 하니 천검가로 일 개 부대를 살리고도 남을 약초가 쏟아져 들어갔다고 하던데."

묵혈도가 말했다.

추포조두가 천검가주와 타협하는 순간, 그의 역할도 끝났다.

당분간은 서로가 서로를 간여하지 않는다. 투골조에 대한 진실이 밝혀져도 모른 척 눈감는다.

삶을 보장받는 대가로 천검가주에게 내준 것이 이것이다.

"그 두 사람이라면 어느 정도 회복은 시켜놨겠지. 하지만…… 아무리 그들이라도 운공을 할 정도로 살려놓기는 힘들어."

추포조두가 고개를 저으며 말했다.

그들이 알고 있는 일침기화나 산음초의는 촌구석에 처박혀 사는 촌의원에 지나지 않는다. 그런 자들이 죽음 직전에 이른 아이를 살려냈다고 보기는 어렵다.

무언가 다른 게 있을 게다.

깊은 검상을 입은 아이가 며칠 만에 운공을 할 정도라면…… 기연을 얻지 않고는 불가능하다.

촌의원들이 기연을 만들어냈다? 그 말도 믿기 어렵다. 아니, 믿고자 해도 믿기지 않는다.

어쨌든 당우가 운공조식을 할 정도로 회복되었으니 다행이다.

"그럼 이제 빼내오는 일만 남았죠?"

벽사혈이 부감정한 어투로 말했다.

"무슨 수로?"

묵혈도가 말도 안 된다는 표정을 지었다.

"……"

추포조두는 침묵했다.

묵혈도의 말이 맞다. 당우가 나왔으니 그만 빼내오면 되는데, 빼내올 방법이 없다.

압송거는 그들도 어쩌지 못한다.

이번 일에 실패했으니 추포조두라는 직책은 내놓아야 할 것이다. 아니, 벌써 해직(解職)되었는지도 모른다. 조만간 검련

암견(暗見)

일가로부터 정식 통보를 받겠지만…… 아마도 생각이 맞을 것이다.

천검가주와 거래까지 했다.

그들은 압송거를 유린할 자격이 없다.

천검가뿐만이 아니다. 앞으로는 검련 사십 가의 어떠한 일에도 간여해서는 안 된다.

공식적인 직함을 잃었을 때, 그는 종이호랑이보다도 못하다.

검련일가를 원망하지는 않는다.

무림에는 영원한 친구도, 영원한 적도 없다. 무림은 도산검림(刀山劍林)이라고 한다. 보보마다 검이요, 칼이다. 하나 그중에서 가장 조심해야 할 검은 가까운 지인(知人)의 검이다.

등 뒤에서 소리없이 뻗쳐 오는 암도(暗刀)는 막아내기 어렵다.

검련일가는 그와 비슷한 일을 했을 뿐이다.

충분히 조심했고, 그에 대한 준비도 끝내놨지만 천검가의 압력이 너무 강해서 잠시 고개를 숙였다.

그것뿐이다. 그들과 벌어진 일은 그 이상도 이하도 아니다.

다만…… 아직 맡은 일을 끝내지 못했다. 적성비가의 자존심으로 이번 일을 마무리한다. 공식적인 직함은 버리더라도…… 백의종군(白衣從軍)하여 일을 마무리한다.

적성비가의 무인은 실패를 모른다. '실패'라는 말이 적성비가에 흘러들 때는 임무를 맡은 자가 죽었을 때뿐이다. 하면 적성비가는 다른 자로 교체하여 일을 마무리한다.

절대로…… 절대로…… 임무 완수 없이는 뒤돌아서지 않는다.

불행히도 적성비가의 이런 고집을 검련일가가 안다. 천검가주도 익히 알고 있다. 이런 점 때문에 그에게 추포조두라는 직책을 맡긴 것인데 모를 리 있는가.

검련과의 모든 인연이 끊어지면…… 그다음은 생각하기도 싫다.

십중십(十中十)…… 아니, 그건 자신들이 너무 불쌍해지니 십중팔구(十中八九) 정도로만 하자. 십중팔구 검련일가는 사람을 보내온다. 뒤를 깨끗이 정리할 사람이 자신들을 노릴 게다.

소모품은…… 용도가 끝난 소모품은 침묵해야 한다. 침묵하는 방법 중에 가장 편한 것이 죽음이다. 죽이는 것만큼 뒤가 깨끗한 처리 방식도 없다.

그 정도는 각오한다. 원래 은가 사람들의 마지막 운명은 거의 대부분 비슷하다.

잘 버티면 살고, 버티지 못하면 죽는다.

이 모든 것을 감수하면서 암암리에 임무를 끝낸다. 검련일가의 공격을 받아내면서, 그들이 지시한 임무를 완수한다.

그런 후에는 죽어도 좋다.

거봐라! 이번에도 적성비가 사람들은 실패하지 않았다!

"압송거는 만정으로 갈 게다."
추포조두는 눈살을 찌푸리며 말했다.
"그렇겠죠. 그런데 저런 꼬마를 정말 만정에 넣을까요?"
묵혈도가 눈으로 보고도 믿을 수 없다는 듯 말했다.
물론 지나가는 말로 하는 것뿐이다.
압송거는 만정으로 간다. 압송거의 종착지는 오직 만정 한 곳뿐이다. 만정으로 들여보낼 죄인만이 압송거를 타게 된다. 중도에서 되돌아올 경우도 있다. 죄인이 죽거나 죽여야 할 경우가 생기거나…… 압송할 죄수가 없을 때는 되돌아온다.
이런 전례는 한 번도 깨진 적이 없다.
천검가가 비록 검련십가에 속해 있을지라도 전례를 깰 수는 없다.
압송거는 만정에서 옥주의 확인을 받은 후 되돌려진다. 그 전에는 오직 만정을 향해서 앞으로 나갈 뿐이다.
"만정으로 간다."
추포조두가 자리에서 일어서며 말했다.
"넷?"
"방금 뭐라고……?"
묵혈도와 벽사혈이 거의 동시에 물었다.
만정은 아무나 들락거릴 수 있는 객잔(客棧)이 아니다. 천하의 죽을죄를 지은 자만 들어갈 수 있으며, 들어간 자는 나오지 못한다. 어찌 된 영문인지 죽은 주검조차도 나오지 않는다.
그래서 만정은 옥(獄)이 아닌 정(井), 우물이다. 빠질 수만 있을 뿐이지 나올 수는 없는 죽음의 우물이다.

그런 곳으로 들어가자고? 무슨 수로?

"넌 남아서 천검가를 지켜봐. 류명이 나올 거다. 반드시 나올 거야. 그때…… 낚아채!"

추포조두의 눈길이 벽사혈을 향했다.

"낚아챈 후에는요?"

벽사혈이 추포조두를 뚫어지게 쳐다보며 말했다.

"내가 나올 때까지 기다려."

"나오지 않으면요?"

그녀의 눈빛이 차분하게 가라앉았다. 아니, 차디차게 굳어졌다.

그녀가 추포조두에게 이런 눈빛을 띄운 적은 없다. 간혹 불꽃을 떠올리기는 했어도 찬 기운을 품은 적은 없다.

이번에는 화가 나도 단단히 났다.

"나온다. 기다려."

추포조두는 담담하게 말했다.

"조두!"

"귀 안 먹었다. 조용히 말해도 돼."

"조두, 만정이 어떤 곳인지 알고 하는 말이에요?"

"후후후! 만정이 어떤 곳인지 궁금했던 적이 있지. 아무도 살아 나올 수 없는 곳이라…… 그런 곳에 들어가면 빠져나올 수 있을까 하고 고민했던 적이 있었어. 이제 시험할 기회가 생긴 거야."

"조두, 조두가 백혈신마(白血神魔)보다 강해요?"

"상대가 안 된다."

"그럼 무소부지(無所不知) 공뢰(孔磊)보다 뛰어나요?"

"발끝에도 못 미친다."

"그럼 냉사비풍(冷絲飛風)보다 빨라요?"

"만정에 갇힌 사람을 다 들먹일 셈이냐?"

"무공만 놓고 봐요. 만정에 갇힌 사람들 중에서 조두보다 강한 사람을 꼽자면 대충 헤아려도 열 손가락이 넘어요. 알아요?"

"안다."

"그들 중에서 빠져나온 사람이 있으면 한 명만 대봐요."

"됐어. 무슨 말 하는지 아니까……그만해."

추포조두가 벽사혈의 어깨에 손을 얹으며 말했다.

"휴우!"

벽사혈은 한숨만 내쉬었다.

추포조두의 성격을 누구보다도 잘 안다. 한 번 고집을 부리기 시작하면 사부조차도 꺾을 수 없다.

그가 만정행을 결심했다.

"정말 꼭 빠져나와야 해요."

그녀는 그 말밖에 달리 할 말이 없었다.

'후후후! 만정으로 들어가는가.'

치검령은 풀밭에 누워 흘러가는 구름을 쳐다봤다.

한쪽에서는 역한 냄새를 풍기는 마차가 지나간다. 냄새가 너무 고약해서 시체를 잔뜩 실은 마차가 지나가는 것 같다. 아니, 똥 마차가 지나간다.

무슨 냄새라고 딱히 꼬집어 말할 수는 없지만…… 그는 이 냄새를 처음으로 맡았었다.

결코 잊을 수 없다.

쉬익! 쉬이익! 쉬익!

압송거를 지켜보던 추포조두 일행이 자리를 떴다.

그들은 자신이 은신해 있는 것을 안다. 은형비술을 펼친 것이 아니라 단지 누워 있기만 했을 뿐이다.

적성비가 무인이 기척을 감지해 내지 못했다면 말이 안 된다.

서로가 서로의 존재를 안다. 서로 냄새나는 마차를 쫓아왔고, 지켜본다는 사실도 안다.

압송거다. 너는 어떻게 할래?

그들은 서로에게 물었다.

대답은 들을 필요가 없다. 압송거 앞에서는 그 무엇도 할 수 없다. 적성비가나 풍천소옥이나 묵묵히 지켜보는 게 최선이다. 달리 방도가 없다.

추포조두는 만정으로 들어가겠다고 당당하게 말했다.

너도 들어갈래? 만정에서 빠져나올 자신 있어? 배짱은? 자신있으면 따라오고.

추포조두는 치검령을 시험이라도 하듯이 무거운 난제를 던졌다.
 그렇다. 지금은 포기하거나, 만정으로 따라서 들어가거나, 만정 앞에서 빠져나올 때까지 기다리거나…… 그 외에는 딱히 다른 수가 보이지 않는다.
 선택의 여지가 없다.
 적성비가의 자존심이 투골조를 수련한 원흉을 찾는 것이라면, 풍천소옥의 자존심은 투골조를 은폐하는 것이다.
 이는 검련일가나 천검가와 관계가 없다.
 그들이 어떤 식으로 행동하든 맡은 책임은 완수해야 하는 것이 그들의 자존심이다.
 풍천소옥은 당우를 죽여야 한다. 이 세상에서 흔적도 없이 지워 버려야 한다. 그러려면 어찌해야 하나? 다른 방법은 없다. 압송거를 뒤쫓아서 만정으로 뛰어들어야 한다.
 만정 앞에서 기다리는 것도 방법 중의 하나다.
 그럼 묻는다. 만정으로 들어가는 길은 하나뿐인가? 만정에서 나오는 길은 입구로 되돌아 나오는 길, 하나뿐인가? 정녕 만정에서 탈출한 사람이 없다고 자신하는가?
 은가는 만정을 안다. 만정이 무엇을 하는 곳이고, 어떤 자들을 가둬놨는지 안다. 만정에 대해서 많은 것을 안다. 아는 것들 중의 하나가 만정에 갇힌 자는 아무도 빠져나오지 못했다는 것이다.
 그 믿음에 자신이 있거든 입구만 지키고 있어라.
 만정으로 들어간 사람들이 빠져나오지 못한다면 늙어 죽을 때까지 기다릴 수도 있는데…… 그래도 상관없다면 기다리는 방법을 택해라. 어느 방법을 택하든 네 마음이다.

치검령이 택할 수 있는 방법은 하나뿐이다. 그도 추포조두를 쫓아서 만정 안으로 들어간다. 그들이 다른 길로 탈출할 수도 있다. 설혹 빠져나오지 못한다고 해도 늙어서 죽을 때까지 입구만 쳐다보고 살 수는 없다.

그들은 서로가 어떤 행동을 할지 짐작했기에 서로의 존재를 눈치챘으면서도 격돌을 피했다.

만정으로 들어간다.

적성비가와 풍천소옥…… 물과 기름처럼 섞이지 않는 사이이지만 만정에서는 힘을 합쳐야 할지도 모른다.

"제길!"

치검령은 몸을 일으켰다.

결국 그도 만정으로 따라 들어가야 한다.

어떻게…… 어떻게 해서 일이 이렇게 꼬인 거지? 당우를 죽이는 일은 이미 끝난 게 아니었나? 살검에 격중당했고, 자신에게 질식까지 당했고, 마지막으로 천검귀차가 죽음을 확인까지 했는데…… 그런데 어떻게 살았나?

억세게도 운이 좋은 놈이다.

아니, 이건 운이 아니다.

자신 같은 사람이 몇 번씩이나 죽이려고 했지만 죽이지 못했다. 직접 손을 쓰기까지 했는데도 죽이지 못했다. 죽었다고 생각했는데 되살아났다.

이런 걸 운이라고 할 수는 없다.

놈에게 무엇인가가 있다. 살 수밖에 없었던 무엇이 있다.

'그게 뭐냐?'

치검령은 멀어져 가는 압송거를 보면서 터벅터벅 걸었다.

만정으로 들어가는 길은 압송거를 타는 길뿐이다. 다른 길은 없다. 오직 검련에 의해서 압송되어야만 한다.

일단 변장을 하고 검련을 친다. 검련 무인들을 무차별 살상한다. 하면 고수가 나설 터인데…… 그때 죽지 않고 잡히는 방법을 골라야 한다. 자칫하면 잡히기 전에 척살당하는 수가 있다.

어려운 방법이지만 만정으로 들어가는 길은 그 길뿐이다. 추포조두 역시 그 방법을 택할 게다. 달리 다른 길은 없다.

검련에 투신하여 만정 옥졸(獄卒)로 가는 방법은 어떤가?

그런 길은 없다.

만정 옥주나 옥졸은 만정 입구만 봉쇄할 뿐이다. 그들도 만정 안으로는 들어서지 않는다.

만정에는 오직 죽음만 존재한다. 만정이라는 수렁에 발길을 들여놓으면 절대 빠져나올 수 없다.

옥주나 옥졸은 만정 안으로 들어서지 않는다.

그들의 임무는 들어간 자를 나오지 못하게 하는 게 아니라 아무나 들어가지 못하게 하는 것이다.

만정은 만정 자체가 죽음의 덫이다.

도대체 어떤 곳이기에 그런가?

"후후후!"
치검령은 실웃음을 흘렸다.
만정도 경험해야 하고, 죽었던 놈이 되살아난 이유도 알아야 하고…… 앞으로 할 게 많으니 좋지 않은가.

第十八章
만정(卍井)

1

 배가 고플 즈음이 되면 건포(乾脯)가 쥐어졌다. 그리고 얼마 있다 보면 잠이 쏟아졌다.
 하루가 시작되고 지는 것이 대충 어림잡아진다.
 그렇게 사흘을 보내고 나면 안대가 풀린다.
 "살펴보시오."
 무인의 말투는 예전으로 돌아갔지만 눈빛만은 달라졌다. 산음초의를 쳐다보는 눈길에 경멸 비슷한 감정이 녹아 있다. 산음초의의 의술이 형편없다고 생각하는 듯하다.
 "흠! 상처가 곪기 시작했소. 약초가 필요하오."
 "약초는 없소."
 "그럼 어떻게 치료하라고……."

무인이 커다란 포대를 확 뒤집었다.

우르르! 탕! 탁!

포대 속에서 온갖 잡동사니가 쏟아져 나왔다.

'이건!'

산음초의의 눈가에 잔 경련이 일었다.

포대 속에서 나온 물건들은 자신의 것이다. 자신의 약방(藥房)에 쌓아놓고 있던 연고(軟膏)며 분(粉)들이 뒤죽박죽 섞여서 마차 바닥에 뒹굴고 있다.

"약방을 뒤진 거요?"

"그렇게 신경 곤두세울 필요는 없는데? 어차피 필요없는 곳이잖소. 다시 돌아갈 곳도 아니고."

무인은 노골적으로 죽음을 암시했다.

너는 만정으로 들어간다. 들어가면 나오지 못한다. 그러기에 차라리 죽음을 택하는 게 낫다고 하지 않았나.

"음!"

산음초의는 인상을 찡그리면서 약들을 발로 밀어버렸다.

누가 집을 뒤졌는지 모르지만 약에 대해서 캄캄절벽인 문외한이 뒤진 것 같다. 쓸모있는 약은 가져오지 않고 죄다 가벼운 찰과상 정도에 쓰이는 약만 챙겨왔다.

약들의 특징만 봐도 안다. 한결같이 냄새가 맑고 향기롭다. 약초의 성질을 모르는 사람이 보기에는 구하기 힘든 천하 명약으로 보였을 게다.

죄 이런 식으로 가져왔다.

산음초의는 당우를 반듯이 뉘고 검상부터 살폈다.

부욱!

가슴을 감싼 붕대가 뜯겨 나갔다.

낫고 있다고는 하지만 하루에 한 번씩은 붕대를 갈아줘야 하는데, 사흘이나 방치했다.

"흠! 다행이군."

상처를 본 산음초의의 입에서 긴 한숨이 새어나왔다.

요행히도 상처는 덧나지 않고 잘 아문다.

산음초의는 일침기화를 생각하며 고개를 끄덕였다.

그는 결코 촌의원이 아니다. 진정한 의원이다. 아니, 뛰어난 걸인(傑人)이다.

그는 살이 달라붙으려면 몇 달은 있어야 할 상처를 단 며칠 만에 아물게 만들었다.

이 한 가지만으로도 그는 명의 칭호를 받을 만하다.

명약도 많이 썼지만…… 사실 당우와 같은 상처에는 명약도 무효(無效)다. 어떤 약도 듣지 않는다. 살고자 하는 욕망이 강해서 본인 스스로 죽음의 문턱을 넘어서기만 기다린다.

경근속생술…… 시전하는 데 돈도 들지 않고, 진기도 소모되지 않는 신술(神術)!

그는 누가 뭐래도 명의다.

산음초의는 마차 바닥에 나뒹구는 약들 중에서 초록색 병을 집어들었다.

쓸모없는 약들 중에서 그나마 나은 것이다.

밀랍을 벗겨내자 맑은 향이 은은하게 번졌다.
"명약이군."
무인이 말했다.
산음초의는 웃기만 했다.
사람들은 왜 향기만 좋으면 명약이라고 말하는지 모르겠다. 눈앞에 의원이 있으니 어떤 약이냐고 묻는 게 정상인데, 많이 아는 것처럼 명약 운운하는 건 우습지 않나.
스웃! 치이익!
병을 기울이자 맑은 액체가 흘러나와 살을 적셨다.
상처에서는 거품이 일어났다. 약이 병균을 죽이면서 일으키는 거품이다.
약을 바르고 붕대를 새 것으로 갈아준 후에는 일침기화의 대침을 꺼냈다.
석동을 나올 무렵, 일침기화는 경근속생술을 거뒀다.
당우의 경맥이 굳어질 대로 굳어져서 침이 들어가지 않았다. 더 이상 침을 쓸 필요가 없었다.
그런데 지금 상처를 치료하면서 살펴보니 경맥이 많이 풀린 것 같다. 사혈이 예전처럼 딱딱하지 않다는 느낌이 든다.
만정으로 간다고 하니 기분이 좋지 않아서 그렇게 느낀 것일까?
어쨌든, 어디로 가든 최종 목적지에 도착하고 당우와 단둘이 남겨질 때까지 당우의 진면모를 숨길 필요가 있다.
사람들이 당우를 견제하게 만들어서는 안 된다. 조금이라도 위협거리라고 여기면 당장에라도 죽일 수 있다.

'안 돼. 그러기에는 애꿎게 죽은 사람이 너무 많아.'

산음초의는 머릿속에 그려진 대로 경근속생술을 시전했다.

조심스럽게…… 예전에는 시전해 본 적이 없는 대침술을 용기 내어 펼쳤다.

그는 침에도 일가견이 있다. 약초를 잘 안다고 침을 모르는 건 아니다. 하지만 일침기화가 사용하는 침법은 아무나 사용할 수 있는 게 아니다. 전문적으로 사혈만 건드리기 때문에 조금만 방심하면 한 사람을 저승으로 보낼 수 있다.

그가 말했다. 조금만 깊으면 즉사할 것이고, 조금이라도 얕으면 효험이 없을 것이다.

딱 그만큼!

침을 찌르는 깊이가 일정한 것도 아니다. 혈에 따라서 각기 다르다. 한 치를 찌르는가 하면 반 푼 정도만 살짝 찔렀다가 급히 빼내야 하는 혈도 있다.

산음초의는 옆에서 보고 배운 대로 조심조심 시전했다.

침이 들어가지 않는다. 살짝 찔러도 제 깊이를 찌를 수 있을까 고민인데, 한겨울에 밖에 내놓은 떡처럼 단단하게 굳어 있으니 침을 찌를 수가 없다.

침을 잡은 손끝이 파르르 떨린다.

그래도 한다. 당우의 목숨이 침 한 대에 달려 있지만 시전한다.

당우는 자신이 어떤 처지에 놓여 있는지 모른다. 그래서 마비된 몸을 일으키려고 안간힘을 다한다.

'이놈아, 제발 이대로 있어라.'

푸욱!

침을 꽂았다. 침이 들어가지 않아서 벌벌 떨리는 손으로 밀어 넣느라고 애를 썼다.

"침을 놓아본 적이 없나?"

무인의 말이 다시 하대로 바뀌었다.

침을 잡고 부들부들 떠는 모습이 꼭 돌팔이처럼 보였나 보다.

그는 주로 침을 놓던 일침기화가 목숨을 내놓은 게 무척 아까운 모양이다. 하기는 그에 비하면 자신은 비싼 약재만 잔뜩 사들인 채 치료는 하지 않고 빈둥빈둥 노는 것으로 비쳤을 테니 미워하는 것도 이해된다.

"사흘 동안 눈을 감고 있어서 그런지 초점이 흐려서…… 곧 괜찮아질 겁니다."

그는 마음을 차분하게 가다듬고 경근속생술을 펼쳤다.

혹여 무인이 눈치챌까 봐 조마조마했는데…… 상처를 치료하는 것이 아니라 당우의 몸을 철갑으로 만들고 있다는 사실을 알면 가만있지 않을 텐데.

푹!

대침이 사혈을 파고들었다.

의원의 손끝이 떨린다.

당우는 일침기화와 산음초의의 손길을 정확하게 가려냈다. 두 손이 똑같은 행동을 하더라도 누구 손인지 알아맞힐 수 있다.

두 손은 온기가 다르다. 촉감이 다르다. 움직이는 숨결이 다르다.

숨결…… 그렇다, 숨결이다. 인간마다 독특하게 가지고 있는 숨결이 손끝에서 표출된다.

당우는 그 차이를 감지해 낸다.

어떻게 해서 이런 능력이 생겼는지는 그도 모른다. 다만 오랫동안 눈을 감고 있어서 자연스럽게 촉감이 발달하지 않았나 하는 생각을 해본다.

푸욱! 푹!

대침이 사혈을 파고든다. 또 그럴 때마다 온 신경이 깜짝깜짝 놀라면서 바짝 곤두선다.

산음초의의 손길은 무척 투박하다.

대침으로 사혈을 찌르는 방식은 맞지만 깊이가 일정하지 않다. 일침기화는 편안하게 찔렀는데, 산음초의는 가끔 죽음의 경계선까지 침범한다.

확실히 침은 일침기화가 잘 놓는다.

'다음은 기문혈(期門穴)…….'

산음초의가 다음에 취할 자리다.

기문혈은 젖꼭지에서 한 치 오 푼 밑에 있다.

간(肝)과 폐(肺)가 교류하는 교대(交代)의 혈로, 일침기화는 이 혈을 사혈로 규정했다.

산음초의는 이 혈에 길이가 일곱 치이고 침 끝이 예리한 장침(長鍼)을 써서 사 촌(四寸)을 취해야 한다. 침은 직자(直刺)로 놓으며, 열 호흡을 쉴 동안 꽂아놓고 진동을 세 번 일으킨다.

일침기화는 그렇게 했다.

당우는 침놓는 법을 기억했다.

눈을 감은 상태라 집중력이 고조되었다. 운공조식 말고는 특별히 할 일도 없던 터라 새로운 흥밋거리에 관심이 집중되었다. 그러자 침을 놓는 위치와 깊이가 정확하게 헤아려졌다.

산음초의는 일침기화의 시술을 지켜보았다. 사실적으로 직접 전수를 받은 것과 마찬가지다.

당우는 시험 재료에 지나지 않는다. 본인이 직접 침을 맞아도 어느 부위에 맞는다는 정도만 인식하지 어느 깊이로 찔리는지까지 파악하지는 못한다. 세상에 그 정도로 침통(鍼痛)을 예민하게 받아들이는 사람은 없다.

당우가 느낀 것은 비정상이다.

집중력이 뛰어나다고 해도, 밀마해자의 피를 이어받았다고 해도 인간의 감각을 넘어선 부분까지 알 수는 없다.

그런데 당우는 뚜렷하게 기억한다.

이런 현상 역시 경근속생술이 이뤄낸 기적이다.

그의 경맥은 굳은 듯이 보이지만 굳지 않았다. 그렇다고 굳지 않았다고 말하기도 어려울 정도로 굳어 있다. 물이 얼어서 얼음이 되는 것처럼 굳은 게 아니다. 겉 표면만 얼음으로 깔아났을 뿐이다. 또한 표면에 깔린 얼음조차도 진정한 얼음이 아니라 기경(氣硬), 기가 굳어 있는 현상이다.

사람들은 귀신을 보면 얼어붙는다.

얼음처럼 딱딱하게 언 것이 아니라 마음이 굳어버렸다. 그래서 머릿속에서는 움직여야 한다고 생각하면서도 손발을 움직일 수 없는 현상이 벌어진다.

당우의 굳음도 그와 같은 종류다.

침이 살갗을 뚫고 들어설 때, 당우의 전신은 보통 때보다 열 배, 스무 배 긴장한다. 가느다란 침이 살을 뚫고 들어서는 모습을 낱낱이 지켜본다.

몇 치 몇 푼의 깊이까지 찔리는지 파악할 수 있었던 이유다.

당우는 집중하는 법을 안다. 밀마해자만의 독특한 방식을 곁눈질로 보고 자득(自得)했다. 난제(難題)를 풀어 나갈 수 있는 천부적인 재능을 받고 태어났다.

그런 몸에 경근속생술로 감각을 최고조로 끌어올렸다.

침 끝이 어느 정도 찔러오는지 파악하지 못한다는 게 오히려 이상하게 생각된다.

당우는 경근속생술의 순서도를 그렸다.

사혈과 사혈이 연결되며, 하나의 선이 그려진다. 일에서 이로, 이에서 삼으로…… 쭉 연결된 선들이 몸 전체를 뒤덮는다.

칠 곳이 너무 많다. 벨 곳이 너무 많다.

인간은 너무 나약한 존재다.

서른여섯 군데의 점만을 때려야 한다면 곤혹스러울지 모르지만 쭉 이어진 선들을 보고 있자면 육신 전체가 사혈 덩어리다.

경근속생술은 그를 강하게 만들어준다. 하지만 다른 사람에게는 치명적인 죽음의 요혈이 된다.

푸욱!

대침이 회음혈(會陰穴)을 건드렸다.

산음초의는 안대를 여섯 번이나 풀었다.

천검가를 떠난 지 열여드레나 지났다. 마차가 달리기도 하고 천천히 걷기도 했지만 중간에서 쉰 적은 없다.

압송거는 멈추지 않았다.

말은 하루에 한 번씩 교체했다. 무인들은 말 위에서 음식을 먹었고, 잠을 청했다.

인간이 말 위에서 이십여 일이나 생활할 수 있다는 걸 이번에야 알았다.

말 위는 그래도 나은 편이다. 마차 안은 더 죽을 지경이다. 당우에게서 나는 냄새도 냄새려니와 산음초의와 무인이 쏟아내는 배설물 냄새도 만만치 않다.

두 사람은 작은 항아리에 볼일을 봤다.

그런데 시일이 이십여 일이나 지나다 보니 항아리가 차고 넘친다.

더군다나 계절은 태양 볕이 푹푹 내리쬐는 한여름으로 들어섰다. 태양의 열기가 창문 하나 없는 마차를 용광로의 쇳물처럼 팔팔 끓여놓는다.
 그래도 마차 문은 열리지 않는다.
 냄새나고 덥고…… 숨이 막힌다.
 그러고 보면 무인 노릇도 아무나 하는 게 아닌 것 같다.
 퍼엉!
 어디선가 가죽 북 터지는 소리가 울렸다. 그러자 무인이 이마에 흐르는 땀을 쓱 훑어 내리며 말했다.
 "저놈은 언제쯤에나 정신을 차릴 수 있을 것 같나?"
 "글쎄요."
 "이십여 일 동안 저 상태다. 식물인간이 된 건가?"
 "솔직히 지금은 그럴 가능성도 배제하지 못합니다."
 "뭐 하나 딱 부러지게 대답하는 법이 없군."
 "워낙 천박한 의술이라서……."
 "그건 알고 있었다. 그래서 하는 말인데…… 가급적이면 빨리 깨워라. 네가 깨울 수 없으면 하늘에 기도라도 해라. 저놈을 빨리 깨워야…… 휴우! 이게 내가 해줄 수 있는 마지막 배려라는 것만 알고…… 아직 쓰지 않은 의술이 있거든 마지막이다 생각하고 써라."
 "그런 것 없습니다."
 "네 운명이겠지."
 산음초의는 무슨 말인지 전혀 알아듣지 못했다.
 뭔가 그를 위해주는 말 같기는 한데, 왜 당우를 깨워야 하는지 납득이 되지 않았다.

당우는 깨울 필요가 없다. 당분간은 혼절한 상태로 지내는 것이 안전하다.
"워! 워!"
말을 세우는 소리가 들리더니 마차가 멈췄다.
"천검가에서 왔소이다."
"기다리고 있었소이다. 먼 길에 고생 많았소."
마차 밖에서 부산한 움직임이 일었다.
목적지에 도착했다. 만정이다. 만정이 아니더라도 천검가 무인들이 자신들을 놓고 뒤로 빠지는 지점인 것만은 틀림없다.
"압송인은…… 당우라는 아이하고 산음초의. 맞소?"
"맞소."
"여기 보면 죄명이…… 투골조를 수련했다고 기재되어 있는데…… 지금은 혼수상태고, 그래서 산음초의를 동반시켰다……. 이 정도에 깃발 세 개는 과한데……."
"과하다고 말씀하신 건…… 옥주의 뜻이오?"
"아니, 아니오. 그냥 생각나서 해본 말인데 뭘 또 그 말을 그렇게 받아들이시나. 그냥 해본 말이오, 그냥 해본 말. 옥주님께 전갈을 받아서 알고 있소."
"인계받으시겠소?"
"받아야지요. 무조건 입옥(入獄)시키라는 명이셨는데."
"하하! 오지에서 옥이나 지키려니 어지간히 귀찮으실 게요. 가주님께서 목이나 축이라고 하십니다."

"아이구, 뭘 이런 것까지. 이러시지 않아도 되는데. 자, 그럼 먼 길 오시느라 피곤하실 텐데, 빨리 끝냅시다."

"하하! 그래 주시면 감사하지요."

저벅! 저벅!

말을 나누던 사내들이 마차로 다가왔다.

철컥!

열리지 않던 압송거 자물쇠가 풀렸다. 그리고 문이 활짝 열리며 밝은 햇살이 눈부시게 쏟아져 들어왔다.

캄캄했던 마차 안이 대낮처럼 밝아졌다. 아니, 밖은 대낮이다. 어둠 속에 갇혀 있던 두 눈이 비로소 밝은 빛을 대한다.

'후우욱!'

산음초의는 숨부터 크게 몰아쉬었다.

썪는 냄새가 진동하는 마차 안으로 맑고 시원한 공기가 밀려들었다. 밖에서 들어온 공기도 후덥지근하기는 마찬가지이지만 마차 안의 사정에 비하면 청량한 바람으로 느껴진다.

"고생 많으셨습니다."

문을 연 사내들은 마차 안에 있던 무인에게 포권지례를 취했다.

"고생은 자네들이 하지. 인수인계한다. 확인해라."

"넷!"

수염을 덥수룩하게 기른 사내가 마차 안을 쓱 둘러봤다.

"욱! 아! 죄송합니다. 압송거 냄새에 이골이 났다 생각했는데 아직 멀었나 봅니다. 여긴 훨씬 지독하군요. 이런 냄새를 어떻게 참고 오셨는지. 빨리 내려오시죠."
"확인부터 해라."
"아이 하나, 의원 한 명. 확인했습니다."
"수표(受票)!"
"여기 있습니다."
수염 기른 사내가 황금 패를 내밀었다.
무인은 황금 패를 받아 들었다. 그리고 산음초의를 쳐다보며 말했다.
"저놈은 죽지 않을 것이다. 특별히 부탁해 놨으니 죽을 일은 없겠지. 행운을 빈다."

2

천검가의 무인들은 되돌아갔는지, 아니면 어디 다른 곳에서 쉬고 있는지 보이지 않는다.
산음초의는 손과 발이 결박된 채 개 끌리듯 질질 끌려갔다.
"뭐가 이렇게 무거워?"
"그러게 다리를 잘라 버리라니까."
"지금이라도 잘라 버릴까?"
"자르려면 밖에서 잘랐어야지. 여기서 자르면 피가 튀잖아. 그건 누가 치울 건데?"
"하긴! 끄응! 더럽게 무겁네."
"불평하지 마라. 이 자식도 만만찮다."

"꼬마 가지고 엄살 피우지 마."

"꼬마라고 만만히 볼 게 아니라니까. 이 새끼, 뭘 처먹었는지 무게가 장난이 아냐."

"크크크! 덥석 꼬마부터 잡더라니."

"놀리냐?"

"빨리 가기나 해."

사내들은 환자라고 다르게 대하지 않았다.

당우는 상처가 꽤 깊었지만 산음초의처럼 손과 발이 묶인 채 땅바닥을 질질 끌려갔다.

"정지! 뭐야?"

앞쪽에서 날카로운 음성이 들렸다.

"천검가."

"아! 그놈들! 흐흐흐!"

"이놈들에 대해서 뭐 아는 것 있어?"

"왜?"

"인계받을 때 보니까 죄목이 '투골조 연성'이더라고. 압송 거에 기를 세 개나 꽂은 것치고는 너무 약하잖아?"

"옥주님께서 무조건 입옥시키라는 말, 못 들었어?"

"흐흐흐! 너도 잘 모르는구나?"

"시끄럿!"

당우와 산음초의가 다른 자들에게 넘겨졌다.

질질질……! 쿵! 질질……!

끝도 없이 끌려간다.

달라진 게 있다면 끌려가는 바닥이 그나마 푸석하던 흙에서 딱딱하기 이를 데 없는 돌로 바뀌었다는 점이다.

머리가 이리저리 쿵쿵 짓찧인다. 살이 돌바닥 모서리에 긁힌다. 심할 경우에는 푹 패이기도 한다.

"윽!"

산음초의는 연신 비명을 토해냈다.

일 장을 나아가는 데 꼭 한 번은 찍힌다. 하니 온몸이 상처투성이요, 피투성이다. 의복은 걸레가 되었고, 머리는 산발해서 얼굴이며 목을 휘감는다.

턱!

두 사람이 내팽개쳐졌다.

여기가 어딜까? 눈이 가려져 있으니 알 도리가 없다. 그래도 상관없다. 더 끌려가지 않은 것만 해도 천만다행이다. 몸이 쓰리고, 따갑고, 아프지만 아직은 참을 만하다.

산음초의는 자신도 모르게 중얼거렸다.

"휴우! 무지막지한 놈들……."

배가 고프다. 목이 탄다.

어딘지 모를 곳에 갇혀서 시간이 얼마나 지났는지도 모른 채 무작정 기다리기만 한다.

이곳이 만정인가? 이대로 버려진 건가? 어떻게든 묶인 손발을 풀어야 하는 게 아닐까?

온갖 잡념이 머릿속을 휘저었다.

푸스스슛!

악취가 피어난다.

근처에 시신이 있나? 웬 썩는 냄새가 이렇게…… 아! 당우가 있지. 놈과 함께 들어왔지.

산음초의는 당우를 생각하자 피식 웃음이 새어나왔다.

이 무슨 추태인가. 쉰 가까운 나이를 먹었음에도 한낱 어린 아이만 못하지 않은가.

당우는 운공조식을 취하고 있다. 끝없이 피어나는 악취는 아이가 운공조식에 몰두하고 있는 현상이다. 투골조라는 게 어떤 무공인지 모르지만 정말 빌어먹을 무공이다. 어떻게 운기만 하면 악취가 피어난단 말인가.

덕분에 놈의 마음 상태는 쉽게 짐작할 수 있다.

놈은 지금 아주 편안하게 마음먹고 있다. '될 대로 되라'인가? 아니면 굳어서 발버둥 칠 수도 없는 몸이니 하던 거나 마저 하자는 심정인가?

어떻게 이런 마당에 운공조식을 할 기분이 들지?

당우는 운공조식을 한다. 투골조를 일으켰다. 진기로 전신을 세수(洗髓)하고 있다.

놈은 배도 안 고픈가? 목도 안 마른가? 통증은? 그 아픈 몸에 질질 끌려오기까지 했으니 그야말로 온몸이 절구에 찧어진 것과 같을 텐데, 그 고통을 어떻게 참는 거지?

경근속생술…… 그것이 고통마저 잊게 만드나? 고통이 어느 정도 감경될 것이라는 생각은 드는데…… 감각 중 일부분이 돌아오지 않아서 아픔을 느끼지 못하나?

온갖 생각이 꼬리를 물고 일어났다.

악취는 점점 심해진다. 운공이 정점을 향해 치닫고 있다.

당우는 보통 운공조식을 시작하면 팔십팔(八十八) 대주천(大周天)을 끝낸 후에야 진기를 정리한다.

악취는 진기가 십여 순 돌면 풍겨 나온다. 이십 순을 돌 때는 인상을 찡그릴 정도로 강해지고, 오십 순을 넘어서면 너무 지독해서 숨이 턱턱 막혀온다.

정점은 육십 순에서 찾아온다. 그때는 정말…… 아주 잠깐 동안에 불과하지만 지옥이 따로 없다. 악취 풍기는 시간이 조금만 더 길어지면 그야말로 목 졸라 죽이고 싶은 심정이 들 거다.

다행히도 칠십 순을 넘어서면서부터는 악취가 감소하기 시작한다.

산음초의는 이러한 현상을 꾸준한 관찰을 통해서 알아냈다.

그는 알아냈고, 동석한 무인은 알아내지 못했다. 무인은 지금도 생리적인 반응 때문에 악취가 심해진 것으로 생각한다.

산음초의는 당우의 상태를 안다. 정신을 회복한 것도 알고, 진기 수련을 하는 것도 안다. 그래서 악취가 뿜어져 나오는 데도 일정한 규칙이 있다는 것을 알아냈다.

어떤 때는 유독 악취가 심해진다. 어떤 때는 아무 냄새도 나지 않는다.

악취가 심할 때는 운공조식 중인 게다. 하지만 아무 냄새도 나지 않는다는 건 후각의 착각이다. 진한 냄새를 맡았기 때문에 옅은 냄새를 맡지 못하는 것뿐이다.

또 다른 경우도 있다. 같은 냄새일지라도 여건에 따라서는 진하게 맡아진다. 옅어졌다고 생각되기도 한다. 후각의 예민함에 따라서 달라질 수도 있다.

냄새를 맡는 데는 여러 가지 상황이 복합적으로 어우러진다.

원칙을 말하자면, 당우는 늘 일정한 냄새를 풍긴다.

그 냄새는 당우를 처음 만났을 때나 지금이나 달라지지 않았다. 똑같은 정도의 냄새만 피워낸다.

근본은 하나인데 주위의 여러 상황이 얽혀서 수십 가지의 냄새를 만들어낸다.

이 냄새를 지우는 방법은 없을까?

운공을 하지 않을 때는 초향교가 상당한 역할을 한다. 근원적인 냄새를 어느 정도는 씻어준다. 그때의 냄새는 뒷간에서 볼일을 보고 나온 사람 정도? 뒷간 냄새가 몸에 배인 정도밖에 되지 않는다.

그러나 운공조식을 하면 초향교는 맥을 못 춘다. 아니, 초향교의 청량함까지도 악취로 변질된 느낌이다. 그때는 아무리 맑은 냄새일지라도 맡기 싫으니까.

만정이든 어디든 사람 사는 곳일 텐데…… 이런 식으로 냄새를 피워대면 환영받기는 틀렸다.

'이제는 익숙해질 만도 한데…… 어휴! 이놈의 냄새는…….'

산음초의는 고개를 내둘렀다.

배고픔도 잊고 갈증도 잊고 혼곤한 잠만 쏟아질 때, 영원히 들을 수 없을 것 같던 문소리가 들렸다.

덜컹!

딱딱한 나무 문 여는 소리가 이토록 반가울 수 없다.

"이놈들인가?"

"네."

"이놈이 투골조를 연성했다고?"

"천검가의 기록이 그렇습니다."

"이놈이 백 명이나 되는 어린아이들을 납치해서 죽였다고? 정기를 빼앗고?"

"네."

"기도 안 찰 노릇이군."

"기록에 의심 가는 점이 있기는 하지만…… 이놈이 투골조를 수련한 것만은 틀림없습니다. 우선 십지가 변색되었고……."

"됐어. 넌 냄새도 못 맡아?"

"네?"

"투골조를 수련하면 악취를 풍긴다. 수련 정도가 깊을수록 악취가 더욱 심해져서 가까이 다가갈 수가 없어. 솔직히 마주

서서 싸울 기분도 나지 않는다더라."

"네에, 그렇군요."

"이런 냄새라면 정말 싸울 기분도 나지 않겠어."

"전 어디서 시궁창 냄새가 나나 했습니다. 압송거를 타고 오면서 바지에 똥오줌을 지린 게 아닌가 하고……."

"어린놈이 투골조라…… 어린아이 백 명을 잡아 죽였고…… 사연이 깊은 놈이군. 희생양일 가능성이 크다만…… 쯧! 천검가주가 잘못 생각했군. 옛날의 만정이 아닌데 말이야."

"천검가주에게 사실을 알려줘야 하지 않을까요?"

"왜?"

"예? 왜…… 라시면?"

"돈 받았잖아."

"네, 그야 받았죠. 하지만……."

"돌려주고 싶어?"

"하하! 옥주님도 참…… 한두 푼도 아니고 그만한 돈을 돌려주고 싶은 사람이 어디 있겠습니까?"

"그런데 왜 쓸데없는 소릴 지껄이는 거야?"

"가주는 이놈들을 안전하게 가둬두라고 했는데, 우리에겐 그만한 힘이 없지 않습니까. 그렇다고 여기 뒀다가 만일 탈이라도 생기는 날에는……."

"만정으로 들여보내면 되지. 왜? 문제있어?"

"그게 그러니까, 이놈들의 안전을 보장하지 못한다는

게……."

"우리가 이놈들을 달라고 했어?"

"그건 아니지만……."

"잘못 안 건 가주지 우리가 아니잖아. 만정 사정을 모르면 물어보기라도 하던가. 대뜸 돈 좀 쥐어주고 맡아두라고 하면 어떻게 해? 우리가 가주 종복이야? 후후! 이놈들에게 탈이 생기면 그건 만정 사정을 모르고 맡긴 가주 잘못이야. 그래, 안 그래?"

"그거야 그렇습니다만…… 나중에 잘못되기라도 하면 천검 가주 성격에 가만있지 않을 텐데요?"

"그러니까 확실히 해."

"……?"

"천검가에서 보내온 형부(刑簿)를 꼼꼼하게 점검해 놓으란 말이야. 어느 한구석도 하자가 있으면 안 돼."

"알겠습니다."

"묵비 비주 아직 안 갔지?"

"네."

"이놈들 죄명하고 현 상태를 확인받아 둬. 형식적인 절차라고 해. 이놈들에 대해서 몇 글자 받아두고. 나중에 허튼소리를 하면 증거로 내밀 거니까 알아서 눈치껏 받아놔."

"네. 저녁때까지 마쳐 놓겠습니다."

"그래. 어휴! 머리 아파. 나가자. 이놈의 냄새 때문에 한시도 더 못 있겠다."

덜컹!
문 닫히는 소리가 들렸다.
그들은 찬밥 한 덩이 던져 주지 않았다.

'이러다가 굶어 죽겠어.'
산음초의는 몸을 비비 튼 끝에 간신히 일어나 앉았다.
손과 발을 풀지 못하도록 꽁꽁 묶고 안대까지 가려놨기 때문에 상체를 들고 앉은 것만도 버겁다.
등을 벽에 기댔다.
딱딱한 느낌이 아니다 푸석하다. 진한 흙냄새가 맡아진다.
그들이 갇혀 있는 곳은 땅은 딱딱한 돌바닥인데 사면 벽은 흙으로 된 것 같다.
'천만다행이군.'
흙에는 여러 종류가 있다. 흰색의 백토(白土)에서부터 황토(黃土), 적토(赤土)를 거쳐 새까만 흑토(黑土)까지 존재한다. 그리고 그중에는 먹을 수 있는 흙도 있다.
코끝에 온 신경을 집중해서 흙냄새를 맡았다.
먹을 수 있는 흙을 찾아야 한다.
전단토라는 백토가 있다. 이 흙은 먹을 수 있다. 하지만 전단토를 캘 수 있는 곳은 지극히 드물다. 아무 곳에서나 쉽게 찾을 수 있는 게 아니다.
고운 황토를 먹기도 한다.
거의 대부분 체에 거르는 과정을 거치고, 다른 것과 섞어서

떡을 만들어 먹지만…… 춘궁기에는 그냥 먹기도 한다.

산음초의가 찾는 흙은 그런 것도 아니다.

축축하게 젖지 않은 흙, 젖었다고 해도 단맛이 나는 흙 또는 찰기가 있는 흙……

먹어서 탈이 나지 않는 흙이면 된다.

"흠…… 음……."

엉덩이로 몸을 밀면서 벽을 따라 이동했다. 코로 냄새도 맡고, 혀를 내밀어 맛도 봤다.

사방을 한 바퀴 돌았지만 먹을 수 있는 흙은 없었다. 그리고 그나마도 오래 지속할 수 없었다.

스스스스스……!

악취가 피어난다.

당우가 또 운공조식을 취하고 있다. 굶어 죽기 직전인데도 줄기차게 운공조식만 한다. 하기는 달리 할 것이 없으니 모든 신경을 운공에만 집중시키는 것도 이해가 되지만…… 솔직히 자신이 당우 입장이라면 그냥 편히 쉬는 쪽을 택할 게다.

언제 죽을지 모를 목숨이지 않나. 그까짓 운공은 해서 뭐 하나. 아니, 배가 고파서 미치겠는데 뱃속에 있는 단전을 쳐다본다는 게 더 고통스럽지 않을까? 이럴 때는 차라리 배 쪽은 쳐다보지도 않는 편이 낫지 않을까?

"퉤엣!"

침을 뱉었다.

먹는 흙을 찾는답시고 온 벽을 핥고 다녔더니 입안에 쓰디

쓴 흙이 가득하다.
 '이놈들은 밥 줄 생각이 없어. 그런 생각이 있다면 진작 뭐든 줬겠지. 우린 정말 굶어 죽을 거야.'

 덜컹!
 문이 열렸다.
 귀찮다. 쳐다보기도 싫다. 눈이 가려져 있어서 쳐다보았자 보이는 것도 없지만 그런 행동마저도 하기 싫다.
 문이 열렸구나…… 그런 느낌밖에 들지 않는다.
 "어휴! 냄새! 이게 무슨 냄새야? 아주 썩는 냄새가 나네. 이놈 중상자라던데 상처가 썩는 거 아냐?"
 "상처 때문이 아니고 투골조 때문이란다."
 "말은 들었는데, 투골조를 수련하면 고약한 냄새가 난다고. 이게 투골조 냄새야?"
 "그렇댄다."
 "아이구, 지독해. 어떻게 이런 냄새를 피우고 다니냐. 흐흐흐! 이놈 만정에 떨어지면 볼 만하겠구나."
 "볼 만하기는…… 오늘이나 넘길 수 있을지 모르겠다."
 "오늘은 넘기지 않을까?"
 "처넣어봐야 알지."
 낯선 이들이 족쇄(足鎖) 가운데를 잡아 올렸다.
 두 발이 공중으로 들려졌다.
 "오늘 저녁에는 술 좀 있으려나?"

"만정에 사람을 들이면 술이 나오긴 했는데…… 애새끼에다가 곧 뒈질 의원 놈이니…… 에이, 모르겠다. 감을 잡지 못하겠네. 나올 것 같기도 하고, 그냥 넘어갈 것 같기도 하고."
"애새끼이긴 해도 꽤 중요한 놈인 것 같던데? 옥주가 상당히 신경 쓰더라고. 부옥주도 그렇고."
"흐흐흐! 그럼 나오겠다. 흐흐흐!"
그들은 농담을 주고받았다. 그러던 어느 한순간,
푹!
느닷없이 쇠꼬챙이 같은 것이 아랫배를 깊숙이 파고들었다.
"꺼어어어어억!"
산음초의는 길고 긴 신음을 내뱉었다.
세상에 태어나서 처음으로 독한 비명을 지른 것 같다. 오장육부를 비틀어 버리는 듯한 통증에 혼이 달아나는 느낌이었다.
극통…… 아무것도 생각나지 않는다.
"이놈은 비명도 없네. 재미없어."
"흐흐흐! 그러니까 잘 골라야지."
사내는 산음초의를 뒤집었다. 그리고 등 뒤에 쇠꼬챙이를 다시 박았다.
푹!
"끄어어어어억!"
산음초의는 또다시 비명을 토해냈다.
단전이 짓뭉개졌다. 명문혈도 짓뭉개진다.

이들은 무공의 기반이 되는 혈을 철저히 망가뜨리고 있다. 혈을 제압하는 것이 아니라 도구를 이용해서 꿰뚫어 버린다.
이런 식으로 금제를 가한다면 어떤 무공을 수련했든 반병신이 되고 말 게다.
쓰윽!
"컥! 컥!"
산음초의는 급한 비명을 토해냈다.
양손 동맥에서 극심한 통증이 치민다.
동맥이 끊겼다. 물론 사내들은 곧 지혈을 시켰고 금창약까지 발라주었다. 그리고 붕대로 양 손목을 꽁꽁 동여맸다.
상처는 치료되었다. 하지만 앞으로 살아가면서 무거운 짐을 들어 올릴 수는 없을 것이다. 노력을 하면 안 될 리 없지만 그러기까지에는 뼈를 깎는 고통이 기다릴 게다.
"다 됐어?"
"아직…… 이놈의 새끼가 잘 안 되네."
"어린놈 하나 다루지 못해가지고 쩔쩔매기는……."
"누가 쩔쩔맨다고 그래!"
"지금 그랬잖아!"
"다 했다! 다 했어! 조금 늦은 것 가지고 되게 그러네."
"하하! 그런 말 했다고 삐친 거야? 사내가 고만한 일에 삐치냐? 하하! 그래, 미안하다. 내 오늘 술 나오면 반 잔 정도 양보할게."
"누가 삐쳤다고 그래!"

만정(卍井) 259

그들은 당우와 산음초의를 질질 끌고 갔다.

놈은 당우를 베지 못했다.
당우의 양 손목에는 동맥을 보호하기 위해 구각교피를 붙여 놨다. 자신이 직접 붙였다. 단전, 명문, 중추혈(中樞穴)…… 그 모든 곳에 구각교피가 달라붙어 있다.
놈은 당우를 건드리지 못했다.
무공을 모르는 자신은 산산조각 냈을지언정 당우는 솜털 하나 건드리지 못했다.
이들은 내공을 파해하는 방법에 익숙할 것이다.
무공은 크게 내공(內功)과 외공(外功)으로 나뉜다.
내공을 근본 무공으로 삼는 사람도 있고, 철포삼(鐵布衫)이나 금종조(金鍾罩)같이 신체를 직접적으로 단련하는 외문기공(外門奇功)을 근본으로 삼는 무인도 있다.
이들은 어떤 무공이든 찢어낼 수 있다. 하지만 당우처럼 구각교피로 요혈을 감싼 자는 상대해 보지 못했을 게다.
구각교피는 무림에 나온 적이 없다. 자신이 처음으로 만들어서 당우에게 씌웠다.
산음초의는 처음으로 승리의 희열 같은 것을 느꼈다.
'내가 이겼어!'

第十九章
식육(食肉)

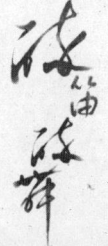

1

휘이잉!

물구나무선 머리 밑으로 차갑고 기분 나쁜 바람이 전신을 휘어 감고 지나간다.

당우와 산음초의는 공중에 대롱대롱 매달렸다.

사내들이 끌고 다닐 때 쓰던 족쇄가 이제는 두 사람을 허공에 매단 목숨 줄이 되었다.

"오래 살아라, 우릴 원망하지는 말고."

사내가 말했다.

"이런 일은 전례에 없는 거다만…… 입구를 한 달간 열어놓을 것이다. 한 달이다. 명심해 들어. 한 달이야. 한 달 동안 어떻게든 살 방법을 찾아라. 한 달 후에는 입구를 닫을 거니까

식육(食肉) 263

알아서 하고."

'입구를 열어놓는다고!'

산음초의는 이게 무슨 소리인가 싶었다.

입구를 열어놓는다? 그럼 알아서 탈출하라는 소리인가? 지금 말이 딱 그렇지 않나. 뇌옥에 가두면서 입구를 열어놓을 테니 알아서 하라니. 무슨 말이 이런가.

"그게 무슨 말이오?"

산음초의는 되묻지 않을 수 없었다.

"흐흐! 들어가 보면 알게 돼. 다른 놈들은 이런 혜택도 없었어. 골골거려도 어지간해야지. 옥주님께서 네놈들을 특별히 배려해 주셨다는 사실만 알아둬라."

'특별…… 배려?'

뭐가 뭔지 알 수가 없다.

분명한 것은 천검가주는 자신들을 죽이지 말고 잘 돌보라고 말했다는 점이다. 그리고 또 분명한 것은 옥주도 그 일만은 마음대로 할 수 없다는 거다.

특별한 배려를 해줬다?

특별 배려가 아니다. 이것이 천검가주의 부탁을 받아들이는 최선의 방도다.

그렇다면…… 한 달은 안전하다. 한 달 안에 무슨 수를 써야 한다. 그게 무슨 수인지는 알 수 없다. 어떤 어려움이 있을지도 모를 마당에 대비책까지 세운다는 건 어불성설이다.

하여간 한 달은 괜찮은 것 같다.

그때, 다른 사내가 말했다.

"흐흐흐! 충고 하나 해주랴? 누가 죽이려고 달려들면 저항하지 말고 얌전히 죽어. 가급적 빨리 죽는 게 편해지는 지름길이야. 자진할 수 있으면 하는 것도 괜찮아. 괜히 부질없이 목숨에 연연하지 말고 빨리 죽어. 흐흐!"

"말하면 뭐 해? 바로 느낄 텐데."

"그럴까? 그래도 말해줄 건 해줘야지. 흐흐흐! 밑으로 내려가면 열쇠를 떨궈주마. 알아서 찾고, 알아서 풀어. 이거 못 찾아서 죽은 놈도 꽤 있다."

사내들이 열쇠인 듯싶은 쇳덩이를 돌에 탁탁 부딪쳤다.

산음초의는 솜털까지 곤두섰다.

사내가 들고 있는 열쇠는 단순히 족쇄를 풀고 수갑을 푸는 용도로 끝나지 않는다.

사느냐 죽느냐를 결정하는 운명의 열쇠다.

어디로 떨어질지는 모르겠지만 나중에 열쇠를 찾는다는 건 말도 안 된다.

산음초의는 다급하게 말했다.

"제, 제발…… 제발 열쇠만, 열쇠만 좀 찔러주시오. 몸속 어디라도 상관없으니 제발…… 부탁이오. 제발……."

"어르신이라고 해봐."

"어르신, 부탁드립니다."

"하하하! 나이 먹어가지고 그런 걸 시킨다고 하냐? 어디 또 하나 볼까? 어르신 해봐."

"어르신! 어르신! 어르신, 제발…… 열쇠를……."
그때다.
기이이잉!
갑자기 발 위에서 활차(滑車) 돌리는 소리가 났다.
사내들은 산음초의의 마지막 부탁을 들어주지 않았다.
"하하하! 의원이라는 놈이 배알도 없어. 어떻게 그런 말을 입에 침도 안 바르고 술술 하지? 하하하!"
사내들의 비웃음 소리가 먼 곳에서 들려왔다.
몸이 점점 밑으로 내려간다.
처음에는 천천히, 그러나 곧 허공에 내던져진 것처럼 걷잡을 수 없는 속도로 쭈욱 떨어진다.
"헉!"
산음초의는 절로 비명을 토해냈다.
벼랑에서 떨어지는 느낌이 든다. 바닥에 머리부터 부딪쳐서 뇌수가 흩어지는 모습이 연상된다. 뼈란 뼈는 산산조각 나고 혈관까지 터져서 가죽 북처럼 부풀어 오른 모습이 그려진다.
쒜에에엑!
양 볼 옆으로 기분 나쁜 바람이 스치고 지나갔다.
얼마 동안이나 내던져졌을까?
턱!
쇠사슬이 다 풀린 듯 몸이 급작스럽게 멈췄다.
퉁!
반동으로 몸이 튕겨 오른다.

세 번인가 네 번인가를 올라갔다 떨어졌다 반복한다.
멈추기는 멈췄다. 여전히 허공인 듯한 데다 내려진 것 같다.
이제는 어떻게 해야 하나?
그때, 족쇄에 휘감겨 있던 쇠사슬이 툭 풀렸다.

쿵! 쿵!
돌무더기가 떨어진 듯 묵직한 소리가 울렸다.
울림소리는 깨끗하지 않았다. 여운이 꽤 길게 이어졌다. 이리저리 사면을 치고 울리는 회음(回音)이 꽤나 깊다.
'동굴!'
산음초의는 자신들이 어디에 있는지 즉각 깨달았다.
약초를 채집하다 보면 동굴로 들어갈 경우도 허다하다. 얕은 동굴, 깊은 동굴…… 너무 깊어서 들어갈 엄두가 나지 않는 동굴까지 죄다 섭렵해 봤다.
자신들이 떨어진 동굴은 꽤 깊다.
'열쇠!'
산음초의는 뱃속이 뒤엉킨 듯한 충격도 잊어버리고 벌레처럼 꿈틀거렸다.
온몸이 찢어지는 느낌이다.
손가락이 되었든 발가락이 되었든 움직이기만 하면 몸 전체에서 전율이 치민다.
주요 혈이 망가진 후유증이다. 아니, 지금은 후유증이라고 말할 수 없다. 쇠꼬챙이 같은 것으로 육신을 푹푹 쑤셔댔으니

식육(食肉) 267

아프지 않다고 하면 그게 이상한 게다.

"으……!"

산음초의는 숨넘어가는 신음을 토했다.

그래도 한 가닥 희망은 있다.

사내들이 놀리기는 했어도 틀린 말은 하지 않는다. 열쇠를 던진다고 했으면 던진다. 아마도 그것이 만정으로 들어서는 관례인 듯한데…… 그렇다면 반드시 지킨다.

"으으! 으으으!"

몸을 움직일 때마다 신음이 우수수 쏟아지지만 그래도 참고 움직였다.

일이 안 되려면 뒤로 넘어져도 코가 깨진다고 했던가? 동굴 바닥마저 고르지 못하다. 동굴들이 거의 그렇듯이 이곳도 바닥이 돌멩이로 가득하다.

당우가 같이 움직여 주면 좋으련만…… 육신이 아픈 것보다 경맥이 굳어져 있으니 움직인다는 건 꿈이다.

자신이 열쇠를 찾으면 움직일 수 있고, 그렇지 못하면 이곳에서 굶어 죽는다. 혹여 동굴에 사나운 들짐승이라도 산다면 맛 좋은 먹잇감이 되리라.

눈이 가려져 있으니 어디에 무엇이 있는지 모른다. 지금 자신들이 어떤 처지에 놓여 있는지 전혀 알지 못한다. 산음초의는 그것이 제일 불안했다.

그때, 머리맡에서 달그락거리는 소리가 났다.

'응?'

누군가 있다! 무엇인가 있다! 머리맡까지 다가왔다!

전신이 돌처럼 굳어진다.

맹수가 머리 위로 다가와 콧김을 불어내는 것 같아서 꼼짝을 할 수가 없다.

'후우우욱! 후우우욱……!'

숨만 가늘고 깊어진다. 숨소리를 내는 것조차 두려워서 어찌할 바를 모르겠다.

"얜 뭐야? 응? 흐흐흐! 어린놈이 칼질 한번 더럽게 당했네. 이렇게 당하고도 살아 있다니 명은 꽤 긴 놈이다만…… 가만…… 이게 무슨 냄새야? 뭐야? 똥 지린 거야?"

조금 떨어진 곳에서 긴장을 와르르 무너뜨리는 소리가 들렸다.

분명히 사람 음성이다. 그것도 젊은 여자의 음성이다.

"후읍!"

산음초의는 참았던 숨이 확 터져 나왔다. 잔뜩 곤두섰던 긴장이 밀물처럼 밀려 나오는 순간이기도 했다.

산음초의는 염체 불구, 체면 불구 다짜고짜 부탁부터 쏟아냈다.

"소, 소저! 소저! 여기 어디 열쇠가 있을 것이오. 미안하지만 열쇠 좀 찾아주겠소?"

자신에게도 이런 목청이 있었나 싶을 정도로 크나큰 소리가 튀어나왔다.

"이놈도 무인이 아닌데?"

이번에는 자신 곁에서 또 다른 여인의 음성이 들렸다.

"너희 뭐 하는 놈들이야?"

산음초의는 묻는 말에 막 대답을 하려고 했다. 하나 그 순간, 느닷없이 무거운 돌덩이가 얼굴을 짓눌렀다.

"큭!"

산음초의는 거친 숨을 쏟아냈다.

얼굴을 짓누른 것은 돌덩이가 아니라 여인의 발이다. 한데 그 발이 마치 천 근처럼 무겁게 느껴진다. 아니, 머리뼈가 으스러지는 것 같아서 견디기 힘들다.

"의, 의원…… 의원입니다, 의원!"

산음초의는 머리뼈에 가해지는 압박을 이기지 못하고 다급하게 말했다.

"의원? 의원이 왜 이곳에 들어와?"

"저, 저도 그게 잘……"

"이 새끼, 똑바로 안 불어!"

빠아악!

머리뼈가 갈라지는 것 같다. 압박에 견디지 못하고 금이 가는 것 같다.

"크윽! 제, 제발…… 만정에 떨어진 건 저 때문이 아니라 저 아이 때문에…… 크윽! 제발 이 발부터 치워주시고……"

그가 머리를 짓밟힌 지렁이처럼 바동거릴 때, 다른 쪽에서는 당우가 조사된 모양이다.

"그놈 말이 맞아. 이 새끼…… 투골조네."

"뭐? 투골조?"

"응. 어린놈의 새끼가 투골조를 수련했어. 호호호! 이거 웃기는 놈인데."

산음초의의 머리를 밟고 있던 여인이 당우에게 걸어갔다.

두 여인은 당우를 자세히 살폈다. 앞뒤로 뒤척이는 소리와 몸 구석구석을 살펴보는 소리가 조용한 울림이 되어 들려왔다.

"맞네, 투골조. 아휴! 냄새…… 이게 무슨 냄새인가 했더니 투골조 냄새였어? 말은 들었는데 정말 어지간히 독하다. 이런 냄새를 풀풀 풍기면서 투골조라는 걸 배우고 싶을까?"

"네가 그런 말을 하니까 냄새가 더 독해지잖아. 어휴! 정말. 숨을 쉴 수가 없어."

"난 더러워서 몸이 근질거리는 것 같아."

"투골조는 냄새만 풍길 뿐, 몸이 더러운 것하고는 상관없는데?"

"계집애도! 꼭 그렇게 따져야 되겠어?"

두 여인은 티격태격했다. 하나 그 사이에 산음초의가 끼어들 틈은 없었다.

"투골조라면 이곳에 들어올 만하고…… 검상이 심상치 않으니 의원을 붙인 것 같고…… 저기 입구를 아직 열어두고 있잖아? 이놈들을 보호하는 거야. 저 짓거리로 얼마나 보호할 수 있을지 모르겠지만…… 이놈 때문에 저놈을 붙인 건 사실인 것 같아."

식육(食肉) 271

"뭐야? 그럼 저놈은 괜히 된서리 맞았다는 거야?"

"그래."

"이놈 나이가 몇 살이나 됐을까? 투골조를 수련하기에는 어리지 않아? 이 나이에 투골조라…… 호호호! 가만 보니 이 자식 아주 제대로 들어왔어!"

"제대로?"

"호호호! 그래. 악마 중의 악마, 극악마(極惡魔). 호호호! 요만한 나이에 투골조를 연성했으니 악마 소리를 들어도 싸잖아? 아니다, 부족한 것 같다. 그지?"

"그래, 부족해. 이 새끼, 아주 막돼먹은 놈이야. 투골조는 백 명을 죽여야 얻을 수 있는 무공이야. 백 명."

"이놈 피곤할 것 같은데…… 지금 죽여 버릴까?"

"아니, 약속대로."

"피잇! 언제부터 약속을 지켰다고."

"이놈은 아직 위협거리가 안 돼. 어차피 기혈도 다 뭉개졌고. 이런 놈은 이곳이 얼마나 지독한 곳인지 뼈저리게 느껴야 돼. 죽이더라도 그다음이야."

"그럼 풀어줘?"

"풀어줘."

말이 끝나기 무섭게 당우 곁에 있던 여인이 산음초의에게 걸어와 족쇄를 풀었다.

찰칵!

족쇄 풀리는 소리가 기분 좋게 울렸다.

"나머지는 네가 알아서 해."

여인이 산음초의의 머리를 발로 툭 차며 말했다.

산음초의는 황급히 일어나 안대부터 풀었다.

여인들은 보이지 않았다. 하지만 어둠 저편으로 번뜩이는 검은 그림자는 보았다.

지금까지 있었던 일은 환상이 아니다. 여인들이 나타나서 이런저런 이야기를 주고받았다. 자신들을 살폈다. 그리고 족쇄를 풀어준 후에 사라졌다.

'만정이 얼마나 무서운 곳인지 깨달으라고 살려준다? 저 위에 있던 놈들은 자진할 수 있으면 하라고 하고…… 묵비 비주란 자는 만정으로 가느니 차라리 죽음을 택했을 거라고 하고…… 무섭긴 무서운 데로 온 모양이군.'

산음초의는 수갑을 풀었다.

당우는 일 장 정도 떨어진 곳에서 언제나처럼 축 늘어져 있었다.

'후후후!'

웃음이 새어나온다.

생각했던 대로 놈들은 당우를 어쩌지 못했다. 자신은 짓뭉갰지만 당우는 멀쩡하다. 굳어버린 경맥이 언제 풀릴지 모르지만…… 솔직히 풀리기나 할지 의심스럽지만…… 그런 날이 온다면 당우는 멀쩡하게 일어날 게다.

"후후후!"

산음초의는 실성한 사람처럼 실실 웃었다.

실낱같은 빛줄기가 새어든다.
위가 호로병 모양으로 뻥 뚫려 있다. 빛은 그곳에서 흘러들다가 중간에서 사라져 버린다. 빛은 동굴 밑바닥까지 닿지도 않는다. 그래서 고개를 들어보면 위쪽에 뭔가 희끗한 것이 있다는 느낌밖에 들지 않는다.
그런 빛일지언정 고맙기 그지없다. 그런 빛이 아니면 아예 아무것도 보지 못한다. 불을 붙일 수 있는 장작이 있는 것도 아니고 횃불이 있는 것도 아니다.
칠흑 같은 어둠만 존재한다.
하루!
산음초의는 하루를 꼬박 앉아 있었다.
누군가 나타나겠지. 나타나서 주먹질을 하는 한이 있더라도 누군가는 나타날 거야.
사람은 나타나지 않았다.
배가 쥐어짜는 듯 아파온다.
위에서부터 쌀 한 톨 집어넣지 않은 배가 배고픔을 호소하다 못해서 자해하는 지경에까지 이르렀다.
밥 안 줘? 안 주면 너도 아파봐.
당장 급한 건 먹을 것이다.
산음초의는 바위 위로 기어가는 벌레를 잡았다.
길이는 손가락 두 마디 정도 되고, 다리는 한쪽에만 서른 개,

아니, 백 개가 넘는 것 같다. 등이 딱딱한 각질로 덮여 있으면서 촘촘히 마디져 있다.
 가만히 만져 보니 마디 하나에 두 쌍의 다리가 달려 있다.
 '노래기.'
 잡은 것은 노래기가 맞다. 놈은 위협을 느꼈는지 몸을 둥글게 말고 냄새나는 액체를 뿜어낸다.
 "음!"
 산음초의는 잠시 망설였다.
 이런 걸 먹어야 하나? 생으로 먹으면 탈이 나는데…… 하나 굶어 죽을 수는 없지 않은가!
 그는 노래기를 입안에 넣고 아작 씹었다.

 동굴 안에서는 시간이 흐르는 걸 감지하지 못한다.
 배가 고프면 무엇이든 잡아먹는다. 노래기가 있다는 걸 안 다음부터는 습지만 뒤진다. 땅을 더듬다 보면 흰색으로 둥글둥글하게 말린 것이 보이는데 노래기 새끼다. 이런 것이라도 발견하면 굶주린 아귀처럼 집어 먹는다.
 그러다 보니 탈이 안 날 수 없다.
 배가 비비 꼬인다. 뒤틀린다. 먹은 것을 구역질로 쏟아낸다. 열은 불덩이처럼 치솟고, 먹은 것이 없는데도 설사가 항문이 뽑혀져 나갈 것처럼 쏟아진다.
 당우도 마찬가지다.
 산음초의는 자신이 먹는 것을 당우에게도 먹였다. 처음 보는 벌레라도 잡히는 것이 있으면 잘게 씹어서 입안에 넣어주었다.

당우는 혼자서 음식을 씹을 수 없다. 기도를 움직일 수 없어서 삼키는 것도 곤란하다. 그렇기 때문에 모든 음식을 액체 상태로 만들어서 넣어줘야 한다. 자칫하면 음식이 기도를 막을 수 있기 때문에 지극히 조심해야 한다.

산음초의는 그 일을 거리낌없이 했다.

사실 그런 일은 어느 정도 익숙해졌다. 천검가 석실에서는 흰죽을 끓여 먹였지만, 마차를 탄 후에는 주어진 것이 건포밖에 없었던지라 이런 일을 반복해 왔다.

아무거나 손에 잡히는 대로 먹였다.

당연히 당우라고 무사할 리 없다.

하루가 멀다 하고 멀건 설사를 죽죽 했다. 그래서 아예 바지를 벗겨놓았다. 사방이 온통 시커멓기 때문에 그까짓 설사 좀 하는 것은 아무렇지도 않다.

이놈의 동굴은 도무지 먹을 것이 없다.

마실 물도 없다. 습지를 깊게 파보았지만 나오라는 물은 안 나오고 마냥 축축한 흙만 나온다.

다행히도 차갑게 젖어 있는 바위를 발견했다.

동굴 벽의 한 부분인 것 같은데…… 어디서 흘러나오는 물인지 모르지만 축축하게 젖어 있다.

산음초의는 옷으로 석벽을 훔쳤다. 엎지른 물을 닦듯이 싹싹 문질러 닦았다. 그리고 옷을 짜서 물을 얻었다.

힘이 빠질 때까지 해봐야 겨우 한두 모금을 얻을 수 있을 뿐이지만…… 어차피 할 일도 없는 곳이다.
'사람이 있는데…… 그들을 찾아야 해.'

산음초의는 피골이 상접했다. 본인 스스로 팔뚝을 만져 봐도 뼈만 남아 있다.
기력은 눈에 띄게 쇠잔해진다.
이제는 노래기가 아니라 그 무엇이 나타나도 성큼 잡아먹을 수 있을 정도로 식성이 좋아졌다. 아니, 적응했다. 병균 덩어리나 마찬가지인 벌레를 날로 먹어도 설사 같은 건 나올 생각도 하지 않는다.
무엇인지 모르겠지만 딱정벌레처럼 생긴 것들이 많다.
등이 딱딱한 껍질로 싸여 있고, 크기는 새끼손톱 절반밖에 되지 않는다.
그런 놈으로 배를 채우려면 한 움큼이나 잡아야 한다.
어차피 남아도는 게 시간이지 않나.
물도 해결하고 식량도 해결하니 지옥 같은 동굴이지만 살 만하다는 생각이 든다.
온몸에 두드러기가 난다.
혹 같은 것도 불룩불룩 튀어나와 있다.
몸이 좋지 않은 것에 적응하면서 나타나는 부수적인 현상들이다.
그러면 어떤가. 어차피 보는 사람도 없지 않은가.

슥! 우적!

손을 뻗어 바위를 더듬고, 무엇인가를 손으로 잡고, 입안에 넣어 잘근 씹는 것이 습관이 되었다.

"이놈아, 넌 언제쯤 일어날래?"

말을 할 수가 없는 당우에게 말을 거는 것도 새로 길들여진 습관 중의 하나다.

"내가 할 수 있는 게 아무것도 없는데…… 이놈아, 너 때문에 나까지 끌려왔는데 뭐라고 한마디 해야지? 아이구! 이놈, 이거…… 그 튼실하던 살집은 다 어디 갔누. 이거야 뼈다귀에 가죽만 붙여놓은 꼴이니. 흐흐! 나도 마찬가지인가? 으적!"

지렁이를 씹어서 죽인 후 꿀꺽 삼켰다.

맛이 지랄 같다. 토악질이 치민다. 마치 십 년 묵은 똥덩이를 깨문 것 같다.

그래도 살기 위해서 먹는다.

그나마 다행인 것은 당우가 끊임없이 시체 썩는 냄새를 피워내고 있다는 점이다.

당우가 풍기는 악취를 맡다 보면 벌레들에게서 맡는 냄새 따위는 금방 잊게 된다. 벌레를 씹을 때는 토할 것 같다가도 당우의 냄새를 맡으면 금방 잊는다.

덜그럭!

어디선가 돌멩이 구르는 소리가 들렸다.

산음초의는 즉시 모든 행동을 중지하고 두 귀를 쫑긋 곤두세웠다.

누가 왔나? 사람이 있는데…… 여자 둘이 있었는데……. 그러나 사람은 나타나지 않았다.
사람을 너무 기다린 나머지 환청까지 들은 것이다.

2

만정은 살 만한 곳이다.
음식의 질이 점점 나아진다. 동굴을 구석구석 뒤지다 보면 이것저것 잡히는 것들이 꽤 많다.
물도 마실 만하다.
세면이나 목욕 같은 것은 꿈도 못 꾸지만 갈증을 해소하는 데는 어려움이 없다.
이런 부분은 앞으로도 좋아졌으면 좋아졌지 나빠지지는 않는다.
동굴을 탐사해 나갈수록, 알아갈수록 먹을 것과 마실 것은 많아지게 되어 있다.
유일한 괴로움은 빛이 없다는 것이다.
빛이 있기는 있다. 멀리 동굴 저편을 통해서 스며드는 회색빛이 보이기는 한다.
까짓것 빛이 없으면 어떤가. 이놈 저놈 말을 걸어오는 놈마다 차라리 죽는 게 낫다고 했는데, 뭐가 죽는 게 낫나. 겨우 이 정도에? 생각했던 것보다는 훨씬 낫지 않은가.
고독이나 외로움이 생각 밖으로 진하게 몰려온다.

살아오면서 관계를 가졌던 모든 사람이 생각난다. 불가에서는 소매만 스쳐도 인연이라고 했던가? 오죽하면 귀찮아서 쫓아 보냈던 환자들까지 떠오른다.

그들 모두가 부질없는 허상이 되었다.

그들을 또 만날 수 있을까? 이곳을 빠져나갈 수 있을까?

산음초의는 서둘지 않았다. 굳이 애써서 빠져나가려고 발버둥 칠 필요가 없다.

요행히 탈출로를 알았다고 해도 빠져나갈 수 없다.

천검가에 붙잡혀 온 의원들이 모두 죽었다. 마지막에는 일침기화마저 목숨을 내놨다.

당우…… 저놈을 본 의원은 모두 죽는다.

자신이 이곳을 빠져나간다고 해도 천검가 무인의 손에 죽을 가능성이 백중백이다.

그럴 바에는 희망을 안고 사는 편이 낫다.

당우가 일어나기만 고대한다. 천검가는 놈이 일어나지 못할 것이라고 생각하지만…… 온갖 심혈을 기울여서, 목숨을 내놓고라도 반드시 깨우고 만다. 일으켜 세울 것이다.

그것만이 천검가에 복수하는 길이다.

당우는 투골조라는 무공을 수련했다.

처음에는 무공의 명칭조차 몰랐다. 무공에는 워낙 문외한인지라 어떤 무공을 수련했는지 알 수 있는 방법이 없었다.

그러나 이제는 안다.

끌려오면서 이놈 저놈이 한 말을 귀동냥으로 들은 게 상당히 많다. 바보라도 그 정도로 들었으면 어떤 사정이 깔려 있는지 짐작할 수 있을 게다.

투골조가 세상에 나가야 한다.

천검가는 가주가 직접 나서서 당우와 자신을 이곳에 집어넣었다.

만정 옥졸들이 스스로 말하지 않았나. 깃발 세 개를 꽂기에는 너무 약하다고. 다시 말해서 굳이 만정에 집어넣지 않아도 될 사람들을 집어넣었다는 말이 된다.

어떤 연유에서인지 천검가는 투골조를 숨기려고 한다.

만정은 당우를 숨기는 장소다. 세상에서 가장 안전하게 보관할 수 있는 장소가 이곳일 거라고 생각했다.

한데 무엇인가 일이 잘못되고 있다.

만정 옥졸들 입을 빌리자면 이곳은 더 이상 안전한 곳이 되지 못한다. 가주의 부탁대로 보관은 해주겠지만 안전은 보장하지 못한다는 것이다.

무엇이 잘못되었는지는 아직 모른다.

지금 같아서는 힘들기는 하지만 그럭저럭 생존은 할 것 같다. 더군다나 이곳에서 사람도 봤다. 그들은 어떻게 살고 있는가? 그들이 산다면 자신들도 살 수 있다.

옥졸들이 너무 과장되게 말한 건 아닐까?

어쨌든 당우가 왜 이곳에 있는지, 어떤 상황인지 대략 짐작할 수 있다.

이곳에서 당우를 살려놓는 것까지는 천검가의 뜻대로다.

지금 상태 그대로 현상을 유지시키면 천검가가 원하는 대로 되는 것이다.

여기서 조금이라도 변화가 생기면 천검가의 의중을 거슬리게 된다.

당우를 일어서게 한다. 무공을 수련하게 한다. 탈출하게 만든다. 이 모든 변화가 천검가의 의중을 거슬리게 된다. 그리고 마지막 남은 변수…… 당우를 죽이는 것도 천검가의 뜻이 아니다.

산음초의는 마지막 수단을 거머쥐고 있다.

그전에 다른 방도로 할 만큼 해보고 정 안 되면 마지막 수단으로 당우를 죽인다.

어떻든 천검가의 뜻대로 해줄 수는 없다.

"먹어라. 살려면 먹어야지."

산음초의는 입으로 잘게 씹어 물이 되어버린 지렁이를 당우의 입안에 넣어주었다.

"호호호! 저놈들 뭐야?"

"그러게……."

"싸돌아다니지도 않고, 앉은자리에서 자고 싸고. 탈출할 생각도 없는 것 같고. 먹는 것도 그럭저럭 만족한 것 같고. 호호호! 이곳을 제집 안방으로 착각한 것 아냐?"

"이런 곳에 들락거린 경험이 있는 것 같은데?"

"호호호! 세상에 이런 곳이 또 있다고? 그걸 말이라고 하냐?"

"난 말이 되니까 한 건데…… 왜?"
"왜에? 너, 지금 그 말…… 시비로 간주해도 되냐?"
푹!
"컥!"
짧은 단말마와 함께 진한 혈향(血香)이 확 풍겼다.
"시비다. 내가 시비 걸었어. 그래서? 그래서 뭐가 어쨌다고? 살다 보니 별 시러배 잡놈을 다 보겠네."
"컥! 커억! 꺼어억!"
비명은 정도를 더해갔다.
보아하니 단숨에 죽이지 않고 숨을 최대한 살려놓으면서 천천히 죽이는 것 같다.
살인을 즐긴다.
말 몇 마디에 목숨이 오고 간다. 칼부림이 간단하게 벌어진다. 사람 목숨이 파리 목숨처럼 나가떨어진다.
"흐흐흐! 광마(狂魔)가 뒈졌군."
"흐흐흐흐! 그럼 오랜만에 포식 좀 해볼까?"
"오랜만은 무슨…… 그저께도 포식했잖아."
"그래서?"
"관두자. 오늘은 먹을거리가 있잖아."
"흐흐흐! 너 이 새끼, 운이 좋은 줄 알아."
푹!
"끄윽! 너, 너…… 끄으윽!"
"그러니까 관두자고 했잖아. 왜 주둥이를 나불거리고 지랄

이야? 걱정 마라. 네 심장은 아주 맛나게 먹어주마. 흐흐흐!"
"끄으으윽!"
또 한 번 혈향이 피어났다.

어둠 속에서 무슨 일이 벌어지고 있는 것인가!
'이, 인간들이 아냐!'
산음초의는 몸을 파르르 떨었다.
사람들이 나타난 것은 좋다. 사람들을 기다리고 있던 참이니 누구라도 나타난 건 반갑다. 암흑 속에서 외로움과 싸우는 건 정말 지겹다. 하나 그들이 썩 반갑게 여겨지지 않는 건 왜일까?
나타난 자들을 보지도 않았는데 공포부터 밀려온다.
만정은 일반 뇌옥과는 성격이 완전히 다르다.
먼저 죄인을 가둬놓지 않는다. 동굴 밑바닥에 풀어놓고 너희들끼리 마음껏 살아보라는 식이다.
당우와 자신은 자유를 얻었다.
기혈이 파괴되기는 했지만 손과 발을 자유롭게 놀릴 수 있다. 쇠꼬챙이에 찔린 아픔만 어느 정도 가시면 정상적으로 움직일 수 있을 것 같다.
이들도 이럴 것이다.
만정으로 끌려온 사람은 사마외도(邪魔外道)다. 정상적인 사람들이 아니다. 악인(惡人)이라는 말로는 이들 전부를 설명할 수 없다. 세상에서 인간이 저지를 수 있는 최고의 악행을 일상(日常)으로 여기고 있는 자들이라고 생각하면 된다.

그런 자들이 한두 명도 아니고 떼로 모여 있다. 늑대들이 한곳에 모여 있다. 호랑이, 사자, 곰…… 맹수라는 맹수는 모두 한자리에 몰려 있다.

그들은 당연히 싸운다.

싸워서 이긴 자는 진 자를 잡아먹는다. 인간이 인간을 생으로 뜯어 먹는다.

물론 저들도 자신처럼 기혈이 망가졌다.

무림을 종횡하며 사람을 죽이던 무공은 더 이상 사용하지 못한다. 아니, 갓 입문해서 배운다는 기본공(基本功)조차도 펼치지 못한다. 양 손목의 동맥을 끊어놓아서 주먹에 힘을 주려고 해도 도무지 힘이 들어가지 않는다.

일상생활을 할 수는 있어도 싸울 수는 없다.

하지만 이들은 전사(戰士)다.

평생 싸움판에서 살아왔다. 싸우는 방법을 알고 있다. 그리고 한 번씩은 강했다는 위치에 섰던 자들이다.

이들은 강해지는 방법을 안다.

기혈을 망가뜨렸어도 이들이라면 또 다른 방법을 생각해 냈을 게다. 두 발을 못 쓰면 몸뚱이를 써서라도 강해지는 방법을 터득했을 것이다.

이들은 싸우는 방법을 안다. 아니, 사람 죽이는 방법을 안다. 서로가 서로를 거리낌없이 죽일 정도로 인정도 메말라 있다. 아니, 인성이 사라졌다.

병신이 된 맹수가 기를 쓰고 강해졌다. 그리고 본성대로 흉성(凶性)을 드러내 서로 물어뜯는다.

어둠 속에서 벌어진 일이 바로 그것이다.

"으으……"

산음초의는 온몸이 사시나무 떨리듯 떨려왔다. 이빨도 다다닥 부딪쳤다.

차라리 맹수라면 싸워야겠다는 생각이 퍼뜩 드는데, 상대가 인간이다 보니 그런 생각조차도 들지 않는다. 싸워야 하나, 살려달라고 빌어야 하나 하는 갈등이 먼저 생긴다.

찌이익!

살을 찢는 소리가 섬뜩하게 울린다. 살을 씹는 소리도 게걸스럽게 들린다. 어떤 자는 피를 마시는지 후루룩하고 물 빨아들이는 소리가 선명하다.

'도주해야 돼!'

도주? 어디로?

도주하고 싶은 마음이 굴뚝같지만 도망갈 곳이 없다.

이곳은 저들 세상이다. 어디로 도망가든 저들을 떼어놓을 수 없다. 더군다나 동굴 지형도 모른다. 깊은 굴이 아니라 둥그런 석동이라면…… 정말 자진하는 게 속 편할까?

"으으으……!"

산음초의는 당우를 꼭 껴안고 바들바들 떨기만 했다.

"야! 이리 와!"

어둠 속에서 광망이 번뜩인다.

늑대 무리가 빙 둘러서서 노려보는 것 같다. 입가에 군침을 질질 흘리면서 뜯어 먹을 곳을 노려보는 것 같다.

인간의 눈에서도 광채가 난다.

인간도 짐승처럼 광기를 발산한다. 사람도 잡아먹는다. 얼마든지 짐승이 될 수 있다.

심성이 사악한 사람을 보고 '짐승 같다'라는 말을 한다. 하나 만정에서는 정말로 짐승처럼 행동하기 때문에 짐승이라고 부른다. 단순히 허기를 달래기 위해서 사람을 사냥하고, 잡아먹으니 짐승과 다를 바가 무엇인가.

"시, 싫소!"

"이리 오라니까. 안 잡아먹어. 이리 와."

"싫소!"

"너 이 새끼! 콱 잡아먹어 버린다! 좋게 말할 때 이리 와. 내가 가면 넌 뼈도 못 추려!"

"시, 싫소!"

산음초의는 악착같이 버텼다.

가면 죽는다는 느낌이 진하게 스며든다.

사람 두 명이 죽었다. 그리고 족히 이틀 정도 되는 시간이 지나갔다. 잠이 걷잡을 수 없이 쏟아졌고, 자신도 모르게 깜빡 존 것이 두 번이니 이틀 정도는 지나갔을 게다.

저들 곁에 갈 수 없다. 가면 죽는다.

"허! 그놈 참, 더럽게 겁 많네. 안 잡아먹는다니까! 입 아프게 하지 말고 이리 와."
"싫소!"
"너 이 새끼! 매일 손가락 하나씩 씹어줄까? 죽지도 살지도 못하게 해줘! 좋은 말로 할 때 와라. 응!"
"싫소."
산음초의는 차라리 고개를 숙여 버렸다.
저들을 보지 않는다. 광망을 보다 보면 자신도 모르게 끌려갈 것 같아서 아예 땅을 쳐다본다.
어찌 된 연유인지 저들은 가까이 다가서지 못한다.
어둠 속에서만 머물 뿐, 희끄무레한 회색 빛줄기 사이로 들어서지 못한다.

―한 달 동안 입구를 열어놓겠다.

산음초의는 옥졸들의 말이 무슨 뜻인지 비로소 깨달았다.
저들은 빛무리 사이로 들어서지 못한다. 들어설 수 없게끔 되어 있는지, 아니면 신체적인 결함이 생긴 것인지 알 수 없지만 어둠 속에서만 살게끔 되어 있다.
워낙 희미해서 빛이라고 할 수도 없는데, 그 속이 안전지대다.
"너, 정말 내가 가만 안 놔둔다!"
'악마의 속삭임!'
"싫소! 싫소! 싫소!"

산음초의는 손을 들어서 두 귀를 막아버렸다.

'그 여자들!'
퍼뜩 맨 처음 만났던 여자들에게 신경이 돌아갔다.
그녀들은 어둠과 빛무리 사이를 넘나들었다. 빛무리 사이로 들어와서 족쇄까지 풀어주었다.
환상이 아니다. 틀림없이 나타난 적이 있다.
하면 그녀들과 이자들은 서로 다른 건가? 생존 방식이 다른 두 개체가 한 동굴에서 생활하고 있는 건가?
산음초의는 문득 이상한 생각이 들어서 피식 웃었다.
그녀나 이자들이나 자신이나 다 같은 인간이다. 한데 어느새 같은 인간으로 생각하지 않는다. 종(種)이 완전히 다른 별개의 개체들이라고 생각한다.
'언제부터 이런 생각을 하게 되었지?'
스스로 자문을 해보지만 뚜렷한 대답이 안 나온다.
어쨌든 어둠 저편으로 들어서는 순간, 뭇 인간들의 먹이가 되는 것만은 틀림없다.
그리고 그날이 며칠 남지 않았다.
옥졸은 한 달 동안 문을 열어놓겠다고 했다.
그 기간은 마음먹기에 따라서 길어질 수도 있고, 짧아질 수도 있다. 옥졸에게 기분 나쁜 일이라도 생기면 오늘이라도 닫힐 수 있다. 고대하던 아들이라도 낳았으면 잡힌 물고기 방생하는 기분으로 며칠 더 열어놓을 수도 있다.

한 달 안에 저들과 부딪칠 수 있는 방책을 준비해야 하는데 어림도 없다.

그 여자들이 와준다면 모르겠다.

그녀들의 신법은 경이로웠다.

그녀의 말이 끝나자마자 안대를 풀었다고 생각하는데, 어느새 사라지고 없었다.

그야말로 눈앞에서 확! 사라졌다.

어둠 속으로 달려가는 모습을 본 것 같기는 하지만 지금에 와서 생각해 보니 그것도 장담할 수 없다.

요혈을 망친 사람은 그런 움직임을 보여주지 못한다. 분명히, 단언하건대 분명히…… 그녀들은 무공을 안다. 무공이 어느 정도인지는 파악할 수 없지만 분명히 무공을 펼쳤다.

또한 말을 하는 것으로 보아서 그녀들은 마(魔)를 싫어하는 것 같다. 만정에 갇힌 사람이 마인을 죽이려고 한다는 건 누가 봐도 말이 안 된다. 그것도 죽이는 이유가 오로지 악독한 마인이기 때문이라면 더더욱 이해할 수 없다.

투골조를 수련했다고 이를 간다? 이 역시 말이 안 된다.

동남동녀 백 명을 죽이든 천 명을 죽이든…… 오히려 많이 죽이면 죽일수록 존경을 받을 수도 있다.

그런데 그녀들은 투골조를 읽어내자마자 살심을 피워냈다. 지금 당장 죽여야 한다는 소리까지 했다.

이건 무엇을 뜻하는 것일까? 본성이 착하다는 뜻이 아닐까? 아직 인성이 남아 있다는 증거가 아닐까?

아무래도 그녀들은 어둠 저편에서 입맛을 다시고 있는 인간 괴물들과는 다를 것 같다. 그러고 보니 그녀들은 저항하지 못하는 처지인데도 잡아먹지 않았다. 저놈들 같으면 당장 야들야들한 살점을 골라서 꽉 베어 물었을 텐데, 죽일까 살릴까만 고민하다가 사라졌다.

그녀들은 이놈들과는 다르다.

그녀들이 와준다면 살 수 있을 것 같다. 전에도 와주었으니 또 와주기를 바라는데…….

빛무리 저편은 칠흑이다.

대여섯 걸음만 옮기면 바로 암흑이다.

기분 나쁠 때는 악마들의 숨소리도 들린다. 악마들이 내뿜는 뜨거운 입김이 살갗을 간질이기도 한다.

자칫 동굴을 탐사한답시고 어둠 속을 휘젓고 다녔으면 어쩔 뻔했나? 꼼짝없이 저들에게 잡혀 먹히지 않았겠나.

"휴우! 이놈아, 어떻게든 빨리 일어나거라. 네가 일어나야 도망이라도 가지. 도망? 크큭! 그래, 도망가려고 해도 갈 데도 없다 이거지? 그래, 누워 있거라. 푹 쉬어."

당우가 잡혀 먹힌다면 놈에게 정성을 쏟은 보람이 사라진다.

물론 그것도 나쁘지는 않다. 놈이 죽으면 천검가는 곤혹스러울 게다. 애써서 살려놓고 만정에 보관까지 시켰는데 그게 마인들의 먹잇감이 되어버렸다?

"크크크!"

식육(食肉) 291

그 생각을 하면 우습기까지 해서 실실 웃는다.
"네가 알아서 해라. 살든 죽든. 에잇! 나도 모르겠다."
산음초의는 팔베개를 하고 누워버렸다.

第二十章
개안(開眼)

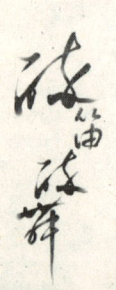

1

악마의 속삭임이 뚝 그쳤다.
산음초의에게 어둠 속으로 들어오라는 권유, 협박, 강권은 더 이상 들리지 않는다.
악마들이 사라진 것일까?
그런 것 같다. 전에는 마인들이 주위에 우글거린다는 생각이 들었는데, 이제는 그런 생각이 들지 않는다. 그들의 숨결도, 기척도 느껴지지 않는다.
텅 비었다.
주위에 아무도 없다.
'어디로 갔지?
없는 것도 불안하다. 당연히 있어야 할 존재들이 사라져서 보이지 않으니…… 이러다가 발밑에서 불쑥 튀어나오는 건 아닌가 싶어서 주위를 둘러보게 된다.
 '저 빛이 사라지면……'
 자신들의 생명은 빛무리가 존재할 때까지다.
 그 기간은 한 달……. 그 안에 당우가 일어나더라도 마인들을 상대할 수는 없을 것 같다.
 산음초의는 당우와 말을 나눠본 적이 없다.
 당우가 깨어나서 산음초의에게 누구냐고 물으면 긴 설명을 해줘야 한다. 물론 설명을 해줘도 믿지 않으면 그만이다. 놈의 몸에 구각교피가 달라붙어 있다고 해도, 아니라고 우기면 할 말이 없다.
 구각교피는 초향교로 붙여놔서 이물감(異物感)이 없다.
 자신이 손으로 만져서 자신의 살이라고 여길 것이다. 촉감에 아주 민감한 자라면 눈치챌 수도 있겠지만, 그렇다고 해도 불편하지는 않다. 구각교피는 태양 볕에 그을린 피부가 벗겨져 나오는 그 정도의 이물감밖에 주지 않는다.
 일침기화의 경근속생술은 더 할 말이 없다.
 당신 몸속에 무쇠 덩어리를 집어넣어 놨다고 말해보자. 어느 놈이 믿겠나? 그렇다고 망치를 들어서 자신의 팔다리를 두들겨 볼 놈도 없을 터이고.
 그들이 한 일은 과거 속에 묻혔다.
 그런 것들은 당우가 살아가면서 천천히, 서서히 깨달을 것이다.

아니, 아는 척을 하지 않아도 좋다. 그래도 깨어나기만 하면 그동안 수련한 투골조인가 뭔가 하는 무공으로 악마들을 무찌를 수는 있지 않겠나.

한데 곰곰이 생각해 보니 그것도 어려워 보인다.

악마들은 살인 기술에 능통하다. 무림을 횡행할 때 사람 죽이는 일을 전문적으로 해온 자들이다.

그런 자들은 한두 번의 칼질만으로도 경근속생술과 구각교피를 알아낼 것이다. 정확한 이유는 모르지만 당우의 전신이 철판으로 뒤덮여 있다는 사실만은 눈치챌 게다.

그렇다면 다른 방법을 취한다.

눈을 노리는 건 어떨까?

가능하다. 눈에는 아무런 보호 장치도 붙어 있지 않다. 쇠꼬챙이 같은 것으로 눈을 푹 찌르면 끝장난다. 눈을 통해서 뇌까지 관통시키면 즉사다.

전문적으로 살인 기술을 익힌 놈들 앞에서 당우는 한낱 어린아이에 불과하다.

이 일을 어쩐다…….

산음초의는 이리 뒤척, 저리 뒤척 구명할 방법을 강구했지만 마땅한 대책이 없었다.

유일한 방법이라면 빛을 일으키는 것뿐이다.

빛!

불은 어떨까? 빛무리에 다가서지 못한다면 불을 피우면 되지 않을까? 불도 어둠을 밝혀주니까 가능성이 있을 것 같은데…….
 한데 불행히도 그 방법은 통하지 않는다.
 동굴에는 나무가 없다. 불을 피울 만한 것을 찾을 수 없다. 있는 것이라면 돌과 흙과 바위 겉면을 흐르는 물뿐이다.
 "제길!"
 산음초의는 툴툴 웃으며 일침기화의 대침을 뽑아 들었다.
 마땅히 할 일도 없고…… 경근속생술이나 펼치련다.
 당우를 반듯이 눕히고 대침을 이제는 조금 익숙해진 손길로 사혈에 꽂았다. 한데!
 푹! 툭!
 대침이 살갖을 뚫지 못하고 뚝 멈춰 버린다.
 '아! 구각교피! 내 정신도 참…….'
 피식 웃음이 새어나왔다.
 자신이 구각교피를 붙여놓고 그 자리에 침을 놓는 멍청이가 어디 있는가.
 당우의 혈은 상당 부분이 감춰졌다.
 안에서 경근속생술로 다져졌고, 밖에서 구각교피로 막아놨다.
 그렇다고 무혈(無穴) 인간은 아니다. 가리지 못한 혈이 너무 많다. 사혈만큼 큰 타격을 주지는 못하지만 잠시 몸을 마비시키는 마혈(痲穴) 같은 건 얼마든지 찾을 수 있다.
 침을 혈이 아닌 곳으로 찌른다. 혈이 아닌 곳으로 살갖 표면을 뚫고 들어가서 방향을 꺾는다.

물론 이런 식의 자침법(刺針法)은 존재하지 않는다.

경근속생술로 사혈이 둔혈로 둔갑하자 고육지책(苦肉之策)으로 생각해 낸 방법이다.

그저 약간이라도 효험을 보면 다행이지 않을까 하는 심정으로 침을 쓴다.

스윽! 푹! 툭!

'응?'

산음초의는 미간을 찌푸렸다.

이번에도 혈을 잘못 찔렀나? 분명히 혈이 아닌 자리를 찔렀는데 들어가지 않는다.

산음초의는 정신을 집중하고 다시 한 번 침을 썼다.

푹! 툭!

역시 마찬가지다. 들어가지 않는다.

'뭐지?'

대침이 잘못되었나 싶어서 침을 들어 살폈다. 구각교피가 씌워진 곳이 아닌가 싶어서 살을 문질러 보기도 했다.

분명히 찌르면 들어가야 할 자리다.

경근속생술의 효험일까? 그건 모른다. 시술을 한 일침기화조차도 경근속생술의 효험에 대해서는 정확하게 알지 못했다. 한마디로 이론만 무성했지 실제로 써본 적이 없는 시술법이다. 그런 것을 처음으로 썼으니 어떤 효험이 생길지는 추측조차 하지 못한다. 두고두고 관찰해야 할 연구거리다.

경근속생술을 시술한 당사자도 아니고 곁에서 잠시 지켜본 것으로 시술 흉내만 내는 산음초의로서는 당우의 몸에서 일어나는 변화를 감지할 수 없었다.
"허!"
잠시 침을 들여다보던 그는 어쩔 수 없이 침을 거뒀다.
이제 더 이상 침을 쓸 수 없다.
예전에 석실에서 일침기화가 침을 거둔 적이 있지만 그때는 사혈에 국한되었었다. 경근속생술을 시전하는 주요 혈 자리를 뚫지 못하니 침을 거둔 것이다.
이제는 다른 혈이 아닌 곳까지 뚫지 못한다.
어떻게 이런 일이 벌어진 것일까? 전신이 철갑으로 뒤덮이지 않고서야 불가능한데…… 그렇다면 도검에 맞아도 베어지지 않아야 하는데…….
산음초의는 칼로 살을 베어보고 싶은 충동을 느꼈다.
지금 상황이라면 당연히 칼에도 베어지지 않아야 한다. 인간의 육신이 칼에 베어지지 않는 기막힌 일이 벌어진다. 이 어찌 가슴 떨리는 일이 아니겠는가.
"허어!"
힘없이 실소만 새어나온 날이었다.

기이이이잉!
동굴 천장에서 활차 움직이는 소리가 울렸다.
'드디어…….'
산음초의는 눈을 찔끔 감아버렸다.

해가 지고 뜨는 것을 구분할 수 없으니 시간이 얼마나 지났는지 파악할 수가 없다. 세월이 야속타더니…… 옥졸이 말한 한 달이란 기한이 벌써 지나간 건가.
스스스스스……!
뱀이 기어오는 것 같다. 징그러운 벌레들이 꾸역꾸역 몰려드는 것 같다. 독수리가 아직 죽지도 않은 사람 곁에 내려와서 빤히 쳐다보고 있는 것 같다.
마인들이 몰려온다.
눈에 보이지는 않는다. 그들이 오는 소리를 들은 것도 아니다. 하지만 느낌으로 알 수 있다.
'이렇게 끝났군. 끝났다, 이놈아!'
산음초의는 여전히 누워 있기만 하는 당우를 보면서 피식 웃었다.
스으으읏!
당우의 몸에서 독한 냄새가 흘러나온다.
놈은 철담(鐵膽)이라도 지녔는지 이런 상황에서도 운기를 한다. 이제 곧 마인들에게 뜯어 먹힐 팔자인데, 마음을 차분하게 가라앉혀야만 돌릴 수 있다는 운기를 한다.
살이 쇠처럼 단단해져서 괜찮다는 뜻인가? 그때다!
촤라라락!
동굴 천장에서 묘한 음향이 들렸다.
쇠사슬이 쫙 풀어질 때 흘리는 소리…… 자신들이 만정으로 떨어질 때 들었던 그 소리가 울린다. 그리고,

쿵!

둔탁한 소리와 함께 큼지막한 물체가 뚝 떨어졌다.

"끄으으으윽!"

떨어진 물체가 신음을 토해냈다.

'죄수!'

산음초의는 어떤 일이 벌어졌는지 즉시 파악했다.

자신들처럼 또 한 인간이 떨궈졌다.

사내의 모습도 자신들과 다르지 않다. 두 눈은 안대로 가렸고, 전신은 쇠꼬챙이로 찔렸는지 피투성이다. 주요 혈이 있는 위치가 피로 물들었으니 무공을 쓰기는 틀렸다.

양 손목도 갈라졌다.

동맥을 끊었다가 다시 붙여놓는 이 간악한 수법은 도대체 어느 인간의 머리에서 나온 것인지.

하지만 이 순간 산음초의의 시선은 사내에게서 벗어나 동굴 천장으로 향했다.

빛무리…… 사라지고 있는가?

아직은 아니다. 얼마나 높은지 하늘 꼭대기에 있는 것 같은 동굴 입구는 여전히 희끄무레한 빛무리를 토해내고 있다.

그러고 보니 미처 생각하지 못한 게 있다.

저 빛무리는 어디서 오는 것일까? 주의를 집중하지 않을 때는 단순히 태양빛이려니 했다. 한데 곰곰이 생각해 보니 태양빛이면 지고 뜨는 게 있어야 한다. 낮이 되었다가 밤이 되었다가…… 밝음과 어둠이 교차되어야 한다.

그랬다면 진작 물어 뜯겼다.

빛무리는 태양빛이 아니다. 하루 온종일 비출 수 있는 것…… 야광주(夜光珠)가 아닐까 싶은데…… 이것도 추측일 뿐이지만 말이다.

산음초의는 엉금엉금 기어 사내 곁으로 갔다.

마인들 때문에 신경이 바짝 곤두섰다. 그 때문에 먹는 것, 마실 것을 제대로 찾지 못했다. 어차피 곧 죽을 몸이라고 생각하니 만사가 귀찮은 면도 있었다.

앉아 있던 자리에서 사내가 떨어진 곳까지 세 걸음에 불과한데도 쉽게 다가서지 못하겠다.

"끄으으윽!"

사내는 전신이 비비 뒤틀리는지 신음만 쏟아냈다.

산음초의는 엉금엉금 기어가서 사내 주변을 살폈다.

역시 열쇠가 떨어져 있다.

옥졸들의 솜씨가 참으로 기막히다. 그 높은 곳에서 열쇠를 던졌는데도 죄수에게서 일 장을 벗어나지 않는다.

본인이 이 열쇠를 찾지 못하면 어떻게 될까?

생각해 보니 끔찍하다. 보통 죄수들은 빛무리가 스며들지 않는 암흑 속에 던져질 것이고, 마인들의 요깃거리로 전락할 게다.

떨어지는 즉시 먹잇감이 된다.

옥졸들은 마인을 입옥시킨 것이 아니라 기존 마인들에게 먹이를 던져 준 것이다.

물론 옥졸들은 이런 사실을 모르고 있을 가능성이 높다.

너희들끼리 어울려서 평생 잘살아봐라 하는 심정에서 투옥시킨 것이겠지만…… 이제는 상황이 이렇게 변했다. 누가 되었든 만정에 들어서는 자는 먹잇감이 된다.

산음초의는 열쇠를 집어서 족쇄를 풀었다.

"크크크! 지랄하고 있네."

"너, 정말 뒈진다. 그거 가만 안 놔둬!"

"저 새끼 저거 뭐 하는 짓거리야? 에잇! 저걸 그냥 콱!"

여기저기서 소름 끼치는 기음이 터졌다.

마인들의 분노가 피부로 느껴진다. 그들의 이빨이 목덜미를 물어뜯는 느낌이다.

"이 새끼! 화염탄(火焰炭)만 아니었으면 넌 벌써 뒈졌어!"

'화염탄!'

마인들의 말 중에는 산음초의의 주의를 끌어당기는 말도 있었다.

확실히 저들은 빛무리 때문에 접근하지 못하고 있다.

동굴 입구에 떠 있는 빛무리와 화염탄이라는 탄(炭)과 모종의 관계가 있다.

그걸 알면 뭐 하겠는가. 어차피 며칠 있으면 거둬질 빛무리인데.

"크으윽!"

사내가 신음을 토해냈다. 하지만 그도 살고 싶다는 욕망은 있는지 안대부터 풀었다.

"누구냐!"

혈이 망가져서인지 소리는 크지 않다. 하지만 거역하지 못할 힘이 실려 있다.

"이곳 죄수요."

산음초의는 열쇠를 건네주었다.

"수갑부터 푸시오."

산음초의는 열쇠를 건네준 후 상처를 살폈다.

"뭐 하는 거야!"

"밖에서는 의원이었소. 상처를 살피는 중이니 가만히 있으시오."

"관둬. 소용없다."

사내가 신경질적으로 뿌리쳤다.

"후후!"

산음초의는 사내 말대로 물러섰다.

그렇다. 상처를 살펴봐도 소용없다.

쇠꼬챙이에 찔린 상처는 크지 않다. 그것은 옥졸들이 발라준 금창약만으로도 충분히 치료가 된다.

중요한 것은 혈이 꿰뚫렸다는 것이다.

그것은 어쩌지 못한다. 평생…… 몸의 불구일 수도 있고, 마음의 불구일 수도 있다. 무인이 무공을 사용하지 못한다는 것은 아주 큰 불구일 게다.

"끄응!"

사내는 몸이 몹시 불편한지 팔을 좌우로 비틀기도 하고 허리를 꺾기도 했다.
 그 모습이 무척 편안해 보였다.
 혈이 망가져 무공을 쓰지 못하는데도 생각했던 것만큼 큰 충격을 받은 것 같지는 않다.
 몸을 푼 사내가 주위를 쓸어보았다.
 "이곳은…… 늑대 굴이군."
 사내는 산음초의가 보지 못한 것을 보았다.
 산음초의는 악마들이 말을 걸어올 때에서야 누군가 있다는 것을 알았는데, 사내는 쓱 훑어보는 것만으로 알아낸다.
 무인은 뭐가 달라도 다른 모양이다. 한데!
 사내의 눈길이 당우에게 달라붙는다. 무슨 뜻인지 알 수 없는 묘한 눈길로 쳐다본다.
 '안다!'
 산음초의는 등골이 쭈빗거렸다.
 사내는 익히 알고 있는 자를 만났을 때의 표정을 짓고 있다.

 ─너 여기 있었구나! 후후! 기껏 도망친 곳이 여기냐? 겨우 이런 곳에서 누워 있는 거야? 난 또 정신이라도 차렸을 줄 알았지. 너, 그러다가 영영 못 일어나겠다.

 사내의 눈길은 곧 살기로 바뀌었다.
 "훗!"
 산음초의는 부지불식간 당우를 가로막았다.

자신도 왜 그런 행동을 했는지 모르겠다. 사내를 가로막지 않으면 금방 피가 튈 것이라는 생각이 들었다.

자신이 앞을 막아도 사내를 제지하지는 못한다. 같이 혈이 망가졌어도 사내는 젊다. 무공을 사용했던 몸이다. 싸움으로 단련된 근육이 있다.

그런 자를 피골이 상접한 몸으로 막아선다는 것은 어불성설이다.

그래도 막았다.

"후후후!"

사내의 살기가 조소로 바뀌었다.

무엇 때문인지 모르지만 사내는 살기를 거뒀다.

아는 게 아니었나? 만정에 떨어져서 화가 난 겐가? 마인이니 그럴 수 있다. 아무에게나 화풀이를 하는 것도 이해된다. 그것이 하필이면 당우였을 뿐이다.

좋게 좋게 생각했다.

사내는 고개를 들어 위를 쳐다봤다.

오를 수 없는 높은 곳에서 희끄무레한 회색 빛이 일렁거린다.

"화염탄…… 위로 빠져나간다는 것은 불가능……. 화염지옥에 들어갈 생각이 아닌 바에야……."

사내는 마인들이 했던 말을 중얼거렸다.

그 말은 산음초의도 알아들을 수 있는 말이다. 화염탄이 무엇인지는 모르지만 빛무리가 화염탄과 관계가 있고, 마인들을 억누르고 있다는 건 안다.
사내는 비틀비틀 걸어서 빛무리 한가운데로 갔다.
"긴장하지 마라. 그놈을 죽일 생각이었으면 벌써 죽였어."
사내가 가부좌를 틀고 앉아 명상에 들었다.
모습은 운기조식을 하는 형태이지만 혈이 망가졌으니 할 수 있는 것은 명상밖에 없다.
그것보다도…….
'안다!'
산음초의는 몸을 부르르 떨었다.
사내는 확실히 당우를 안다. 살기를 띤 것도 맞다. 방금 전까지만 해도 죽이려고 했다.
당우를 아는 자가…… 자신들이 들어온 지 얼마 되지 않아서 곧이어 들어왔다.
이게 화인가, 복인가.

2

길을 가다가 아는 사람을 만난다. 얼굴을 보자마자 어디선가 만난 사람이라는 걸 안다.
한데 이름이 기억나지 않는다.
누구지?
온갖 생각을 떠올려 본다. 자신이 알고 있는 이름을 모두 기억해 본다. 그래도 생각나지 않는다. 과거의 단편들을 생각한다. 어디선가 만났던 사람이니 과거를 돌이켜 보면 기억날 것이다.

한데 기억나지 않는다. 기억 깊은 곳에 이름이 숨어 있는데, 도무지 수면 위로 부상하지 않는다.

모르는 사람을 착각한 것일까?

아니다. 아는 얼굴이다. 분명히 아는 얼굴인데 이름만 기억나지 않는다.

누구지? 에잇! 모르겠다. 포기!

생각하기를 포기하고 밭에 쭈그리고 앉아 풀을 뽑는다. 또는 개에게 먹이를 준다. 목욕을 할 수도 있다. 밥을 먹을 수도 있다. 일상생활 중의 무엇인가를 한다.

그 순간, 이름이 퍼뜩 떠오른다.

이것이 진인사대천명(盡人事待天命)이다.

밀마해자는 같은 글자를 곱씹는 경향이 있다. 아는 글자, 모르는 글자 모두 마찬가지다. 너무 잘 알고 있는 글자일지라도 씹어보고 또 씹어본다.

진인사대천명이라고 하면 자신이 할 바를 다하고 하늘의 결정을 기다린다는 뜻으로 해석한다.

맞다. 정확하게 해석했다.

그러면 묻자. 어디까지 해야 자신이 할 바를 다한 것인가. 일을 하다가 코피를 흘리면 다한 것인가? 잠을 안 자고 밤을 새우면 다한 것인가? 십 년, 이십 년······ 장구한 세월을 한 가지 일에만 몰두하면 다한 것인가?

어디까지 해야 다했냐고 물으면 선을 긋기가 어렵다.

이제 갓 천자문을 학습한 학동에게 물으면 밥도 안 먹고 공부했으니 자신이 할 바는 다했다고 말할 것이다. 운명 직전의 노인에게 같은 말을 던지면 한평생 남을 해하지 않고 순탄하게 살아왔으니 최선을 다했다고 말할 것이다.

같은 말을 던졌는데 대답의 의미는 사뭇 다르다.

어떤 대답이 나왔든…… 어디까지 해야 내 할 바를 다했냐는 질문에는 답이 되지 않는다.

포기할 즈음까지.

이것이 정답인 것 같다.

'누굴까?' 하는 의문은 생각을 깊게 한다. 온정신을 한 가지 일에 집중시킨다. 그래도 이름은 생각나지 않는다.

그러다가 포기한다. 생각하고 또 생각했는데, 생각나지 않으니 포기한다.

그때 이름이 떠오른다.

그러면 처음부터 포기하는 것은 어떨까?

그때는 아무런 일도 일어나지 않는다. 생각을 모으는 단계가 없었기 때문에 일상생활의 연속이 될 뿐이다.

온정신을 모아서 전력을 다하는 단계가 필요하다. 그리고 정 안 되겠거든…… 해도 해도 정말 안 되겠거든…… 이제는 포기할 수밖에 없다는 생각이 들거든…… 모든 것을 놓아라.

그때, 이름이 퍼뜩 떠오른다.

오감(五感)이 쉰다. 의식(意識)이 잠든다. 육식(六識)이 소멸

한다. 깊이 잠들었을 때와 마찬가지로 세상에 대해서 문을 닫는다. 그때, 칠식(七識) 말나식(末那識)이 살며시 나와 일을 한다.

의식아, 너는 할 만큼 했으니 이제 내가 마무리 지어주마.
천명(天命)은 이렇게 일어난다.

투골조는 운기하고 또 운기한다. 하루 종일, 쉼없이 운기한다.
투골조의 구결에는 '쉬라'는 말이 두 번이나 나온다.
여과루료취휴식일하(如果累了就休息一下).
피곤하면 쉬어라.
그다음에 이어지는 말은 '운기하지 마라'와 '정신이 혼미한 상태에서 운기하면 이상이 생길 수 있다'는 경고다.
그런 글귀는 뒤에도 나온다.
헐회아파(歇會兒吧), 별루저료(別累著了).
과하게 하지 마라. 쉬어라.
이다음에 나오는 경고는 전공진기(前功盡棄)다. 모든 것이 헛수고가 될 수 있으니 몸 상태를 잘 살펴서 하라고 한다.
당우는 이 모든 경고를 무시했다.
어차피 경맥이 굳어져서 움직이지 못한다.
왜 그런지 이유는 안다. 일침기화가 경근속생술을 시전했다. 본인이 말했고, 산음초의가 말했다. 시술을 하면서도 끊임없이 부작용과 장점을 설명했다.

육신이 철갑처럼 강건해진다.
누구든 입에서 군침이 돌 정도로 탐나는 말이다.
안면도 없는 사람이, 난생처음 보는 사람이 자신을 그런 신체로 만들어준다는데 고맙지 않을 까닭이 어디 있는가.
문제는 부작용인지, 정상적인 작용인지 모르지만 몸을 움직이지 못한다는 것이다.
그래서 투골조를 운기한다. 할 것이 그것밖에 없기에…….
몸 상태는 최악이다. 구결이 경고한 대로라면 운기해서는 안 된다. 하지만 불행인지 다행인지 당우 자신이 자신의 몸 상태를 인지하지 못한다.
몸을 움직일 수 없으니 검상의 아픔이 느껴지지 않는다.
아니다. 마차가 덜그럭거렸다. 만정으로 들어설 때는 거꾸로 매달리기까지 했다.
상처는 충분히 충격을 받았다. 한데 아프지 않다. 통증에 대한 감각을 잃었다.
이것도 경근속생술의 효험인가?
거기까지는 깊이 들어가지 않는다. 경군속생술에 대해서는 자신도 모른다.
일침기화는 경혈이 어떻고, 혈도가 어떻고 말을 많이 했다. 침을 찌를 때마다 의원이 되어도 부족하지 않을 정도로 혈에 대해서 소상하게 설명해 주었다.
하나 자신이 알고 있는 혈은 몇 개 되지 않는다.
치검령이 투골조를 전이하면서 일러준 몇 군데, 그리고 투골조를 운기하면서 필히 거쳐야 할 경락들밖에 모른다.
 아! 일침기화가 일러준 사혈도 안다.
 그 혈들은 투골조의 혈과 겹치기 때문에 논외로 했다.
 머릿속에 든 것을 텅 비워낸다. 아무것도 떠올리지 않는다. 육신 너머에서 제삼자의 눈으로 자신을 관찰한다. 그리고 꾸준히 운기만 지속한다.
 '피곤해!'
 언제부터인지 모르겠는데…… 피곤하다는 느낌이 찾아왔다.
 운기를 하면 정신이 맑아져야 하는데, 오히려 혼탁해진다.
 몸에도 이상이 생겼다. 며칠 밤을 꼬박 밝힌 사람처럼 몸이 허공에 붕 떠 있는 느낌을 받는다.
 투골조가 말한 경고 상태다.
 쉬어야 한다. 즉시 쉬어야 한다.
 당우는 마음의 유혹을 뿌리쳤다. 이판사판…… 얻지 않으면 죽는다는 심정으로 매달렸다.
 투골조를 얻는다. 경근속생술을 얻는다. 경근속생술은 일침기화가 만들어준 것이니, 그의 손길에 맡긴다. 그가 없나? 그러면 산음초의에게 맡긴다.
 투골조만 생각한다.
 '투골조…… 투골조…….'
 어느 순간부터 운기를 하고 있다는 느낌이 들지 않는다.
 깜빡 정신을 놓았다.

잠이 든 것이다.
일다경(一茶頃)? 이 다경(二茶頃)?
아주 잠깐 동안 잠에 곯아떨어졌다.
아주 짧게 잤는데도 몸이 가뿐하다. 움직일 수 있다면 산이고 들이고 펄펄 뛰어다닐 정도로 가볍다.
그때, 산음초의가 입에 냄새 고약한 물을 넣어주었다.

―먹어라. 살려면 먹어야지.

'아침!'
불현듯, 뒤통수를 망치로 얻어맞은 것 같은 충격을 받았다.
산음초의는 허기가 질 때면 아무것이나 입에 넣고 씹었다. 그리고 그중의 일부를 자신의 입에 넣어주었다.
한데 그 시기가 일정하다. 산음초의 자신이 알고 있는지 모르지만 그는 누워만 있기 때문에 안다. 입에 무엇을 넣어주는 시기가 늘 일정하다.
아침, 점심, 저녁, 그리고 긴 시간 침묵.
산음초의는 그가 깜박 졸기 전에 무엇인가를 입에 넣었다. 그리고 졸고 난 후 바로 또 입에 넣었다.
먼저 입에 넣어준 것은 저녁이었다. 아침, 점심 다음에 넣어준 것이다. 그럼 이번에 넣은 것이 아침이다.
긴 침묵이 이어질 때, 잠을 잤다. 그 시간만큼 잠 속에 빠져서 바깥일을 몰랐다.

운기는 이어진다.

줄기 전에 운기했고, 깜빡 조는 중에도 운기하고 있다는 사실을 인지했으며, 눈을 뜬 후에도 운기는 계속되었다.

잠을 자도 운기가 끊이지 않는 단계에 이르렀다.

'이, 이거!'

너무 놀랍다!

투골조의 성취가 어느 정도에 이르렀는지는 알지 못한다. 지금 이 상태는 투골조의 구결에도 적혀 있지 않다. 하지만 몸과 마음이 새털처럼 가볍다. 금방이라도 날아갈 것 같다.

기분이 좋다.

'투골조⋯⋯ 당하삼전삼유(當下三田三有)⋯⋯.'

투골조의 구결을 떠올렸다. 진기를 끌어올렸다. 그리고 사지백해로 흘려보냈다.

진기가 경근속생술을 건드린다.

그럴 수밖에 없다. 자유로운 몸이란 거침이 없는 몸을 말한다. 막힘이 없는 상태다.

경근속생술은 경맥을 단단하게 만들어준다는 미명하에 장벽을 쌓았다.

자유롭게 유통하는 진기와는 상반된 개념이다.

투골조가 경근속생술을 파고들었다.

송곳처럼 구멍을 뻥 뚫어버리는 게 아니다. 물이 모래 속으로 스며들 듯이 폭 넓게, 은근히, 그리고 깊게 스며든다.

진기는 자유자재다. 가지 못하는 곳이 없고, 하지 못하는 일이 없다. 날고자 하면 날고, 뭉치고자 하면 뭉치며, 넓게 퍼지고자 하면 퍼진다.

몸속에서 진기는 하늘이며 구름이다. 물이며 얼음이다.

진기를 어떤 상태로 만들어서 어떻게 쓰느냐는 자신에게 달려 있다. 물로 쓰면 피가 되고, 얼음으로 쓰면 철골(鐵骨)이 된다. 또 수증기로 쓰면 전신을 세수(洗髓)한다.

서둘지 않았다. 천천히 진기가 충분히 스며들도록 유도했다. 절대 근육이나 신경이 놀라지 않도록…… 원래 있었던 것처럼…… 근육의 일부였던 것처럼 축축하게 적셨다.

돌처럼 딱딱하던 경맥에 변화가 생겼다.

'됐어!'

움직일 수 있다는 희망이 생긴다. 그렇다고 들뜨지는 않았다. 예전 같으면 펄쩍펄쩍 뛰었을 게다. 하나 지금은 그것보다 더 큰 희열이 있다는 것을 안다.

조금만 더 참으면 육신을 움직일 수 있다.

스스스슷!

투골조가 돌고 돈다.

전신을 휘돈 진기가 단전으로 되돌아온다. 그리고는 슬그머니 다시 빠져나간다.

퍽! 퍽! 퍽!

요혈들이 폭발을 일으켰다.

경근속생술은 사혈을 둔혈로 만들었지만 투골조의 진기는 둔혈을 무혈로 만들어 버렸다.
　바깥에는 구각교피가 덧씌워져 있다.
　그러나 그게 없다고 해도 도검에 상하지 않을 자신이 생긴다.
　정말 상하지 않을까? 그건 알 수가 없다. 다만 지금 자신감으로는 충분히 그럴 수 있을 것 같다.
　생각일 뿐인가? 진기가 하는 일을 실상에서 벌이지는 일로 착각하면 안 되는 건가?
　그런 생각마저도 지웠다.
　충분히, 죽을힘을 다해서 운기한다. 그리고 푹 쉰다.
　진인사대천명, 할 만큼 했으니 이제 몸이 알아서 하리라.

　당우는 눈을 떴다.
　희끄무레한 회색 빛이 보인다.
　산음초의가 유일한 살길이라며 늘 중얼거리던 빛무리가 바로 저것인 것 같다.
　'화염탄!'
　그는 마인이 하는 말도 들었다. 새로 들어온 사내가 하는 말도 들었다.
　사내…… 기억이 퇴색하지 않았다면 그 음성은…… 치검령이다.
　치검령이 만정에 들어설 리 없다. 죽는 경우는 생겨도 잡히는 경우는 생기지 않는다. 더군다나 그는 마인이 아니다. 하는 일이 은밀하고, 때로는 악하다 싶은 일도 서슴지 않고 행하지만 악인이 아닌 것만은 분명하다.
 하지만 음성은 그의 것이었다.
 다시 눈을 감았다.
 주위에 흐르는 기운이 느껴진다.
 몹시 사악하고, 더럽고, 야만적이고, 무섭다.
 자신이 일어나면 저들과 싸워야 한다. 말도 안 되지만 싸우지 않으면 잡아먹힌다.
 운공 중에 혈향을 맡았다.
 산음초의가 공포에 질려서 내뱉는 말도 들었다.
 마인 중의 마인들, 그들이 자신들을 인간으로 보지 않고 먹잇감으로 생각한다. 그러니 최선을 다해야 한다. 어쩌면 난생 처음 살인을 할지도 모르지만 망설이지 말아야 한다.
 그 점이 두렵다.
 마인일지라도 사람인데 죽여야 하는가.
 죽일 용기가 없다. 어떻게 사람을…… 그래도 다시 눈을 뜨면, 그리고 몸을 일으키면 숱한 사람을 죽여야 한다. 죽여야 한다는 느낌이 들 사이도 없이 죽이고 있을 것이다.
 너무 과신한 건가?
 이 냄새…… 이 기운…… 자신이 감당할 수 있는 게 아니다. 이들은 악마다.
 싸우는 방법을 모른다.

뒷산에 가서 산토끼 몇 마리 잡아본 적이 있는데, 그 정도로는 어른들을 상대할 수 없다.
자신이 죽을 수도 있다.
믿는 것은 투골조뿐이다. 단단해진 열 손가락뿐이다. 하나 그것도 겨우 일성이다.
치검령이 말한 걸 기억한다.

"수중에 보물을 들고서도 알지 못하다니. 천유비비검을 육성만 수련해도 투골조 따위는 일검에 무너뜨릴 수 있는 것을."

류명에게 한 말이지만 잊지 않고 기억한다.
그가 가진 것은 정말 보잘것없다.
'그래도 어쩔 수 없어!'
당우는 번쩍 눈을 떴다.

『취적취무』3권에 계속…

저작권 보호!!
장르문학의 성장에 힘이 되어주십시오.

저작물의 무단 전재와 복제, 불법 다운로드! 이것은 관심이 아니라 무관심입니다!

작가님들은 창의적 열정과 시간을 투자해 자신의 꿈과 생계를 유지합니다.
한 권의 책을 만들어 많은 사람들은 자신의 인생과 미래를 설계합니다.

저작물 속에는 여러 사람의 노력과 희망이 담겨 있습니다!

저작물의 무단 전재와 복제, 불법 다운로드는 여러 사람들의 꿈과 생계를
위협함으로써 장르문학을 심각한 상황에 빠뜨리고 있습니다.

이제는 무관심이 아니라 관심으로 장르문학의 성장에 힘이 되어주세요.

[도서출판 **청어람**은 항시적인 저작권 보호를 통해 장르문학과
여러분의 희망을 지키겠습니다.]

저작물의 무단 전재와 복제, 불법 다운로드는 법률에 의해 처벌받을 수 있습니다.
저작권법 제97조의5 (권리의 침해죄)
저작재산권 그 밖의 이 법에 의하여 보호되는 재산적 권리(제73조의 4의 규정에 의한 권리를
제외한다)를 복제·공연·방송·전시·전송·배포·2차적 저작물 작성의 방법으로 침해한
자는 5년 이하의 징역 또는 5천만 원 이하의 벌금에 처하거나 이를 병과(동시에 두 가지 이상의
형벌을 지우는 일)할 수 있다.

장영훈 新무협 판타지 소설

절대강호
絶代强虎

보표무적, 일도양단, 마도쟁패, 절대군림에 이은
장영훈의 다섯 번째 강호 이야기.
절대강호(絶代强虎)!!

악의 집합체 사악련에 맞선 정파강호의 상징 신군맹.
신군맹이 키운 비밀병기 십이귀병, 그들 중 최강의 실력을 지닌 적호.

"우리가 세상을 얻기 위해 자식을 죽일 때…
그는 자식을 위해 세상과 싸우고 있어. 웃기지?"

신군맹 후계 자리를 차지하기 위한 대공자와 삼공녀의 치열한 암투 속에서
오직 딸을 지키기 위한 적호의 투쟁이 시작된다.

"맹세컨대, 내 딸을 건드리면…
상상도 할 수 없는 일이 벌어질 거야."

Book Publishing CHUNGEORAM

유행이 아닌 자유추구 -
WWW.chungeoram.com

김용희 新무협 판타지 소설

天府天下
천부천하

**강호와 천하를 삼킨 천부(天府).
천부천하를 뒤흔든 게을러빠진 천재가 나타났다!**

어떤 무공이든 한눈에 익힐 수 있는 공전절후한 무위,
좌수(左手) 마두, 우수(右手) 대협으로 펼치는 독창적인 무쌍류,
빼어난 요리 실력과 정도를 아는 횡령(?)까지.
놀라운 재능을 가진 무림의 신성 이무쌍!

**그가 친우(親友) 소운과 자신의 안락함을 위해 강호에 섰다!
가슴 따뜻한 무쌍의 인정 넘치는 이야기.
천부천하(天府天下)!**

Book Publishing CHUNGEORAM

WWW.chungeoram.com

**천룡(天龍)이 지상으로 내려왔다.
구름과 바람과 영웅들이 모여든다.**

운종룡풍종호(雲從龍風從虎).

천룡이 가는 곳에 **구름**이 가고,
범이 가는 곳에 **바람**이 간다.

천룡은 구름과 바람을 일으켜
대중원(大中原)을 호령한다.

Book Publishing CHUNGEORAM

유행이 아닌 자유추구 -
WWW.chungeoram.com

Dragon order of FLAME 폭염의 용제

김재한 판타지 장편 소설

「사이킥 위저드」, 「마검전생」의 작가 김재한!
그가 그려내는 새로운 액션 히어로가 찾아온다!

모든 것을 잃고 복수마저 실패했다.
최후의 일격마저 막강한 레드 드래곤 앞에서 무너지고,
죽음을 앞에 둔 그에게 찾아온 또 하나의 기회!

"네 운명에 도박을 걸겠다."

과거에서 다시 눈을 뜬 순간,
머릿속에 레드 드래곤의 영혼이 스며들었을 때,
붉은 화염을 지배하는 용제가 깨어난다!

강철보다 단단한 강체력을 몸에 두른
모든 용족을 다스리는 자, 루그 아스탈!

세상은 그를 '폭염의 용제' 라 부른다!

Book Publishing CHUNGEORAM

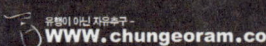